風神雷神（上）

Juppiter, Aeolus

原田マハ

○本表紙デザイン＋ロゴ＝川上成夫

風神雷神 Juppiter, Aeolus（上） 目次

風神雷神　Juppiter, Aeolus　上巻

主要登場人物

望月　彩――京都国立博物館研究員
レイモンド・ウォン――マカオ博物館学芸員

俵屋宗達――京都の扇屋の息子。絵師。野々村伊三郎、アゴスティーノとも
俵屋秀蔵――宗達の父
狩野永徳――絵師。狩野邦信とも
菅治郎――狩野の門下生

原マルティノ――天正遣欧使節の一員
中浦ジュリアン――天正遣欧使節の一員
伊東マンショ――天正遣欧使節の一員
千々石ミゲル――天正遣欧使節の一員

織田信長――天下統一を目前とする尾張国の大名

ジョアキン・ダ・マッタ――肥前国波佐見の神父（パードレ）。原マルティノの師

グネッキ・ソルディ・オルガンティーノ――神父。信長の厚遇を得る

アレッサンドロ・ヴァリニャーノ――イエズス会のマカオ大神学校設立者。宣教師

ヌーノ・ロドリゲス――ゴアのコレジオ・デ・サン・パウロの院長

ディオゴ・デ・メスキータ――神父。天正遣欧使節を牽引。日本語を巧みに話す通詞

ジョルジ・ロヨラ――天正遣欧使節の少年たちの教育係。修道士。日本人

コンスタンティノ・ドラード――天正遣欧使節に随行。日本人

下巻 目次

プロローグ

二〇××年　秋　京都国立博物館　講堂

　会場を埋め尽くした聴衆を前に、その日の講座のメインスピーカー、京都国立博物館研究員、望月彩が登壇した。

　さざ波のように拍手が押し寄せる。演台の前に立つと、彩は軽く一礼した。それをサインと見たかのように、拍手がぴたりとやんだ。

　ステージの中央に大きなスクリーンが下がっている。そこに演題が映し出されている。

　江戸初期の謎の絵師　俵屋宗達『風神雷神図屛風』をめぐる解釈

「ご来場の皆さまがた、本日は京都国立博物館主催『いまひとたびの琳派　宗達と江戸の絵師たち』展へようこそお越しくださいました。また、本講座にご参加いただき、まことにありがとうございます」

　厳かな声で彩が話し始めた。会場は静まり返り、壇上でスポットライトを浴びている彼女に満場の視線が注がれている。

「ここ京都において、二〇一五年に、『琳派誕生四〇〇年記念　琳派　京を彩る』展が行われましたことを、皆さまがたもご記憶のことと思います。当館でも大規模な琳派の展覧会が催され、多くの方々にご来場いただきました。今回は、琳派の祖と言われている絵師、俵屋宗達の代表作〈風神雷神図屛風〉を中心に、彼に続く江戸の絵師たちの作品の数々を展示し、俵屋宗達とはいったいどんな絵師だったのか、琳派とは何か、その源と現在にいたるまでの影響力に迫っていく展覧会となっています」

彩は京都生まれの京都育ちで、京都大学の大学院で美術史を研究し、京都国立博物館の研究員となった。生まれてから一度も京都の外で暮らしたことがない。京都以外を知らないようでは世界が狭すぎるのではないかと考えたこともあったが、いまではこれでよかったのだと思っている。

出ていこうと思えば、そうできただろう。しかし、自分にとっては、人生において重要なこと——生まれ、育ち、学び、仕事をすることのすべてを京都でしてきたのは、ごく自然の成り行きだった。京都の絵師、俵屋宗達に興味を抱き、その研究に取り組むことになったのも、彩にとっては偶然ではなく必然であった。

俵屋宗達の生涯は謎のヴェールに包まれている。

安土桃山(あづちももやま)時代末期から江戸時代初期にかけて、京都で活躍した絵師――であることは、ほぼ間違いない。しかし、実は生没年すらもはっきりしたことはわかっておらず、その実体は不明だ。

おそらく一五七〇年代の生まれであり、一六四〇年前後に没していると思われるが、宗達の生没年に関する確たる史料は見出(みいだ)されていないので、「おそらく」を外せない。

五百年以上も昔のことであっても、はっきりと生没年や業績がわかっている歴史上の人物もいる。が、宗達の生涯は謎だらけなのだ。

宗達は、のちの絵師たちに「琳派の祖」と崇(あが)められ、その作品は時代を超えて多くの芸術家に影響を与えてきた。が、現在、確認されている真筆(しんぴつ)は極端に少ない。「真筆」とされている作例が少ないので、研究者も限られた作例を検分する以外、研究する方法がない。

それでも、だからこそ、追いかけてみたくなるのである。

彩もまた、そうして、俵屋宗達という名の神秘の森に深くふかく入り込んでいったひとりであった。

彩と宗達の出会いは、彩がまだ六歳の頃のことである。

彩の家は代々続く絹問屋で、京都の呉服問屋が栄えた地域、いわゆる「洛中(らくちゅう)」

に実家があった。

実家の菩提寺が京都国立博物館のすぐ近く、三十三間堂の前にある養源院という名の寺であった。ここで行われた父方の祖父の法要に、彩は両親に連れられて出席した。

寺の玄関の高い上がり框をよじ登るようにして、彩は院内に入っていった。すぐに黒光りするほど磨き込まれた廊下があり、右手には庭、左手にはぴっちりと障子が閉められた仏間があった。

そして、廊下の突き当たり、正面で彩を待ち構えていたのは、二頭の白い象の絵であった。

二枚の杉戸に描かれた絵。右の戸と左の戸、それぞれに白象がいた。右手の象は、もう一頭の象を振り返るようにして、やさしいまなざしを送っている。

左手の象は、体を丸めて、甘えるように大きな象に寄り添っている。

彩は、廊下の突き当たりで待ち構えている二頭の白い象の絵をみつけて、一瞬、身をすくませた。

——あっ。ゾウさんや。

もちろんそれは絵であった。けれど、幼い彩の目には、まるでいまにも二頭の象がゆらりと長い鼻を揺らしそうに見えた。

一歩、一歩、ゆっくりと近づいていく。すぐ近くまで歩み寄ると、彩は象の絵を見上げた。

――うわあ。すごぉい。

杉戸いっぱいに描かれた象は、六歳の少女の身の丈を軽く超える大きさだった。右側の象は、左側の象に向かって、ついておいでと促しているかのようだ。左側の象は、右側の象の後に付き従っているように見える。やわらかくて大きな耳がふわりと顔にかかって愛くるしい。

二頭のあいだにはそこはかとない愛情が漂っている。言葉はなくても、この二頭はしっかりと結ばれているのだ。

――お母さんゾウさんと、子供のゾウさんや。

誰に教えられたはずもないのに、彩はそう思った。

そして、左側の「子象」のほうに、なんとなく親しみを覚えた。

――なあゾウさん、いっしょに遊ぼ。

彩は小声で語りかけた。すると、不思議なことに、子象がふいっと鼻先を動かしたのだ。

（アソボ……）

どこからともなく声が聞こえてきた、そのとき。

――彩ちゃん、何してんの。こっちやで。

どきっとした。振り向くと、そこには淡い藤色の色無地を着た母が立っていた。いたずらをみつかってしまったかのように、彩は体を強ばらせた。母はうっすらと微笑んで、彩のかたわらに立つと、小さな手を取って言った。

――この象さんの絵が気になったん？

彩はうなずいた。そして、小さな声で答えた。

――ゾウさんにな、遊ぼ、って言うてん。

母は、にっこりとやさしい笑顔になった。

――この絵はなあ、昔むかしのえらい絵描きさんが描かはったんよ。俵屋宗達、っていう名前の絵描きさんやで。

――たわらや、そうたつ？

初めて耳にした名前、そして、とても難しい名前であるにもかかわらず、幼い彩は、母が教えてくれた通りにその名を繰り返した。

――そう、俵屋宗達。この象さんもそうやけど、ほかにも、風神さんと雷神さんなんかも描かはったんやで。昔むかしの絵やけど、あんまりよう描けてるし、こんなふうにお寺さんや美術館で、大事に大事にされてるんやで。

絵を描くことが何より好きな子供だった彩に向かって、母はていねいに教えてくれた。遠い昔、この京都で、それはそれは巧みに絵を描き、天下人をうならせた絵師、俵屋宗達のことを。

母の話を聞きながら、彩は杉戸の中の白い二頭の象をじっとみつめた。

母子象はどちらも笑っているように見えた。愛情にあふれて、幸せそうに見えた。

もう三十年以上もまえのことである。けれど、いまだに彩は、あの瞬間を、ついさっきの出来事のように思い出すことができた。

あの日からずっと、彩は宗達を追いかけてきた。

画家になりたいと思って、一途に絵を描いていた時期もあった。高校時代には美術部に所属して、日本画家の私塾に通いもした。しかし、どんなにきらびやかに描いても、しょせん「琳派ふう」なのである。

自分で絵を描くよりも、宗達その人の実像に迫りたい、という思いが勝り、京都大学に進学し、美術史を専攻した。卒業後、京都国立博物館の研究員となり、脇目もふらずに俵屋宗達と大和絵ひと筋に研究を続け、今日にいたる。

あまりにも研究に打ち込みすぎて、結婚する機会も逸してしまった。大学時代から長らく付き合っていた男性がいたのだが、いつのまにか距離ができて、気がついたらすっかり心が離れてしまっていた。

ひっきりなしに縁談を持ち込んでいた叔母も、いまではもうあきらめたようだった。

その叔母が、数年まえに京都国立博物館で開催した琳派の展覧会を観にやって来て、出展されていた〈風神雷神図屏風〉をつくづく眺めながら、せやなあ、彩ちゃんは宗達と結婚したようなもんやなあ、と得心したように言っていたのが、妙におもしろかった。

俵屋宗達をかれこれ三十年以上も追いかけてきた彩が企画した展覧会「いまひとたびの琳派　宗達と江戸の絵師たち」が、その日、京都国立博物館で幕を開けた。

「琳派の源」と称されている芸術家、本阿弥光悦は、洛北の地、鷹峯に住まい、書をはじめとするさまざまな芸術の潮流を生み出した。「アートプロデューサー」的存在だったと言われている光悦が、徳川家康より鷹峯の地を拝領してから四百年の節目となったのが二〇一五年だった。

この節目の年を大いに祝って、京の街は琳派一色になった。

宗達の研究者である彩も、その年にはあちこちの講演会や企画に駆り出された。

その時期、彩の心にはある野望が宿った。

――いつの日か、俵屋宗達ひとりに絞り込んだ展覧会をやりたい。

それまでは、人気のある琳派とその周辺の大和絵関連の展覧会を企画しながら、いつか必ず〈風神雷神図屛風〉を中心に、世界中にある宗達の作品のすべてを集めて展覧会をするのだ。

タイトルは、もう決まっている。

「風神雷神」――これしかない。

〈風神雷神図屛風〉は、宗達作品の中でもっとも有名な一点であり、国宝である。一対（いっつい）になった「風の神」と「雷の神」。このイメージは日本人にすっかり刷り込まれている。

だから、このタイトルを見ただけで、誰でも「俵屋宗達の展覧会だ」「あの作品が出品されるのか」とぴんとくるはずだ。

これ以上インパクトのあるタイトルは思いつかない。是非（ぜひ）ともそうしたい――と考えていた。

が、宗達の「個展」を実現させるためには、宗達の作品を一定数集めなければ始まらない。

二、三点展示しただけでは、とても個展とは呼べない。よくある形式の「琳派とその仲間たち」展になってしまう。

宗達の真筆と認められている作例は数少ない。しかし、未発見なだけで、世界のどこかにきっと潜んでいるはずだ――と彩はにらんでいた。

寺院や商家で代々伝承されてきた古文書や大和絵の数々は、日本の鎖国が解かれ、西洋化の波が押し寄せた頃、その価値を認めた西洋人に買い取られ、次々に海外に流出してしまった。欧米の美術館に日本美術のコレクションがあるのは、この時期に海を渡ったものが多いためだ。

だから、ひょっとすると、国内ではみつからなくても、海外でみつかる可能性もゼロではない。

彩のもとに、ときおり、海外のオークションハウスから「日本画の真贋の鑑定を依頼したい」との打診が入ることがある。立場上、外部の業務を引き受けることはできないのだが、写真を送ってもらって見るようにしている。美術商が「海外でみつかりました」と持ち込む大和絵もある。

しかし、いままで一度も「これはひょっとして宗達の真筆ではないか」と直感に訴えてくるものに巡り合ったことはない。

それでもいつか、宗達の真筆が発見されることはきっとあるはずだ。望みを捨てずに、彩は、こつこつと宗達と大和絵の調査・研究を重ねていた。

一定の研究がまとまったので、改めて琳派の企画展を開催することになった。三年ほどまえから準備を重ね、「いまひとたびの琳派」というタイトルをつけた。

この展覧会は、彩にとっては前哨戦であった。このさき、そう遠くない将来――「風神雷神」展を開催するための助走にしたい。そう考えていた。

そして、「いまひとたびの琳派」展がオープニングを迎えた日。

京都国立博物館の講堂、壇上のスポットライトの下で、彩は、俵屋宗達の画業について話し始めたのだった。

「さて、皆さんもよくご存じのこの絵を、まずはご覧ください」

壇上の大きなスクリーンが、ぱっと切り替わり、宗達の代表作〈風神雷神図屏風〉が映し出された。

「本作、〈風神雷神図屏風〉は、本展にも出展されていますが――近年の研究で、いったいどうしてこの有名な一作が描かれることになったのか、しだいに明らかになってきました。その研究の足跡について、お話ししたいと思います」

国宝〈風神雷神図屏風〉。

京都最古の禅寺、建仁寺の至宝であるこの作品は、現在、京都国立博物館に寄託されている。二曲一双、一対の屏風に仕立てられた、紙本金地着色の肉筆画である。

右双に風神、左双に雷神が対になって描かれている。風神・雷神は千手観音の眷属であり、一対として描かれた「二神」である。

十七世紀初頭、江戸時代の初期の作であると判明しているものの、正確な制作年は、宗達の生没年同様、不詳のままだ。が、本作は、宗達の友人であり、学者で貿易商だった角倉素庵に捧げられたものではないかという説が打ち出された。宗達と交流のあった素庵の書状が発見され、それをもとに唱えられた新説であった。

素庵は家督を長男に譲ったのち、京都の西、嵯峨野で学問に打ち込む生活に入った。肌が白くなる病気——ハンセン病の一種であったらしい。

宗達が参考にしたと言われている〈北野天神縁起絵巻〉では、雷神は赤で描かれている。しかし、宗達の雷神は白い肌をしている。いったいなぜなのか、この謎が長いあいだ研究者たちを悩ませてきた。

雷神のモデルは素庵であった——となれば、なぜ肌が白いのか、という理由になる。

しかも、古来、中国の思想では、白は西を、青は東を示している。西に住んでいた素庵を象徴する白で雷神が描かれたというのも符合する。

彩もまた、この作品を研究するうちに、「なぜ雷神が白いのか」という謎をどうしても解けずにいたのだが、この新説が打ち出されたとき、それもありうると感じた。

と同時に、ずっと謎のヴェールの向こう側にいた宗達が、ふいにひとりの人間として現れた気がした。

病気で隠遁した友を思いやる、人間味あふれる人物だったのではないか。白い肌を病の徴とせず、血の通う肌を持つ生き生きとした姿の雷神として描くことによって、友を励ましたのではないか。

そう思うと、この絵の見え方がまったく変わってきたのだった。

大型のスクリーンに映し出された〈風神雷神図屛風〉をレーザーポインターで指し示しながら、彩は、宗達が何を参考にしてこの絵を描いたか、細やかに説明していった。

鎌倉時代の〈北野天神縁起絵巻〉に登場する雷神や、蓮華王院（三十三間堂）に居並ぶ千体千手観音の前に安置されている風神像、雷神像を宗達が見ていなかったとは言えない。もちろん、その逆で、これらの作例を見ているはずだとは誰にも言えないのだが。

美術史の研究者は、研究対象に近い時代の作例を見比べ、また文献が遺されているならばそれをつぶさに読み解いて、「こういうことかもしれない」という仮説を立てる。

たとえば、なぜ宗達の〈風神雷神図屏風〉の雷神の肌が白いのか？　という、長らく研究者のあいだで検討されてきた謎に対して、「宗達の支援者であった角倉素庵をモデルにした」というような仮説がさまざまに立てられてきた。

しかし、決定的な証拠は結局のところどこにもない。もっと言えば、本作には宗達の署名も何も残されていない。

つまり、誰かが決定的な証拠を見出して「実は宗達が描いたのではなく、まったく別の画家の筆によるものであった」という仮説を立てることも不可能ではないのだ。

四百年もまえの作品である。何世代もの人の手を経て、守られ、伝えられてきたものである。その間に何らかの操作があったかもしれない。そんなことは絶対になかったとは誰にも言うことができないはずだ。

確たる証拠は何もない。しかし、だからこそ、おもしろいのだ。

ひと通り作品について説明をした彩は、スクリーンを見上げている会場の人々を見渡しながら、言った。

「この〈風神雷神図屏風〉に憧れて、のちに宗達に私淑した尾形光琳と光琳に私淑した酒井抱一は、それぞれに師の作品を模写しました。二〇一五年に当館で開催した琳派展では、この三つの〈風神雷神図屏風〉を並べて展示しました。それで、よくわかったことがあります。光琳も抱一も、それぞれにすばらしい画家です。しかし、宗達は……やはり、抜きん出ています。別格にユニークなのです」

彩は、スクリーン右側に映し出されている風神と左側の雷神を、レーザーポインターで交互に指し示しながら説明を続けた。

「作品の画面全体を見ていただきたいのですが……風神も雷神も、それぞれに動きがありますね。スピード感にあふれている。風神は、こう、右側から風とともにやって来て、雷神は、こう、左上から雷光とともに降りてきた。まさに、空中に浮かんだ二神がいま、ここで出会った。そんなふうに見えませんか。……なぜこんなにも動きと奥行きがあるように見えるのかというと、風神も雷神も、ちょっと端が切れているんですね」

画面の中の風神は、風をはらんでふくらんだ袋と体に巻きついてはためいている紐が右端で切れている。雷神のほうは、雷鼓の上端がやっぱり切れている。この「端を切る」手法こそ、本作を個性的に、より魅力的にしているのである。

彩は、この作品を見るたびに、四百年もの昔に、こんなふうに「瞬間」をとらえ、空間を表現することができた画家が存在していた奇跡に胸を打たれる。もう何百回となく見ているにもかかわらず、いつでも初めて見たような驚きを感じ、胸が熱くなる。

「なぜ絵が切れているのでしょうか。もちろん、紙が足りなかったわけではなく、宗達は意図的にそうしているんです。わざと絵のすべてを画面に収めないことによって、画面の四方に空間が広がっているということを暗示している。全部描かない、ということは、つまり、この画面の周りに無限の広がりがある、ということを表しているんです」

尾形光琳や酒井抱一が模写した〈風神雷神図屛風〉は、宗達が試みた「わざと切れている」部分を、律儀にきっちりと描き込んでいる。絵というのは画面にすべてを収めるものなのだ、と思い込んでいたのか、お手本にない部分も描いてみたいと思ったのか。真意はわからないが、三つ並べて見たときに、ほんのちょっと端を切ってある宗達の画面構成が、いかに卓越しているかがありありとわかった。

たったいま、目の前に現れた風神雷神。出会い頭に驚いているのか、それとも、待ち合わせしてこれから連れ立ってどこかへ行こうとしているのか。ユーモラスな二神の姿は、何百年もの時間を超えて見る者の心を魅了してきたのだ。

〈風神雷神図屛風〉を巡る講座は、最後に設けられた質疑応答の時間も含め、熱気に包まれて終了した。

会場を埋め尽くしていた聴講客たちは、口々に感想を述べ合いながら、満足げな表情を浮かべて出ていった。

演台の上に広げたパソコンや資料を片付けてから会場を退出しようとした彩のところへ、講座の事務局を担当している総務課の一ノ瀬芽美が小走りにやって来た。

「お疲れ様です、望月さん。すごい熱気でしたね、今日は」

声をかけられて、彩は笑みをこぼした。

「ほんとに。満席だったから、緊張しちゃった」

「全然、いつも通りでしたよ」

芽美は笑顔で返してから、続けて言った。

「あの、実は、さっきの講座を聴いていた方で……望月さんに面会希望の方がおられまして。外国の方で、平成知新館のロビーでお待ちなんですが、どうされますか」

そして、その人物から預かった名刺を差し出した。

名刺には「マカオ博物館　学芸員　レイモンド・ウォン」と英語と中国語で印刷されてあった。

「……マカオ博物館?」

彩は声に出してつぶやいた。

その日の講座は英語の同時通訳付きで、外国人の参加者も少なくなかった。欧米の日本美術の研究者が聴講していたとしても不思議ではない。

しかし、マカオ博物館の学芸員が、わざわざ面会を申し入れてきたことはいままでにないことだった。

「お知り合いですか？」

芽美に訊かれて、彩は首を横に振った。

「マカオは行ったこともないし、いままでマカオ博物館からコンタクトしてきたことはなかったけど……」

「どうしましょうか。ぜひ望月さんにお話ししたいことがあるとおっしゃっていましたが……」

断る理由はなかった。彩は、芽美とともに平成知新館のロビーへと足早に移動した。

展覧会の会場への入り口になっているロビーは、大勢の人でごった返していた。講座の会場以上の熱気である。

「いまひとたびの琳派」と展覧会のタイトルが大きく掲げてある壁の前に、その人物――レイモンド・ウォンが佇んでいた。

あちらの方です、と芽美に教えられて、彩はヒールの音を響かせながら、レイモンドに近づいていった。

「お待たせしました、ミスター・ウォン。ようこそお越しくださいました」

なめらかな英語で彩が声をかけると、レイモンドが振り向いた。中肉中背、きちんとなで付けられた黒髪のアジア人ではあるが、どこかしらエキゾティックな顔立ちをしている。

「お目にかかれて光栄です、ミズ・モチヅキ」

白い歯をこぼして、レイモンドが手を差し出した。その手を握って、彩も微笑み返した。

「すばらしい講座でした。宗達の絵の魅力が存分に伝わってきましたよ」

「ありがとうございます。展覧会で展示している〈風神雷神図屏風〉は、ご覧になりましたか？」

レイモンドは「ええ、もちろん」と頰を紅潮させて応えた。

「宗達の作品を実際に観たのは今回が初めてですが……いやあ、ほんとうにすばらしい。あなたがおっしゃっていた通り、画面いっぱいに躍動感とスピード感があるし、無限の広がりも感じさせる。まさしく特異な作品ですね。四百年まえ、と言っておられましたね。ほんとうですか？」

「ええ、ほんとうです。はっきりした制作年はわかりませんが、おそらく宗達の最晩年の頃の作品で、ほぼ四百年まえであると言われています」

「なるほど。……やはり、宗達とは謎の多い画家なのですね」

レイモンドはにっこりしながら言った。

「『わからない』『おそらく』『最晩年の頃』『ほぼ』『言われている』……いま、あなたが口にした言葉は、すべてあいまいな言葉ばかりだ。確たることは何も言っていません。なぜなら、あなたは宗達の研究者だから、いいかげんなことは口にできない。……そうでしょう？」

不意をつかれて、彩はレイモンドを見た。にこやかな表情を崩さずに彼は続けた。

「私も研究者の端くれです。あなたのお立場はよく理解できます」

レイモンドは両腕を組んで、何か考え事をするように視線を宙にさまよわせた。

「『ひょっとするとこういうことかもしれない』……と、自分なりの仮説を立てて、調査を進めるうちに、『こうであったらいい』と思うことがあります。確たる証拠を得られていないものの、『こうであったらいいのにな』と……なんという か、希望にも似た気持ちになることが、私にはあります。けれど、当然ながら、研究者たるもの、確たる証拠を突き止められない限り、はっきりしたことは何も言えない。ひとつひとつ文献にあたり、作例を調べて、自分の仮説を実証する地道な作業を積み重ねていくほかはない。それが研究者の宿命です。……違いますか？」

彩には、レイモンドの話の行方がよく見えなかった。

研究者が仮説を立て、それを実証するまでは発表できないこと、また、仮説はあくまでも仮説であり、「ひょっとすると」という枕詞をつけざるをえないことなどは自明である。

そんなことをわざわざ言うために、彼は自分を呼び出したのだろうか？

「研究者とおっしゃいましたが……あなたのご専門は何なのでしょうか、ミスター・ウォン？」

「レイモンドと呼んでください、アヤ」

温和な微笑みを浮かべて、マカオから来た客人が言った。

「私の専門は十六世紀から十七世紀のキリスト教美術です。ルネサンス後期からバロック初期にかけての、スペイン、ポルトガルの聖画を中心に研究しています」

十六世紀初頭に、ポルトガル船が中国・明王朝が統治するマカオにやって来て以来、マカオとポルトガルは密接な関係を築いてきた。十九世紀半ばのアヘン戦争をきっかけに一八八〇年代にはポルトガルの植民地となり、一九九九年に中国に返還されるまで、マカオはずっとポルトガルの一部だったのだ。

近年は、香港同様、中国における特別行政区となり、目覚ましい発展を遂げている。ポルトガル統治時代の文化が色濃く残る美しい街。いまなおポルトガル人の末裔も数多く住んでいるという。

レイモンドの母方の祖父はポルトガル人であった。その影響もあって、ポルトガルの美術に興味を持ち、十六世紀に同君連合となったスペインの美術にも深く入っていくようになったという。

なるほど、彼のどこかしらエキゾティックな顔立ちも、ポルトガル人の血が混じっていると聞けば合点がいった。専門がルネサンス後期からバロック初期のキリスト教美術、スペイン、ポルトガルの聖画、というのも、彼の背景を知れば納得できる。

しかし、わからないのは、いまこうして彩を呼び出し、展覧会場の入り口で立ち話をしていることだ。あなたはあいまいなことしか言っていない——と、温和な笑顔で挑発的な言葉を口にして。

何か深い事情がありそうだ。

「このあとお時間はありますか、レイモンド？　よろしければ、腰を落ち着けて話しませんか」

彩が言うと、レイモンドは即答した。

「ええ、もちろん。……私は、あなたと話をするためにここへ来たのですから」

ふたりは、美術館の職員通用口近くにある会議室へと移動した。

テーブルに着くと、レイモンドは小さくため息をついて「……よかった」とつぶやいた。

「あなたが会ってくださらなかったらどうしようかと、内心、不安でした。講座を聴講したあと、思い切って面会を申し入れてよかったです。そして、あなたが好奇心を持った研究者でよかった」

不思議なことを言う。「なぜですか?」と、彩は訊き返した。

「研究のことか何かで相談があるならば、当館を通してコンタクトしてくだされば、喜んでお目にかかりましたよ」

「ええ、もちろん、わかっています。ですが……」

晴れやかだったレイモンドの表情がうっすらとかげった。何かを迷っているように、彼はしばらくのあいだ口を閉ざしてしまった。

レイモンドの表情がしだいに険しくなっていくのを、彩は、やはり黙ってみつめていた。

レイモンドはうつむいて、テーブルの上の一点をみつめていたが、やがて顔を上げると、まっすぐに彩を見た。そして、言った。

「あなたに、見ていただきたいものがあります。その上で……是非ともあなたの見解を伺いたいのです」

彩は目を瞬かせた。

「なんでしょうか？　私が、見るって……いまここで、ですか？」

唐突な申し出に、どう答えていいのかわからなかった。レイモンドは、正面の彩をみつめたまま、

「いえ。ここに持ってきているわけではありません。マカオ博物館に一時的に保管されています」

と答えた。

「——一時的に？」

「ええ。外部から持ち込まれたものなので……」

はっとした。

——まさか。

「……あの、ひょっとして……俵屋宗達……に、関係した史料がみつかったのですか？」

思わず前のめりになって、彩は尋ねた。

どういう経緯かはわからないが、レイモンドのもとに未発表の宗達関連の史料が持ち込まれたのかもしれない。そうであれば、レイモンドがわざわざ京都までやって来て、宗達の研究者である彩に直接会いたがったこととつじつまが合う。

会ったこともない相手と気軽にメールでやりとりした結果、メールの誤送信や故意の転送などで第三者に知られてしまうということも考えられる。メールでコンタクトしてこなかったのは、リスクを避けたかったからに違いない。

となると、超一級の史料なのだろうか。いまはまだ誰にも知られたくないほどの……。

彩の問いに、レイモンドは「イエス」とも「ノー」とも言わず、ただ黙って彩をみつめるばかりだった。しかし、その目にはただならぬ気配があった。彩は思わず背筋をぞくりとさせた。

「いまはなんとも言えません。あなたの見解を伺っていない、いまは……」

レイモンドは、秘密を打ち明けるような声でささやいた。

「一度マカオへいらっしゃいませんか、アヤ。あなたのご都合のよいときに……できる限り早く」

じっとりと湿った太陽が西に傾きかけていた。

高速船からキャリーケースを引いて出てきた望月彩は、額に汗をにじませて、タクシー待ちの行列の最後尾に並んだ。

朝十時に関西国際空港を発って香港へ飛び、香港国際空港から高速船で小一時間ほどでマカオに到着した。

初めて降り立ったマカオの街である。それなのに、なつかしい感じがするのはなぜなのだろう。

タクシーに乗り込むと、彩は英語でホテル名を告げた。通じなかったので、中国語で書かれたメモを見せると、運転手はうなずいて、すぐに発進した。

「街なかではあまり英語が通じません。タクシーの運転手には、中国語で書かれたメモを見せてください」と、事前にレイモンド・ウォンにアドヴァイスされていた。「ポルトガル語は通じるのですか」と尋ねると「年配者には通じますよ」とのことだった。

タクシースタンドの標識には、中国語とポルトガル語が併記されていた。彩の乗ったタクシーを追い抜いていったバスの車体の広告にもポルトガル語が躍っていた。やはりポルトガル統治時代の文化が色濃く残っているようである。

市街の中心部に入っていくと、メイン・ストリートの両脇は香港系の宝石店や飲食店で固められ、どぎつい色の看板と明るすぎる照明が目を刺してくる。よく見ると、それらの店が入っている建物は、植民地時代の名残がある異国情緒あふれるビルだったりする。

カジノ街を抜けていくとき、彩はあっけにとられた。装飾過多のイルミネーションは、京都のしっとりとした街並みに慣れている目には毒々しかった。中国全土から、そして世界中から、カジノ目当てに観光客がこの街に押し寄せる。一夜にして全財産を失う者、そして一夜にして巨万の富を得る者。この場所は誰かにとっての天国にも地獄にもなりうるのだ。賭(か)け事になどからきし興味のない彩にとっては、一生足を踏み入れることのない場所だろう。しかし、レイモンドは笑って言った。「いまの中国とマカオの現状をもっとも端的に表している場所です。一見の価値はありますよ」と。そう言われても、ちっとも興味が湧(わ)かないのだからしょうがない。

港からタクシーで十分ほど走ったところに、彩が投宿(とうしゅく)するホテルがあった。休みを使って自費で渡航する初めてのマカオである。レイモンドに「初めてなので、どこかいい宿泊先をご紹介ください」とメールで頼んだところ、よく知られた外資系チェーンのホテルを紹介してくれた。

彩はロビーに一歩足を踏み入れたところでひるんでしまった。目の覚めるようなきらびやかなインテリアで、奥にはカジノも併設されているようだ。それ目当てだろうか、着飾った観光客でロビーは華やいでいる。自分の地味な服装が浮いている気がして、彩はなんとなくいたたまれない気分になった。

高層階の部屋からは灣仔の波止場が一望できた。大小の船が鏡のように輝く水面をゆっくりと滑るように往来している。珠江口の湾の向こうは香港である。気の遠くなるような時の流れの中で、数々の思想や文化や芸術の種が中国から日本へ運ばれてきた。中国のものばかりではなく、さらにはるか彼方、ヨーロッパの学問や技術、宗教までもがもたらされたのだ。

いまでこそ、日本から中国、ヨーロッパへはいちにちかからずに移動できる。今朝、関西国際空港を発った自分は、日が暮れるまえに、こうしてマカオのホテルの一室で入り江を行き来する船を眺めている。

その不思議を、彩は思った。

遠い昔、俵屋宗達が絵筆をふるっていた時代。西洋からこの地を経て、日本にたどり着いた人々がいた。

十六世紀半ばに、カトリック教会の宣教師たちが、マカオを経由して、布教活動のために日本へやって来た。飛行機も高速船もない時代に、風を頼りに帆船でたどり着いたのだ。

命がけの航海だっただろう。筆舌に尽くしがたい困難があったに違いない。

しかし、彼らが体験したはずのいかなる労苦も、歴史という名の大海に呑まれて海の藻くずと消え去り、いまでは知る由もない。

黒のジョーゼットのワンピースに着替え、パンプスを履いて、約束の時間の五分まえに、彩はエレベーターでロビーへと降りていった。

ソファに座っていたスーツ姿のレイモンドが立ち上がり、軽く片手を上げて合図した。彩は足早に彼のもとへと歩み寄った。

「ようこそ、マカオへ。あなたの来訪をうれしく思います」

握手を交わしながら、レイモンドは笑顔であいさつした。彩も微笑み返した。

「びっくりするほど近かったです。朝、関西国際空港を発って、夕方には着いたので……」

「その通りですよ、アヤ。思い出してください、私たちははるかな昔から隣人同士だったじゃないですか」

彩は、くすっと小さく笑い声を立てた。

「同じようなことを、ついさっき考えていました。はるかな昔から中国と日本は行き来があって、交流し続けてきたんだと……」

何度か不幸な断絶はあったものの——と言いかけたが、のみ込んだ。彩の言葉を受けて、レイモンドは言った。

「もっと言えば、マカオは、中国にとっても日本にとっても、昔から特別な立ち位置だったのです。両国にとって、ここが西洋世界への入り口となったわけですから。あなたに今回わざわざ来ていただいたのは、そもそも……」

語り始めたが、「おっと、いけない。つい……」と中断した。

「まあ、立ち話はこのくらいにして、夕食の席で続きをお話ししましょう。ちょっとしたレストランを予約してあります」

レイモンドと彩は、連れ立ってタクシーに乗り込んだ。

目がくらみそうなネオンサインが輝く街なかを抜け、巨大なカジノ施設に向かうかと思いきや、タクシーはその向かいにあるこぢんまりとした石造りの建物の前で停まった。気品のある佇まいの、ポルトガル植民地時代の建物である。

漆喰の白い壁、白い天井にはクラシックなシーリングファンが取り付けられ、ゆっくりと回転している。赤いカーペットが敷き詰められた優雅なダイニングの中へとふたりは入っていった。

白いクロスが掛けられたテーブルに着席すると、きりっと蝶ネクタイを結んだ西洋人のウェイターがオーダーを取りに来た。レイモンドはポルトガル語で彼に注文をした。彩はその様子を注意深く見守った。

周囲の客は落ち着いた装いで西洋人客も多い。極彩色に飾られたカジノとは対照的な場所だ。

「ここは植民地時代から続く会員制クラブのレストランです。特別なゲストをお連れするところですよ」

周囲に視線を泳がせていた彩に向かって、レイモンドが言った。「特別なゲスト」と言われて、彩は背筋が伸びる思いがした。

——あなたに、見ていただきたいものがあります。

ひと月まえ、彩の講座を聴講しに京都へやって来たレイモンドは、彩をマカオへと誘った。

——その上で……ぜひともあなたの見解を伺いたいのです。

その言葉を聞いたとき、彩の脳裡に閃いたのは、俵屋宗達に関する何らかの史料がマカオで発見されたのではないか、ということだった。

レイモンド自身は、ルネサンス後期からバロック初期のキリスト教美術、スペイン、ポルトガルの聖画が専門だと言っていた。宗達研究者の自分とは、ほぼ接点がない。

しかしながら、まったく接点がないわけではない。

宗達の生きた時代——生没年もはっきりしていないため、明言はできないものの——は、十六世紀後半から十七世紀前半と言われている。つまり、西洋美術史的観点から見ると、まさに、バロックとのちに呼ばれるようになる時代が始まった頃なのである。

宗達が活躍していたと目(もく)されている時代。ちょうどマカオが西洋への中継点となり、宣教師が日本とこの地を行き来していた時代である。

織田信長(おだのぶなが)はキリスト教に寛容だった。豊臣秀吉(とよとみひでよし)の世にはキリスト教への弾圧が始まった。そして徳川家康が幕府を開き、江戸時代が始まると、キリスト教は禁教となるのである。

そのことと宗達が関係しているとは思えないものの、時代が重なっているのは間違いない。

ポルトワインで乾杯をしてから、レイモンドは、しばらくのあいだ、「マカオの始まり」についてわかりやすく話してくれた。

マカオは、かつて、小さなひなびた漁村であった。ところが、明王朝の時代に、それが一変する。

一五一三年、ポルトガル人を乗せた船がマカオに渡来した。当時、ポルトガルは世界有数の海洋大国であり、絶大な力を有していた。ポルトガル人は明王朝と交渉し、交易することを許された。一五五七年、ポルトガルはマカオにおける居留権を得、本格的にこの地に根を張るようになる。

カトリック教会の宣教師たちが続々とマカオにやって来たのもこの時期である。この地を経由して日本に渡来した最初の宣教師、フランシスコ・ザビエルも、東南アジアの各地で布教活動を行った。

ザビエルの渡来は一五四九年、和暦では天文十八年のことである。これに続く時代、元亀元年（一五七〇年）から寛永年間（一六二四年〜一六四三年）は、まさに彩の研究対象となっている時代だ。この時期、日本でいったい何が起こっていたのか、ひと通り把握しているつもりである。

特に、元亀元年からの数十年は、日本史の中でも大きく歴史が動いた時代であり、俵屋宗達が活躍したのもこの時期ではないかという説がある。

一五八二年、本能寺の変、織田信長の自害。一五九〇年、豊臣秀吉による天下統一。一六〇〇年、関ヶ原の戦い。一六〇三年、徳川家康による江戸開府。一六一二年、禁教令発布、その後の鎖国。

宗達は、およそ七十歳まで生きたのではないかとも言われているが、それがほんとうだとして、彼が生きた七十年とは、なんという激動の時代だったことだろう。

一五六八年からのわずか三十余年のあいだに、信長が台頭し、秀吉が天下人となり、ついには家康がその後二百六十年あまりもの長きに及ぶ江戸時代の幕開けを引き受けた。

かくもめまぐるしく血なまぐさい時代に、宗達は自分の生きる道を絵に見出したのである。

レイモンドから「マカオの始まり」についての解説を受けながら、彩の胸にはなぜか宗達のことばかりが浮かんでくるのだった。

十六世紀に渡来したカトリック教会の伝道師たちによって、マカオにはキリスト教の苗が植えられ、やがて立派な木になり、大きな森となった。

その森はいまや林立する高層ビルや商業施設に取って代わられそうだが、世界遺産に登録された歴史地区には教会群が遺されており、人気の観光スポットとなっている。

十九世紀、ポルトガルの植民地となっていた時代に造られた教会には、観光客のみならず、いまなお地元の信者たちが集(つど)っている。

それ以前の教会となるとほとんど遺っていないのだが、もっとも名高い観光スポットとなっている遺構(いこう)がある。十六〇〇年代に建設された聖ポール天主堂跡である。

「マカオに来るまえにネットで見ました。教会そのものは火災で焼失してしまったけれど、正面(ファサード)だけが遺されているという珍しい教会跡ですよね」

世界遺産にもなっている天主堂跡に話題が及んだとき、彩は声を弾ませて言った。

ちょうど日本では宗達が生きていた時代の遺構が、ファサードだけとはいえ、こんなに湿気が多くて気候の厳しい地に遺されているのだ。それだけでも一見の価値はある。

「ええ、その通りです。すでに調べていただいているようですね」

レイモンドは笑って、そう答えた。

「建設当初から十九世紀初頭まで二百年ほど持ちこたえていたのですが、一八三五年に台風に見舞われ、一帯が大火事になったんです。そのときに、ファサードを遺してすべて焼け落ちてしまった。逆に、ファサードだけは見事に遺されたというべきかもしれないけれど……」

「ファサードだけの教会」はマカオ歴史地区の小高い丘の上に建っている。建築当初、イエズス会の宣教師の指導のもと、現地の職人と母国を追放された日本人信徒たちが力を合わせて造ったという天使像や聖人像のレリーフが、ファサードの壁にはめ込まれたまま、変わりゆくマカオの街を見下ろしている。

しかし、いつ崩壊するかもわからない建造物を放置するのは危険だ、撤去すべきだという声が聞こえてくるようになって、マカオ文化局がファサードの保存と維持のために立ち上がった。

一九九〇年から九五年にかけて、マカオ文化局の指示のもと、聖ポール天主堂跡で大掛かりな発掘調査が行われた。

「このときに、もともと教会の地下に設置されていた納骨堂と教会のオリジナルの基礎が発掘されて、ひとしきり話題となりました。あなたもご存じだったでしょうか?」

レイモンドに尋ねられて、彩は「いいえ、残念ながら……」と正直に答えた。自分の専門外の情報にはさほど敏感（びんかん）ではないのだ。

「そうですか」とレイモンドはさらりと受け流して、言葉を続けた。

「この発掘調査によってさまざまな発見があったのです。たとえば、納骨堂からは、イエズス会のマカオ大神学校（コレジオ）の設立者で巡察師（じゅんさつし）であるアレッサンドロ・ヴァリニャーノを含む複数の修道僧の遺骨が発見されました。同時に、日本人殉教者の遺骨も」

日本でキリスト教が禁教となってから、迫害を逃れてマカオへ渡ってきた信徒が何人もいた。また、改宗を迫られても決して転ばず、殉教した信徒も多数存在した。マカオへ逃れた信徒たちの中には、殉教した兄弟の遺骨を抱いて海を渡った者もいたのだろうか。

が、彩は「日本人殉教者」よりも「アレッサンドロ・ヴァリニャーノ」のほうに反応した。

ヴァリニャーノといえば、十六世紀後半、日本にやって来て、布教活動と小神学校(セミナリオ)の設立に尽力し、時の権力者——織田信長——にもまみえた人物である。

安土桃山時代末期をいっそう華やがせたキリスト教と南蛮文化については、彩も色々に調べて、ある程度の史実はわかっていた。ヴァリニャーノは、間違いなく、その時代のキーパーソンのひとりである。

ひょっとすると、レイモンドは、ヴァリニャーノについて調査をした結果、彩に安土桃山時代末期の日本の風俗について、あるいはその当時の文化芸術について、専門的なアドヴァイスを受けたがっているのかもしれない。

それで私をマカオに招待したの？　とすれば、選ぶ人間を間違っている。だって私は日本における南蛮文化の受容については専門外なのに。

彩は心の中でそうつぶやいた。

レイモンドは、ポルトワインのグラスをゆらゆらと揺らしながら続けた。

「一九九〇年代前半に五年間かけて行われた聖ポール天主堂跡の調査では、実にさまざまな発見がありました。そのときに発掘された遺物は、現在、天主堂跡地に造られた天主堂芸術博物館で保存、展示されています。ちなみに、納骨堂も新設され、アレッサンドロ・ヴァリニャーノの遺骨も、日本人司祭や殉教者の遺骨ととももに、そこに安置されています」

「発掘された遺物は、どの時代のものが多かったのですか」

彩が尋ねると、

「十六世紀から十九世紀まで、さまざまな時代にわたっています。西洋のものも東洋のものもあって、実にさまざまです」

すぐにレイモンドが答えた。彩は、自然と前のめりになった。

「日本のものは……何かありますか？」

重ねて尋ねると、レイモンドは、

「いや、特には」

あっさりと答えた。

「そうですか……」

彩は、つい声を曇らせてしまった。ぱんぱんにふくらんでいた期待が一気にしぼんだ。

――だって、ずいぶん思わせぶりだったから。

宗達の研究者である自分を、こうしてマカオまで呼び寄せたのだ。数十年まえに行われた発掘調査でさまざまな時代と国の遺物が発見されたと聞かされれば、宗達らしき筆の絵が含まれているとか、そんな話を持ちかけられるのではと、つい期待してしまう。

——そうじゃないなら、どうして私をわざわざマカオへ招いたの？

疑念が表情に出てしまったのだろうか、レイモンドは、彩の顔をみつめて、

「すみません。あなたの期待されているような発見は、残念ながら、そのときの発掘調査では何もなかったのです」

はっきりと言われてしまった。はあ、と彩は、つい気の抜けた声を出した。

「そうですか。……私は、てっきり……宗達らしき絵か何か、特別な発見があったのかと……」

その瞬間、レイモンドの目が妖しく光った。テーブルに乗り出すようにして、彼はひそひそ声で言った。

「実は、ここだけの話にしていただきたいことがあるのです。その話をするために、あなたにわざわざ来ていただきました」

彩は目を瞬かせた。

——ついさっき、日本関係の遺物は発見されなかったと言ったのに、どういうことだろうか。

「私がいまからお話しすることを、誰にも口外しないと誓っていただけますか」

レイモンドのまなざしは真剣だった。彩は、思わず息を詰めて、こくりとうなず

いた。

レイモンドは、しばらく黙ったままで彩の瞳をみつめていた。それから、おもむろに語り始めた。

「——つい三カ月ほどまえのことです。……私のもとに、とある男性が訪れました。仮に、『X』としておきましょう」

彩は、レイモンドの語る言葉を一言一句聞き逃すまいと、全身を耳にして聴き入った。

真夏の太陽が照りつける蒸し暑い午後のことだった。

マカオ博物館の学芸員室でメールをチェックしていたレイモンドのもとに、受付から内線電話で連絡が入った。

——「X」さんという男性がいまここに来ていて、面会を希望しています。アポイントはないとのことですが、どうしますか？

知り合いではなかったし、忙しかったので、即座に断った。するとまた受付から内線電話がかかってきた。鑑定してもらいたいものを持ってきた、なんだったら置いて帰ってもいいから、と男は食い下がっているようだった。

鑑定希望者と知って、レイモンドは急きょ会うことにした。こんな仕事をしていると、ときおりとんでもない史料が持ち込まれることがある。たいしたことはないだろうと看過（かんか）してしまって、あとから後悔したくはない。

同僚にも声をかけようかと思ったが、いや待てよ、と思いとどまった。もしも取るに足らない（ジャンク）ものだったら時間の無駄だ。まずは自分だけで対応しよう、と会議室へ出向いた。

会議室では、よれたTシャツとジーンズを身に着けた三十代半ばくらいの男が待っていた。

男の姿を見た瞬間、レイモンドは、ハズレだな、と直感した。まれに高価な美術品や貴重な史料が持ち込まれることがあるが、その多くは五十代から七十代の男性で、身なりもきちんとした人物であることが多い。富裕層で、家を建て替えるときに倉庫でみつかったとか、遺産相続したとかいう場合に、その「お宝」を持ってくるのだ。

とはいえ、年齢とファッションで人物を判断するのは危険なことでもある。最近のIT長者は何万円もするブランドもののTシャツとジーンズを着ているということだから。

「X」は、レイモンドに会った瞬間から妙におどおどして、どことなく挙動不審だった。

聞けば、彼はマカオの郊外の中山（チョンシャン）市在住で、地元の食品加工工場に勤務しているという。生真面目（きまじめ）そうな、どこにでもいる感じの青年である。

なかなか本題に触れようとしないので、お見せいただくものがないならば私はこれで失礼しますが……と切り出してみた。すると、ちょっ、ちょっと待ってください、いま見せます！　と、急にあわてて、かたわらの椅子の上に置いていた四角い布の包みを卓上に載せた。そして、消え入りそうな声で打ち明けた。

——実は、これは……盗品なんです。

——盗品？

——はい。先月亡くなった祖父が、息を引き取る直前に、私に託したものです。

「X」は母子家庭に生まれ育ったが、中学生のときに病気で母を亡くし、以来、中山市に暮らす祖父母に引き取られ、三人で暮らしてきた。

祖父は長らく建設作業員をしていて、都市部で工事があると出稼ぎに行って何カ月も帰らなかった。「X」は、祖母とともに祖父がみやげを持って帰ってくるのを待ちわびていたという。

「X」が地元の工場に勤め始めた頃、祖母が他界した。その後、祖父は現役を引退し、孫とふたりでひっそりと暮らしてきた。

今年になってから、祖父は腎臓病を患（わずら）い、寝たきりになってしまった。「X」は仕事をしながら看病してきたが、夏の暑さがこたえたのか、七月のある夜、祖父は危篤に陥った。救急車を呼ぼうとする孫を制止して、祖父は弱々しい声で言った。

——お前に託したいものがある。

浅い呼吸を繋ぎながら、祖父は「X」に告げた。

——このベッドの下に箱がある。その中に……絵と……ノートが入っている。それを……博物館に持っていってくれないか。

もう何十年も使い続けてすっかりスプリングが緩んでしまったベッドに、祖父は横たわっていた。「X」は、祖父の朽木のように痩せ細った体にすがりついた。

——じいちゃん、わかったよ。もう何も言うな。

祖父はうつろなまなざしを「X」に向けた。が、もはや何も見えていないようだった。

かすれた声で、途切れ途切れに、祖父は言葉を繋いだ。懺悔の言葉を。

——おれは、若い時分に……罪深いことをした。あの絵が、あまりにも……あまりにも……すばらしくて……つい……手が出てしまったんだ。どうしても……持って帰りたくなってしまったんだ。おれのものじゃないのに。あの教会のものなのに……。

「X」は祖父の口もとに耳を近づけた。ヒューヒューと虚しい音を立てて、末期の吐息とともに祖父は言った。

——神さま……許してください……。

それが最期の言葉となった。

たったひとりの肉親を亡くし、天涯孤独となった「X」は、声を放って泣いた。

告別式が終わってしばらくのあいだ、何をする気にもなれなかった。アパートの部屋の中、膝を抱えて、空っぽになった粗末なベッドを眺めるばかりだった。

祖父の遺言が頭の中でぐるぐる巡っていた。塗料がところどころはげ落ちたスチール製のベッドのフレーム。その下には祖父がタンス代わりに下着などを入れて使っていたプラスチック製の衣装ケースがふたつと、薬の入った缶や雑誌のたぐいがいっぱいに押し込まれていた。「X」はそれに手をつけるのが怖かった。祖父の遺言が真実だとすれば、そこには祖父が若き日に出来心で「持って帰りたくなってしまった」絵が——つまり「盗品」があるはずだ。

——博物館に持っていってくれないか、と息を引き取る間際に祖父は言ったが、盗品ならば警察に相談して教会に返すべきではないか。でも、どの教会なんだ？

「X」は思い悩んだ。悩み続けて食事ものどを通らないほどだった。

祖父が他界して十日目、とにかく何があるのか、それとも何もないのか、確かめてみようと心を決めた。

ベッドの下の衣装ケースを引っ張り出し、恐るおそるふたを開けた。薄汚れた下着がぎゅうぎゅうに詰め込んである。それを全部取り出してみた。

すると、茶色い油紙に包まれた「本」のようなものと、同様に油紙に包まれた二センチほどの厚さの「平面」が現れた。

「X」は息を止めて、まず「平面」を包んでいる油紙を、震える指先でそっと開いた。一枚開くと、また油紙だった。それを開くとまたもう一枚。油紙は三重になっていた。最後に新聞紙が現れた。

「X」は目を凝らした。マカオの地元紙で、日付があった。——一九九一年三月十三日。

高鳴る胸の鼓動を感じながら、「X」は新聞紙を留めているテープをはがした。破れないように細心の注意を払いながら、そっと広げる。

そして、黄ばんだ新聞紙の中から現れたのは——。

「『X』の祖父のベッドの下に隠されていたものは、驚くべき『絵画』でした」

そこまで一気に語って、レイモンドは息をついた。

「彼は、それを目にして、いったいどうしたらいいのかわからず、とにかく祖父の遺言通り、マカオ博物館に持ち込んだ……というわけです」

いつのまにかテーブルに運ばれていた料理の数々は、すっかり冷めてしまっていた。

彩は、自分がいまどこにいるのかも忘れて、レイモンドの話――「X」の話にのめり込んだ。

マカオ郊外のつましいアパートの一室で発見された「絵画」。いったい、それは――。

「どんな作品だったんですか」

彩は、もう一刻も待てない思いで訊いた。

「どの時代の、誰の筆によるものだったんでしょうか。もう検証は終わったのですか？　X線調査は……」

「まあ、そうあせらないでください。一緒に確認していただくために、あなたをお招きしたのです」

レイモンドは不敵な笑みを浮かべて言った。

「続きは、明日……博物館で」

翌朝、彩は、朝食もそこそこに、聖ポール天主堂跡へやって来た。

昨夜はなかなか寝付けなかった。レイモンドから打ち明けられた「X」の話――

他界した祖父のベッドの下から発見された「絵」とは、いったい何だったのか。気になって眠ることができなかったのだ。

レイモンドも人が悪い。すぐに教えてくれてもよさそうなものなのに……。

しかし、彼は言っていた。彩の目をまっすぐにみつめながら。

――あえて話さずにおきましょう。前情報を入れると、それに引っ張られてしまう。まずはあなたの曇りのない目で確かめていただきたいのです。

それがいったい何なのか――。

一八三五年の台風による火災でそのほとんどが焼失してしまった聖ポール天主堂の遺構は、ファサードだけが遺されており、そこへと続く広い石段を大勢の観光客が占めている。記念写真を撮り合ったり、ツアーガイドの説明に耳を傾けたりしている彼らの脇を通り過ぎ、彩は、小高い丘の上のファサードに向かって石段を上っていった。

聖ポール天主堂は、一六〇〇年代（十七世紀）にイエズス会の会士たちが造り上げたという。同じ頃、ヨーロッパ各地には天を突くほど高くとがった大聖堂や、入り口に聖人の彫像を配した教会が造られていた。それを模してこの教会も造られたのだろう。死神を退散させるイエスや、怪物ヒュドラーを踏みつける女性など、独特の彫刻がファサードに刻まれている。彩は、くすんだ青空の真ん中に屹立（きつりつ）する巨大な壁のような「聖堂の名残」を見上げた。

焼失から百五十五年後の一九九〇年、聖ポール天主堂跡の大規模な遺跡発掘調査とファサードの修復が行われた。すべての調査終了までに五年が費やされた。専門家の陣頭指揮のもと、調査隊が発掘を手がけたが、多くの建設作業員も動員されたという。

レイモンドのもとに謎の史料を持ち込んだ「X」の祖父は、生前、建設作業員としてマカオ周辺の建設現場へ出稼ぎに行っていた。そして、孫の「X」も詳細は知らないことではあったが、どうやらこの発掘調査の作業を手伝ったのではないか――というのが、レイモンドの推測だった。

「X」の祖父は、息を引き取る寸前に、孫に告げた。

――あの絵が、あまりにも……あまりにも……すばらしくて……つい……手が出てしまったんだ。どうしても……持って帰りたくなってしまったんだ。おれのものじゃないのに。あの教会のものなのに……。

「あの教会」とは、どの教会のことを指すのか。「X」にはわからなかったようだが、レイモンドはすぐにぴんときた。

――聖ポール天主堂のことに違いない。

レイモンドの推理はこうだ。――「X」の祖父は、遺跡調査のさいに作業員として駆り出され、そこで「絵」を発見した。本来であれば、すぐにも調査員に知らせなければならないところを、「あまりのすばらしさに」思わず持ち帰ってしまった。

自宅のベッドの下に隠していたが、長いあいだ罪悪感に苛まれていたのだろう。息を引き取る間際にとうとう孫に打ち明けた。博物館に持っていってほしいと、その「絵」を託して。

聖ポール天主堂のファサードをしばらく見上げてから、彩は隣接する「モンテの砦」の方面へと歩き始めた。

「モンテの砦」と呼ばれる、かつて要塞だった小高い丘の中腹にマカオ博物館が建っている。こんもりと繁る木々が作る緑陰の中を進んでいくと、エスカレーターが現れる。これに乗れば博物館の正面玄関にたどり着く。が、彩はエスカレーターの前を通り過ぎ、その裏手にあるスタッフエントランスへと向かった。

守衛室の受付でレイモンド・ウォンと約束がある旨を告げると、内線電話で取り次いでくれた。しばらく待っていると、アシスタントらしき女性が現れ、彩を博物館内の会議室へと連れていった。

だだっ広い会議室で、彩は自分の胸の鼓動が響き渡るのを感じていた。膝の上で握りしめた両手の内側がじっとりと汗ばんでいる。いままでに体験したことがないほど緊張しているのが自分でわかる。

しばらくして、ノックの音がした。彩は、はっとして顔を上げた。

　ゆっくりとドアが開いて、レイモンドが現れた。

　両腕で四角い布の包みを抱いている。それを目にした瞬間、胸の鼓動が一気に高まった。

「おはようございます、アヤ。ようこそマカオ博物館へ」

　レイモンドは生成り色の木綿で包まれた「それ」をテーブルの上に置くと、彩と握手を交わした。

「夕べはよく眠れましたか」

「ええ」と彩は微笑んでみせた。

「……と言いたいところですが、その逆です」

　レイモンドも微笑んで、「そうでしょうね。野暮な質問でした」と返した。

「早速ですが……この包みの中に例の『絵』が入っています」

　そう言って、レイモンドは四角い包みを指し示した。

「くどいようですが……まだ検証中ということもあるので、ここでのことは決して他言なきよう。よろしいですか？」

　彩は、黙ってうなずいた。

　その様子を確かめてから、レイモンドは包みの結び目に指をかけた。木綿の布がするりとほどけて、中から保存用の畳箱が現れた。

彩は、透視でもするかのようにその箱を一心にみつめた。額にじっとりと汗がにじむ。心臓が怖いくらいに激しく脈打っている。

――この箱の中に……きっと「俵屋宗達らしき画家の筆による新発見の絵」が入っている。

彩は自分の予感を確信していた。

なぜ宗達のものらしき作品がマカオで発見されたのか、そのいきさつはわからないし、想像もできない。しかし、それでも、この箱の中身がなんらかの宗達関連の史料に違いない、と確信したのは、ついさっき、聖ポール天主堂跡に立ったときのことだ。

宗達が生きていた時代に造られた建造物が、ファサードだけになってしまったにせよ、こうしてこのマカオに遺されている。そして、同じ場所に、やはり宗達が生きていた時代の日本へやって来た巡察師、アレッサンドロ・ヴァリニャーノの遺骨も安置されている。ほかの日本人司祭や日本人殉教者たちもこの地に眠っている。

つまり、この場所は、宗達と直接関係はないが、宗達が生きていた時代の日本と濃い繋がりを持った場所なのだ。

そう気がついた瞬間に、彩は、この場所にまるで呼ばれたかのように来てしまった自分の直感は間違っていない――と確信した。

「では、よろしいですか？　ふたを開けます。……まずは第一印象を聞かせてください」

畳箱のふたに手をかけて、レイモンドが言った。

「わかりました」

もはや一秒たりとも待ちきれない思いで、彩は答えた。

レイモンドは口もとにかすかな笑みを浮かべた。それから、両手を添えて、そろりとふたを外した。

胸の鼓動が全身を駆け巡るのを感じながら、彩は身を乗り出して箱をのぞき込んだ。

箱の中身はさらに薄紙に包まれていた。レイモンドの手が伸びて、薄紙をはがす。慎重に、ゆっくりと。彩は無意識に呼吸を止めていた。

――あ……。

その瞬間、一条の光が射した。

あまりのまばゆさに、彩は思わず目を細めた。

薄紙の下から現れたのは、一枚の板絵。驚くほど精巧(せいこう)に、細部まで緻密(ちみつ)に描き込まれた西洋画の油絵(オイル・ペインティング)だった。

絵画の主人公は、対を成すふたりの男神。ギリシャ神話の神々だろうか。漆黒(しっこく)の暗闇を背景に、黄泉の世界から抜け出して光あふれる天上へと舞い上がるかのように、ぽっかりと無限の宙の中に浮かび上がっている。

左側には光の衣を身にまとった半裸の姿の神。なめらかな白い肌、亜麻色の髪。金色の瞳は妖しく光っている。右腕を高々と上げ、その手に握られているのは光の槍。精悍な顔立ち、髪の毛の一本一本までが、己の掲げる光の槍にくっきりと照らし出されている。

そして、右側に浮かんでいるのは、風に乗って舞い上がるもうひとりの神。翡翠色の肌、金色の髪。隆々たる筋肉のたくましい腕と胸、引き締まって均整のとれた体軀。頰を思い切りふくらませ、とがったくちびるから勢いよく吹きつける息は、大海原の船を水平線の彼方へと前進させる風に変わる。

右と左。——東と西。両極に浮かび上がる美しくも猛々しいふたりの神。

これは——。

「——風神……雷神？」

彩の口から、言葉がこぼれ出た。

レイモンドは、彩のほうを向くと、言った。

「ええ。『ユピテル、アイオロス』です」

ユピテル、アイオロス。

「風神雷神」を、レイモンドはそう言い直した。――ラテン語で。

「美術史を少しでもたしなむ者であれば、この絵に描かれているのがなんなのか、すぐにわかるはずです。左側に浮かんでいるのは、光の槍……つまり、雷(いかずち)を掲げた神、ユピテル。右側に浮かんでいるのは、風を巻き起こす神、アイオロス。……つまり、この絵は『風神雷神図』なのです」

彩は、もう一度、テーブルの上に置かれた油絵を見た。

「風神雷神図」と言われれば、確かにそうだった。

しかし、この絵は、俵屋宗達の描いた〈風神雷神図屏風〉とはまったく異なっている。画材(マテリアル)、技法、モチーフ、表現を見れば、日本人が描いたものではないのは一(いち)目瞭然(もくりょうぜん)だ。

一見したところ、画材は油彩である。支持体(サポート)はカンヴァスではなく、厚さ三ミリ程度の木板。描かれている二神は、ギリシャ・ローマ神話に登場する雷神(ユピテル)と風神(アイオロス)であろう。彫りの深い整った顔立ちと筋骨隆々とした肢体(したい)がそう物語っている。その人体表現は驚くほどリアルで真に迫っている。

何より特徴的なのは、劇的な光と闇の対比(コントラスト)だった。二神は底なしの真っ暗闇の中に浮かんでいる。が、ユピテルの掲げる光の槍が発する輝きは、みつめていると知らずしらず目を細めてしまうほど強烈だ。一方、アイオロスが放つ風の息も、闇を吹き飛ばす閃光（せんこう）となって、画面にリズムを与えている。

暗黒に支配された悪（あ）しき世界が二神によって解き放たれ、光に満ちた命あふれる世の中へと生まれ変わる。――そんな寓意（ぐうい）さえ見て取れる。無知（闇）から知（光）へ。絶望から希望へ。闇の中の際立った光は、迷える人類を導きたまう神々の道標（みちしるべ）なのだろうか。

彩は、しばらく無言で「ユピテル、アイオロス」を凝視した。

――これは、宗達やほかの日本人画家によるものではない。間違いなく、ヨーロッパの画家の……かなり卓越した技量を持った画家の作品だ。

そうだ。この絵は――バロック絵画を代表する画家、カラヴァッジョの絵の特徴を備えている。

強烈な明暗のコントラストは「キアロスクーロ」と呼ばれる技法で、これを大成させた立役者が、十六世紀後半から十七世紀前半にかけてイタリアで活躍した天才画家、ミケランジェロ・メリージ・ダ・カラヴァッジョである。宗教画を当時のイタリアの風俗に即して描いたり、キアロスクーロを生かしてドラマティックな場面を演出したりして、人々を驚かせ、熱狂させた。彼の死後も、その作品に強い影響を受けた「カラヴァッジェスキ」と呼ばれる画家たちによって、カラヴァッジョふうのキアロスクーロが駆使された絵画がヨーロッパ各地で流行した。西洋美術史において「カラヴァッジョ以前」と「以後」に分かれるほど、彼の登場は決定的だった。

彩にとって、バロック絵画は専門外ではあるが、カラヴァッジョの活躍した時代は日本での安土桃山から江戸初期に当たるため、基本的な知識は持ち合わせていた。

いま、彩の目前にある「ユピテル、アイオロス」は、時代はいつのものか不明だが、カラヴァッジェスキの画家によって描かれたものだということは明らかだ。

彩は顔を上げると、レイモンドのほうを向いた。

「この作品の検証はまだ済んでいないとおっしゃいましたが……あなたの個人的な見解はどうなんでしょうか、レイモンド？」

レイモンドは、両腕を組んで絵をみつめたままで、「そうですね……」とつぶやいた。

「バロック時代のヨーロピアンの画家の手によるものであることは、まず間違いないでしょう。おそらくは十七世紀前半から半ば……カラヴァッジョの影響を強く受けた画家かと」

「この作品が聖ポール天主堂跡で発見されたとしたら……ポルトガルかスペインの画家かもしれない、ということでしょうか」

「その可能性はあります。が、一概にそうとも言えない。十七世紀前半のポルトガルはスペイン国王が施政していましたが、オランダの前身、ネーデルラントもスペインの支配を受けていました。となると、オランダ人画家が描いた可能性もぬぐえません」

十六世紀、スペインはヨーロッパの大国となり、各国に影響を与えていた。ローマ教皇はスペインの後ろ盾を得てその権力を維持していた。ミラノやナポリなどもスペインに統治され、イタリア人画家、カラヴァッジョが生み出した絵画技法と様式は、スペインを経由してヨーロッパ全土へと伝播され、多くのカラヴァッジェスキを生み出すことになった。

したがって、この謎の絵画「ユピテル、アイオロス」が、仮に十七世紀前後に制作されたものだとして、いったいどこの国の誰が描いたのか、すぐには判断できなくて当然である。

レイモンドの専門は十六世紀から十七世紀のスペイン、ポルトガルの聖画なので、カラヴァッジェスキには詳しかった。しかし、その彼の目で見ても、サインも日付も入れられていないこの絵の作者が誰なのか、言い当てるのは難しかった。

彩は戸惑いを隠せなかった。

レイモンドですら作者のわからない西洋画を見せられても、まったく専門外の自分が何かコメントできるはずもない。

いったい、彼は自分に何を期待しているのだろう。

それにしても……この絵の圧倒的な磁力の強さはどうだ。サイズはさほど大きくはないが、一度見たら忘れられないほどの強烈なインパクトである。

この絵に引きつけられ、魅せられて、つい持ち帰ってしまったという「X」の祖父の気持ちがわかる気がする。

レイモンドの推理通り、これがあの聖ポール天主堂跡の発掘現場でみつけられたものだとして——第一発見者となった「X」の祖父は、この絵の魔力ともいうべき力に一瞬にしてとらえられてしまったに違いない。

いったい、どんな状況だったのだろうか。

石と土と瓦礫、荒れ果てた遺構の闇の中から、この光り輝く絵が見出されたその瞬間を、彩は想像した。

この絵をレイモンドに見せられたとき、あまりのまばゆさに思わず目を細めた。絵の内側から光が放たれたかのように感じたのだ。

こんなふうに絵を見てリアルなまばゆさを感じたのは、十代の頃、俵屋宗達の〈風神雷神図屏風〉を京都国立博物館で初めて見たとき以来だった。

彩は子供の頃から宗達を追いかけてきた。京都の寺院や美術館で見られる宗達の作品を、親に連れられて、あるいはひとりで、見に出かけていた。

建仁寺所蔵の国宝〈風神雷神図屛風〉は京都国立博物館に寄託されているのだが、常に展示されているとは限らない。彩は、十四歳のとき初めてこれを見る機会を得た。

——あんたの好きな宗達の代表作が、いま、京博に出てるえ。

東京から京都に遊びに来ていた友人を連れて博物館へ出かけていた母が、帰宅するなり彩にそう告げた。その時分にはすでに「琳派女子」を気取っていた彩は、代表作って「風神雷神」？　と母に訊き返した。すると母は笑って言った。

——そうそう、「風神雷神」。せやけど、「風神雷神」て赤鬼青鬼や思うてたら、実際見たら白鬼青鬼やったで。どうしてなん？　教えてや、彩ちゃん。

十代の少女らしいまっすぐな興味を向けていたから、自分は琳派のことなら——特に宗達のことならなんでも知っていると思い込んでいた。それなのに、彩は、母が投げかけてきた単純な質問に答えられなかった。

そういえば、画集で繰り返し見てきた宗達の〈風神雷神図屛風〉は赤鬼青鬼ではない。白鬼青鬼だ。なぜ？　どうして？　その秘密を突き止めてみたい。

翌朝一番で、彩は京都国立博物館を訪れた。脇目（わきめ）もふらずに〈風神雷神図屛風〉の展示室に向かった。そして初めて本物の「風神雷神」と向き合った。

その瞬間のことを、いまでもはっきりと覚えている。——とてつもなくまばゆかったことを。

十四歳の彩は、〈風神雷神図屛風〉の前に歩み寄ると、目を細めて眺めた。金地の宙にぽっかりと浮かび上がる二神。天上から雷光とともに降りてきた雷神と、風に乗ってやって来た風神が、たったいま、目の前で出会った。その偶然の出会いに自分が立ち会ったような気がした。

宗達の絵は光を放っていた。強烈な磁力も。彩は一気に引き込まれて、しばらく動くことすらできなかった。天上の光に包まれて。

——あのときの、言葉にできないあの感じ。

謎の絵「ユピテル、アイオロス」をみつめながら、彩は少女の頃に味わった不思議な感覚を思い出していた。

テーブルの上に置かれた油彩画「ユピテル、アイオロス」をじっとみつめていると、宗達の〈風神雷神図屛風〉が画面に浮かび上がってくる。奇妙に思いながらも、それがなぜなのか、彩にはわかる気がした。

この絵と宗達の〈風神雷神図屛風〉は、技法も画材も大きさも、何もかもが異なっている。

しかしながら、このふたつには驚くべき共通点があった。

風の神が青い肌、雷の神が白い肌に描かれているのだ。

このたったひとつの共通点が、まったく違うふたつの絵を強く結びつけている――。

「あえて伺いますが、アヤ。……あなたは、この作品の作者はいったい誰だと推測しますか？」

レイモンドの問いかけに、彩は、はっとして顔を上げた。

いま、ここがどこなのか、なぜ自分がここにいるのか――何もかも忘れて、目の前の絵に完全に入り込んでしまっていた。

彩は口もとに苦笑い（にがわら）を浮かべた。

「あなたですらわからないのに、私が答えられるはずがありません。……ただ、ひとつだけ言えるのは……この絵の作者は俵屋宗達ではない――ということです」

そう言ってしまってから、ふいに、悔しいようなさびしいような感情が胸をかすめた。

レイモンドは黙したままで彩をみつめていたが、やがて静かな声で言った。

「あなたをわざわざここへお招きしたほんとうの理由は……この絵と併（あわ）せて、もう一点、別のものをお見せしたかったからです」

彩は、レイモンドを見た。レイモンドは、彩の反応を見守るように、やはり静かにみつめ返していた。

「……別のもの……絵ではなくて?」

確かめるように訊き返すと、レイモンドはうなずいた。

「ええ。絵ではありません……これです」

レイモンドは、畳箱（たとうばこ）の中に収まったままの板絵に指をかけ、両手でそっと垂直に持ち上げた。彩は、瞬き（まばた）もせずにその一部始終をみつめていた。

箱の底に現れたのは、ぼろぼろに傷んだ紙の束だった。

黄ばんだ古い紙――いったい、いつの時代のものだろうか。あちこちが破損し、土がこびりついている。

いちばん上の紙にはかすれたインクの文字がかすかに見える。――ラテン語のようだ。目を凝らして、一文字一文字、追いかけてみる。

IVPPITER AEOLVS.
VERA NARRATIO

「ユピテル、アイオロス……」

彩は、思わず声に出して読んだ。その次の言葉の意味はわからない。すると、レイモンドが続けて言った。

「ウェラ・ナラティオ。『真実の物語』という意味です」

「真実の物語……」

そう繰り返した瞬間、ぞくりとした。

何かとてつもないことがこの紙の束には書かれている。——そんな予感が突風のように彩の中を駆け抜けた。

「これは……誰が書いたものなのですか？」

彩の問いに、レイモンドは、

「答えは、ここに書かれています」

紙の片隅を指し示した。

見えるか見えないか、ぎりぎりの薄い文字、流麗(りゅうれい)なアルファベットで、「ユピテル　アイオロス　真実の物語」の作者の名前が書かれてあった。

FARA MARTINO

彩は、目を見張った。

ファラ・マルティノ。……原(はら)マルティノ。

——まさか……天正遣欧使節の？

十六世紀末、九州のキリシタン大名の名代としてローマに派遣され、ローマ教皇に謁見した少年たちがいた。いわゆる「天正遣欧使節団」である。

イエズス会の巡察師、アレッサンドロ・ヴァリニャーノに導かれ、はるばる海を渡った四人のキリシタンの少年たち。伊東マンショ、千々石ミゲル、中浦ジュリアン、そして——原マルティノ。

彩の横顔に驚きが広がるのを認めたのか、レイモンドは、「そうなんです。……あ、あのハラ・マルティノ……」と、その名を強調して言った。

「この古文書の作者は、一五八五年、ローマ教皇グレゴリウス十三世にまみえた天正遣欧使節の一員、原マルティノ……かもしれません。表紙に書かれている名前を信用するなら、ですが……」

天正遣欧使節については、宗達と同時代の注目すべき史実として、彩にも知識は備わっていた。

使節団が長崎港から出立したのは一五八二年。戦国時代のまっただなか、織田信長が勢力を拡大し、天下統一は目前かに見えた頃である。カトリック教会の一会派、イエズス会の創設者のひとり、フランシスコ・ザビエルが、日本で初めてキリスト教の布教を始めてから三十三年後のことだ。

信長は南蛮交易とその文化に興味を示し、キリスト教の布教を容認した。それに先立って、九州各地の領主、大友宗麟（おおともそうりん）、大村純忠（おおむらすみただ）、有馬晴信（ありまはるのぶ）は、それぞれに洗礼を受け、いわゆる「キリシタン大名」となっていた。彼らの家臣や領民たちの多くも領主にならってキリシタンとなり、キリスト教は手厚く保護されていた。有馬の領地には西洋学校「セミナリオ」が創設され、いずれキリスト教の指導者となり布教の一端を担うであろう若者たちが、熱心に西洋の学問や文化を学んでいた。

当時の権力者たちがキリスト教に寛容だった理由のひとつとして、ポルトガルと交易したいという胸算用（むなざんよう）があった。各地の領主は戦（いくさ）のために金子（きんす）が必要だった。南蛮との交易は領地の経済をうるおす。そのためにキリシタンに改宗する領主がいたのは事実であった。

日本での布教に傾魂（けいこん）していた巡察師、アレッサンドロ・ヴァリニャーノは、キリストの教えを人々に押しつけるのではなく、しっかりと根づかせたいと考えていた。彼は、日本人はすぐれた民族であると認め、この国に暮らす人々のすばらしさをヨーロッパの人々にも知らせたいと切望した。

――自分たち西洋人が日本に来るばかりでは、いかにも一方的だ。一度でいい、日本人をヨーロッパに連れていこうではないか。そして彼らにヨーロッパのさまざまな文化を吸収させよう。かなうことならば、ローマ教皇に謁見（えっけん）をたまわろう。そうすれば、今後の日本での布教はより確固たるものになるはずだ。

ヴァリニャーノはヨーロッパへ使節を派遣する決心をした。

長く苦しい旅になる。知力と体力を兼ね備えた人物、そして何より一途な信仰と、愛と奉仕と学びの精神に貫かれた者を遣わさねばならない。有馬のセミナリオで教育を受けた少年を選抜しようと彼は考えた。

そこで選ばれたのが、伊東マンショ、千々石ミゲル、中浦ジュリアン、原マルティノであった。彼らは皆、十三、十四歳であり、武家出身で両親もキリシタンであった。

天正遣欧使節は、一五八二年、帆船で大海原へ乗り出し、ポルトガルが交易をしていた国々に寄港しながら、三年を費やしてローマを訪問。ついにローマ教皇と謁見を果たし、イタリア各地を歴訪して帰途についた。一五九〇年、八年以上の年月をかけて帰国したとき、四人はすでに二十歳を超えた青年に成長していた。

しかし、ようやくたどり着いたなつかしい故国では、織田信長に替わって豊臣秀吉が天下統一を成し遂げていた。秀吉は当初キリスト教の布教を認めていたが、やがて懐疑的になり、使節団が帰国する三年まえに伴天連（バテレン）追放令を発布していた。

その後、日本のキリシタンがどれほど過酷な運命をたどったかは歴史が物語っている。徳川の治世にはついに禁教令が出されて、キリシタンは迫害された。一六三八年に島原の乱を鎮圧、以後二百十五年にわたって、日本は、世界に向かって開かれるはずだった扉を鎖で固く縛りつけ、閉ざしたのだった。

使節の四人も、その後、それぞれに苦難の人生を歩む。伊東マンショは司祭となるも布教を禁じられ長崎で死去。中浦ジュリアンは穴吊りの刑に処され殉教。千々石ミゲルは棄教者となった。そして原マルティノは――。

「確か、使節のメンバーの中で、原マルティノだけはマカオに追放され、晩年はマカオで過ごしたように記憶しています」

彩は、天正遣欧使節の歴史を胸の裡（うち）で反芻（はんすう）しながら、そう言った。レイモンドは、すかさずうなずいた。

「そうです。彼はマカオで宗教書を執筆、出版しました。帰国を望みながらもかなわず、この地で亡くなりました。そして、彼は……聖ポール天主堂に埋葬されたのです」

レイモンドの言葉に、彩は、えっ？　と思わず声を漏（も）らした。

「原マルティノが聖ポール天主堂に埋葬されていたって……それは確かなのですか？」

レイモンドは、もう一度うなずいた。

「ええ、確かです。彼の師、アレッサンドロ・ヴァリニャーノやそのほかの日本人司祭、日本人殉教者などとともに、教会の地下の納骨堂に埋葬されていたという記録が残っています」

テーブルの上に置かれた板絵に視線を移すと、「これもまた、あくまでも私の推測ですが……」と前置きしてから、レイモンドは言葉を続けた。

「天主堂跡の発掘調査に作業員として参加した『X』の祖父は、この絵画と古文書を発見した。そのときに、この絵と古文書が一緒になっていたのか、あるいは別々にあったのかは不明ですが……とにかく彼は、この二点を分かちがたいものとして、同時に持ち帰ったのではないかと思います。『X』いわく、祖父は息を引き取る間際に『絵』と『ノート』を博物館に持っていってくれ、と言ったそうです。つまり、この絵と古文書はワンセットであると、発見者である祖父は認識していたのではないかと……」

彩は、はっとしてレイモンドを見た。

――ということは……。

「つまり……この古文書には、この絵についての説明が書いてある……この絵の作者が誰なのかもわかる、ということですか？」

レイモンドの瞳に、一瞬、切実な色が浮かんだ。

束(つか)の間、彩をじっとみつめると、レイモンドは言った。

「その答えの鍵を握っているのは――あなたです」

彩は、息を詰めてレイモンドをみつめ返した。

――どういうこと？

そう問いかけたかったが、なかなか言葉が出てこない。レイモンドの鳶色の瞳をただみつめることしかできなかった。

「表紙をめくってみてください、アヤ。あなた自身の手で」

レイモンドが言った。まるで司祭のように厳かな声で。

が、彩は、なかなか手を伸ばせなかった。

――何かとてつもないことが書いてある。そんな予感がして、全身が強ばってしまったのだ。

と、そのとき。彩の心に不思議な言葉が浮かんできた。

――いざや行かむ、いかに遠かれど。

あの絵師を救うは、吾らがほかにあらず――。

次の瞬間、何かに導かれるようにして、彩の手がすっと伸びた。

聖遺物にさわるように、小刻みに震える指先が疵だらけのページに触れる。そっと表紙を繰った。

――あ……。

彩は息をのんだ。

表紙の下に現れたのは、ぼろぼろの紙の上に並んだ縦書きの行書の文字――日本語の古文だった。

びっしりと小さな文字で連綿と書かれている。

――これは……?

ラテン語で書かれていると思い込んでいた彩は、不意をつかれて声も出せなくなった。

すっかり固まってしまった彩を見て、レイモンドは言った。

「残念ながら、ここに何が書いてあるのか、私にはまったくわかりません。私の母国語は広東語なので、漢字が書いてあるのはわかりますが、ここまで崩した書体だと歯が立たない。ただ、一カ所だけ、判読可能な単語がありました。……二枚目を見てください」

横から手を伸ばして、一枚、紙をめくった。そして、「ここです」と中央部分を指差した。

彩は、レイモンドが指し示した箇所を凝視した。

かすれた楷書(かいしょ)で書かれた四文字——。

俵…屋…宗…達

確かにそう書いてある。彩は、震える瞳でその四文字をみつめた。

「……おわかりになりましたか、アヤ？　どうしてあなたにここまで来ていただいたのか……」

遠くでレイモンドの声がした。そして、耳もとで、誰かがささやくのが聞こえていた。

——行こう。

かの地へ行こう。

もう一度、あの絵師にまみえるのだ——。

第一章

IVPPITER AEOLVS VERA NARRATIO

天正（てんしょう）八年（一五八〇年）肥前（ひぜん）・有馬（ありま）

——きりえ　えれいそん（主よ、あわれみたまえ）くりすて　えれいそん（キリストよ、あわれみたまえ）。

天にまします偉大なる吾（われ）らが父君、でうす（デウス）さま。

私は、今日よりあなたさまだけを父と慕い、どこまでもあなたさまについて参ります。

いえすさまのお教えを守り、学び、広げます。

いかに険しく遠い道なりとも、どこまでも歩んで参ります。

いえすさまの御名（みな）において、この命をかけて。

どうかお導きくださりませ——。


まだ日が昇らぬ朝ぼらけ、鳥たちの目覚めとともに起きて、沐浴（もくよく）をした。そして、数珠（ロザリオ）を手に、屋敷の中でいちばん奥まった西向きの広間へと足音を潜（ひそ）ませ歩んでいった。

正面にしつらえられた祭壇にろうそくを灯し、安置されている木の十字架（クルス）に向かって、いつもより時間をかけて祈りを捧げた。

十二歳の原マルティノは、白木綿の着物に白袴を着け、その朝、剃髪式に臨んだ。有馬に新設される小神学校への入学が決まり、慣れ親しんだ実家を後にするのだ。

剃髪の儀には、父と母、それに宣教師であるアルフォンソ・デ・ルセナが立ち会った。

ルセナは、マルティノの父、原中務太輔純一、洗礼名ファラーノが禄を受けている大村領主、大村純忠――またの名をドン・バルトロメウのそば近くに仕えているパードレであった。

まずパードレが祈りを捧げ、父と母、マルティノに秘跡を授けた。それから、父の従者の文左衛門ドメニコが剃刀を手にして、マルティノの背後に立った。

剃刀の刃が、頭上でぶつりと音を立てた。はらりと黒髪が顔の周りに落ちてきた。頭皮に当たる刃のひんやりとした感触。マルティノは、剃髪のあいだじゅう、ずっとまぶたを閉じていた。

父や母には、これから神に仕えキリストの教えのすべてを学ぶであろう息子が、一心に祈りを捧げているように見えたかもしれない。しかし、実際は、くすぐったいのを我慢していたのだ。

だんだん頭が涼しくなってきて、くしゃみが出そうになった。が、これもでうすの御力で、どうにか我慢することができた。

清々しい頭になったマルティノは、午餐のしたくが整うまでのあいだ、母マグダレーナと、母の側女のルチアの手を借りて身じたくをした。

母が一針ひとはり、丹精込めて縫ってくれた黒絹の衣である。南蛮ふうで、ふくらんだ袖と釦のついた上衣、首周りにはぐるりと蛇腹の襟飾りを着けた。下半身には、やはりふくらんだ南蛮袴をはいた。

「まあ、ご立派ですこと。かように若々しく清らかな御坊さまは見たことがござりませぬ」

すっかり身じたくが整ったマルティノを見て、ルチアが声を上げた。

「ほんに、ほんに……」

あいづちを打ちながら、母はうっすらと涙ぐんでいた。

「この家から有馬さまのセミナリオで学ぶ者が選ばれようとは……ほんに、でうすさまのご采配でしょう」

原家は、肥前国の大村純忠の領地である波佐見一帯を治める名門の武家である。父・原中務ファラーノは、領主純忠（ドン・バルトロメウ）の遠戚であり忠実な家臣であった。純忠は熱心なキリシタンだったので、原中務ファラーノも領主にならい、当然の成り行きでキリシタンとなった。

大村純忠は、永禄六年（一五六三年）、洗礼を受けた。以後、九州の諸領主が次々にキリシタンとなっていったが、純忠は、その最初であった。

純忠は、隣領の領主であった有馬晴純の次男であったところを、嫡子のいなかった大村領の先代領主、大村純前の養子となった。これにより、大村と有馬は縁戚関係をより深めた。

大村純前には実際に血の繋がった庶子の貴明がいたのだが、これを跡目にせずに養子に出して、わざわざ有馬家から純忠を養子に迎えた。それには切実な理由があった。

大村の領地には天然の良港、長崎があり、これを狙う九州の列強から常に攻め立てられていた。

特に、大村と同じ肥前国の東を領する龍造寺隆信とは激しく火花を散らしていた。龍造寺は下剋上で成り上がった領主で、めっぽう乱暴な男であった。豊後の大友の宿敵、毛利と結んで勢いを増し、平戸の松浦、大村の庶子、貴明が養子となった後藤氏を屈服させ、肥前一帯の征服はまもなくかと思われるほどその力を拡大していた。

大村は東から押し寄せてくる龍造寺らを防がねばならなかった。領地の西側は海、まさに背水の陣である。

このため、同じく領地の西側が海に面している有馬と組んで、龍造寺軍に安易に攻め入らせないように陣を布くのは必須であった。

養父、純前の跡を継いだ純忠は、東からの勢力との攻防戦に耐え、領地と家とを守るために一計を案じる必要があった。

そこで純忠が目をつけたのが、南蛮からの帆船に乗ってやって来たキリスト教のパードレたちであった。

南蛮からマカオ経由でやって来る帆船は、まずは九州の西側の港に到着した。その船には商人が乗っていたが、その数よりも多くパードレたちが乗り込んでいた。天文十八年（一五四九年）、フランシスコ・ザビエルの手でキリスト教の種子がこの国にまかれて以来、カトリック教会にとって、日本はもっとも重要な布教活動の場となっていた。

コロンブスが新たな大陸に到達し、ヨーロッパの人々は世界の広さを思い知った。神の国はもはやヨーロッパだけに存在するのではない。それはオリエントのはるか彼方にある小さな島国にもあってしかるべきだった。

そうして、日本を神の国にするためならばどんな労苦も厭わない宣教師たちが、幾多の困難を乗り越えて、水平線の向こうからやって来た。

九州の領主たちは、彼らに無下な仕打ちをせずに静観する姿勢を示した。なぜなら、彼らが持ち込んだものは宗教ばかりではなかったからだ。

パードレたちは、新しい宗教とともに、西洋の学問、芸術、舶来品の数々、そして交易による莫大な富を彼らにもたらした。

帆船が運びくる積荷は、南蛮や明国の珍しい文物でいっぱいだった。それをこの国ですっかり空にし、日本の金銀や文物に積み替えて持ち帰った。交易で得られる富は、戦と防衛のために出費がかさみ、財政難に苦しんでいた各地の領主たちの目にたまらなく魅力的に映った。

常々領地を侵される危惧にさらされ、軍用金の捻出に苦しんでいた大村純忠は、日本じゅうのどの領主よりも早く、この南蛮渡来の宗教に帰依することを決心した。

彼の胸には、西洋の神の加護を得て、領地領民を守り、家を守り立てたいという願いがあった。そして、南蛮との交易によって財政をうるおしたいという下心も当然あった。さらには、この国の神仏への不信感が彼の決意を後押しした。

それまでに、純忠の娘は政略結婚のために他領に嫁し、跡継ぎは人質に取られていた。ひとたび戦となれば、血を分けた子供たちの命もあっけなく奪われてしまう。それが戦国の世の常である。

そんな無常の世の中で、一国を統(す)べる立場にあった純忠の心には、もはや神仏は棲(す)んではいなかった。

――いかに神だ仏だと崇(あが)め奉(たてまつ)ったとて、戦の世に変わりはない。この国の神仏は、予が家族の命すら守りたまわぬ。

だったらいっそ、世界を統べる神(でうす)にすべてを委(ゆだ)ねるまでだ。

純忠が彼の重臣二十五人とともに洗礼を受けたまさにその日、純忠の実兄、有馬義貞(よしさだ)と龍造寺の戦の火蓋(ひぶた)が切られた。この報を聞き、純忠は翌日出陣した。

大村軍がまず向かったのは、ほかでもない、軍神、摩利支天(まりしてん)の御堂(みどう)だった。いつであれ、出陣のまえにはここを参詣(さんけい)して、馬を降り、武運長久(ぶうんちょうきゅう)を祈願していくのがならわしであった。

ところが、洗礼を受けたばかりの純忠は、堂内へ馬で駆け入ると、摩利支天の像を引きずり出し、頭上についていた雄鶏(おんどり)をひと太刀(たち)で斬り捨てた。

あっけにとられる家臣たちに向かって、純忠は吼(ほ)えた。

――焼き払え！　この像も、寺も、ここの何もかもすべてを燃やしてしまうのだ！

ついきのうまで軍神と崇め奉った摩利支天をいきなり焼けと言われて、家臣たちはさすがにひるんだ。主君とともに洗礼を受けた側近のひとりが、膝下に伏して震えながら言った。

――畏れながら申し上げます。お屋形さまにおかれましては、天主教（キリスト教）に改めたもうたばかりにて、よもや神仏の怒りをかう行いをなされますれば、出陣に暗雲立ち込めるやもしれませぬ。ここはどうか御太刀をお納めいただき……。

――ならぬ！　この忌まわしき寺は予を幾たびもだましおった！　恐るるでない、いますぐに焼き払え！　予の命に背く者あらば、それはでうすに背くに等しき行いぞ！

いきなり焼き討ちにさらされた寺の坊主は、火の中から飛び出してきた。近隣の民たちは逃げ惑い、とうとう大村のお殿さまがおかしくなったと、真っ赤な炎が上がるさまを遠巻きに眺めて、両手を合わせるほかはなかった。

純忠は、寺を焼き払うばかりでは収まらず、木製の大きな十字架を作らせ、焼け跡にそれを立てた。純忠以下家臣たちは、その十字架に向かって武運長久を祈った。

――よいか。洗礼を受けたる者には、必ずやでうすのご加護があろうぞ。

純忠はそう言って家臣を励まし、龍造寺との一戦に向かった。

結果、戦は大村の勝利に終わった。これで純忠のでうすへの信仰は決定的なものになった。自分たちを守ってくれる神がついに現れたと、有馬も大村に続いてキリシタン領主となった。

大村家の家臣たちもまた、領主にならってことごとく改宗した。波佐見の重臣、原中務ファラーノも例外ではなかった。当然、原家の家族も家臣も、押し並べてキリシタンとなった。

妻のふさは、洗礼を受けてマグダレーナと名を改め、日夜でうすに家の安泰と夫の武運を祈る敬虔な信徒となった。長らく子宝に恵まれず、思い悩んでいたのだが、改宗してまもなく懐妊し、男子を出産した。その後すぐにまた懐妊して、長男と年子で生まれたのがマルティノであった。

マルティノは、生後二カ月目に洗礼を受けた。

波佐見には南蛮寺がなかったので、父の原中務ファラーノと母は長崎まで出向いた。父は馬に乗り、母は幼子を抱いて駕籠に揺られていった。原家の家臣が列を成して、三人の行く手を護衛した。

父の馬には金襴緞子の刺繡の入った馬着が掛けられ、手綱につけられた鈴がしゃんしゃんと軽やかに鳴っていた。まるで姫御前の嫁入りのごとく華やかな道中だった。

原家の幼子に洗礼を授けたのは、領主、大村純忠に洗礼を授けた神父、トーレスであった。

神父は父と母、マルティノを祝福し、この清らかな嬰児が生まれながらにして神のご加護を受けていること、そのすばらしさを、たどたどしくもきちんとした日本語で語って聞かせた。

原中務ファラーノは、自分たち一族が未来永劫、でうす以外を神とせず、命をかけて信仰を貫くと誓った。そうすることが、領主のため、家のため、そしてようやく授かった息子たちのためになると悟っていたのだ。

もともとは、領主が入信したからには家臣である自分もそうするべきであろうと、天主教のなんたるかもよくわからぬままに洗礼を受けた。しかし、変化はまもなく訪れた。

見よう見まねででうすを崇め、いえすの教えを心に留め、パードレに従って祈りを捧げる日々を送るうちに、領内は安定し、禄高が増え、家の中には平穏が訪れた。そして、ふたりの息子に恵まれたのだ。

でうすの御力はかように絶大なのだ。――原中務ファラーノは、パードレの導きのもと、自らは質素な生活を心がけ、持てる財はできうる限りイエズス会へ寄進し、また、彼が治める領地内の貧しい者、病(やまい)に苦しむ者、父なし子たちに施(ほどこ)しを与えた。

その結果、原は大村領内で特にその名を知られるキリシタンとなった。原さまは慈悲深いお方じゃ、原さまの崇めるでうすさまをわしらも拝もうと、領民たちはあまねくキリシタンに転向した。

こうして、敬虔なキリシタンの両親のもと、マルティノはすくすくと成長した。当然ながら、兄も洗礼を受けていた。年子の兄弟は、紅葉(もみじ)のような両手を合わせ、仲良く朝に夕にでうすに祈りを捧げ、聖書を読んでラテン語を学んだ。

同じ家に生まれた男子であっても、武家の長男と次男ではまったく異なる命運を背負うのが戦国の世の常であった。

長男は、いずれ父の跡目を継いで家長となる。ゆえに、それはそれは大切に育てられ、教育され、鍛えられる。場合によっては、戦の切り札にされることもある。争いを収めるために敵陣へ人質に出されることもあるのだ。

次男は、長男に万が一のことがあったときの「控え」のような存在である。長男が健全な場合は、男子の後継ぎがいない他家へ養子に出されることもままある。

長男は生まれながらにして相当な義務を負っているが、それに比べると、次男はなんら義務も責任もない立場だった。

だからこそ、兄に比べるとマルティノは伸び伸びとしていた。兄が武道に打ち込み、兵法について学ぶあいだも、マルティノは一心に聖書を読み、波佐見の唯一のパードレ、ジョアキン・ダ・マッタのもとに通って説教に耳を傾けた。

マルティノが幼い頃、波佐見にはパードレは常駐していなかったのだが、原中務ファラーノが熱心に長崎のイエズス会に働きかけ、寄進し続けた結果、若きパードレ、ダ・マッタが、原家の屋敷近くに住まうことになった。

ダ・マッタは二十五歳で、その頃、長崎に常駐していたパードレの中では最年少であった。彫りの深い端正な顔立ちで、二年の月日をかけて、インド副王がいる西インドの都、ゴアからマカオ経由で日本へやって来た。

もともとはポルトガルの裕福な商家に生まれ、イエスの教えを忠実に学びたいと、十三歳でローマへ行き、イエズス会に入門。同会の神学校で学んだのち、自ら志願して、イエズス会のアジアの要（かなめ）となっていたゴアへと赴（おもむ）いた。

ダ・マッタはゴアでの布教に携わるつもりでいた。ところが、彼が到着した当時のゴアは、母国ポルトガルに匹敵するほど華々しく栄え、領民のほとんどがイエズス会に帰依していた。もはや布教する必要は感じられず、せっかくやって来たダ・マッタは戸惑ってしまった。

ダ・マッタは、敬愛するイエズス会の創設者のひとり、フランシスコ・ザビエルの遺骸が安置されている聖パウロ聖堂に日参して祈りを捧げた。一心不乱に祈りの言葉をつぶやきながら、心の裡で天に向かって問いかけた。

──神よ。私はあなたの忠実なしもべ、あなたの御意志のままに、いずこへなりとも赴き、あなたの御子、イエス＝キリストのまことの教えを必要とする人々に伝えるために、この命を捧げる覚悟です。

私はいずこへ行くべきなのでしょうか？

やがて不思議な声が彼の耳の奥に響いてきた。その声は、最初はかすかに、やがてはっきりと、彼の心に向かってこう告げた。

──ゆけ、東へ。

そなたの心の師がそうしたように。

かの国で教えを受けるべき者が、そなたの到来を待っている──。

ダ・マッタの心の師、それはまさしくフランシスコ・ザビエルであった。

その声を聞いた瞬間、ダ・マッタは決意した。

日本こそが、不思議な声が示した布教の最終目的地なのだ。自分は日本に行く以外にない。

そこで、きっと誰かが自分の到来を待っているはずだ──。

ダ・マッタは、それから二年の歳月をかけて、マカオ経由で長崎へとようやくたどり着いた。

半年ほどは長崎で布教をしていたが、やがて、大村純忠に洗礼を授けたトーレス神父から、波佐見赴任の打診があった。

大村の領地内に波佐見という地があり、その一帯を治める武家の長（おさ）、原中務ファラーノが、波佐見にパードレの常駐を渇望しているので、そこへ行ってみてはどうか。

ファラーノは大変敬虔なキリシタンであり、彼のふたりの息子は生まれてすぐに洗礼を受けた。息子たちのためにも、また、民草（たみくさ）のためにも、パードレに常駐していただきたいと、たっての願いである。

肥前国の人々の信心を盤石（ばんじゃく）なものにするためには、各領地の殿さまと、彼の家臣、地域の有力者を、まずはしっかりと繋ぎ止めておく必要がある。

ファラーノは有力者であり、いずれ家を継ぐ彼の息子たちは次なる有力者となる。無垢（むく）なる子供の心にイエス＝キリストの教えをしっかりと植えつけるのは、何にもまして重要なことである。

パードレとして波佐見への赴任を受け入れたそのとき、ダ・マッタにはある予感があった。

自分がこれから会う原中務ファラーノは、広く民草の敬愛を集めるキリシタンだという。

が、自分がイエス＝キリストのまことの教えをもたらすべき人物は、彼ではない。――彼の息子たちなのだ。

生まれてこのかた、我らが父なる神以外に神を知らぬ恵まれた子ら。戦の絶えぬ不穏な世にあって、彼らが成長とともに、正しい信仰の道を進み、信仰をもって世を渡る人となるように。

私は、ファラーノの息子たちに会いに、はるばるこの地までやって来たのだ――。

波佐見にやって来た若きパードレを、ファラーノは歓迎し、手厚く待遇した。南蛮寺こそ建立（こんりゅう）しなかったものの――建立のためには領主、大村純忠の認可と少なくない資金が必要だった――彼に住居をあてがい、生活するための金子（きんす）を寄進した。

ダ・マッタは、赴任直後には辻立（つじだ）ちして説法したが、やがてそれも必要なくなった。信者たちは、朝がまだ明けぬうちからダ・マッタの家に出向き、冷たく湿った路地に正座したまま、パードレが門前に出てくるのを何時間でも待っていた。

ファラーノはふたりの息子を定期的にダ・マッタのもとへ通わせた。九歳と八歳の兄弟は、穢れを知らぬ清らかな目で、パードレの一挙手一投足を見逃すまいとするかのごとくみつめていた。

ダ・マッタはたどたどしい日本語で彼らに話しかけ、併せてラテン語でも話しかけた。少年たちは驚くべき能力でパードレの言葉を理解し、ひとつひとつを魂に刻みつけているようだった。

父親のファラーノも熱心にダ・マッタのもとに通ったが、参戦のためにしばしば家を留守にせざるをえなかった。そんなとき、長男は父の名代となるため、家を空けることができなくなる。ダ・マッタのもとには弟のマルティノだけが変わらずにやって来るのだった。

父が参戦して波佐見を留守にしていたあるとき、ダ・マッタとともに、彼の家の祈禱所の祭壇に向き合って手を合わせていたマルティノは、長い祈りののち、パードレに向かって問うた。

——パードレ、でうすは、この世の何もかも、全部、お創りたもうたのでござりまするか?

マルティノ少年の質問に、ダ・マッタは微笑んで答えた。

——そうです。神は、この世のすべてのものをお創りになったのです。そなたの父君も、母君も、兄上も、そしてそなたも……。

マルティノは、瞳をまっすぐに向けて、続けて問うた。

——でうすは、戦もお創りになったのでござりまするか?

ダ・マッタは、はっとして、その質問にはすぐさま答えられなかった。しかし、少年の疑問に答えぬわけにはゆかぬ。なぜなら、彼の耳にはパードレの言葉は神の言葉として聞こえているだろうから。

——そうです。神は戦もお創りになりました。それればかりではありません。病も、飢えも、貧しさもお創りになったのです。

——なにゆえでござりまするか?

——私たちに試練をお与えになるためです。……それはなぜかとそなたは訊くでしょう。神は、試練を、それを乗り越えられる人にだけ、お与えになるのです。戦も、病も、飢えも、貧しさも……いかなる苦しみも、神が与えたもうた試練だと思えば乗り越えられるはずです。

ですから、苦しんでいる人は神に選ばれた人なのです。もっとも神に愛されている人なのですよ。

パードレの言葉に、マルティノはくちびるを噛んでうつむいた。涙を堪えているのか、小さな肩が震えていた。

——父君の身を案じているのですね。

ダ・マッタの問いかけに、マルティノは黙ってうなずいた。その拍子に、涙がひと粒、袴の上にぽつりと落ちた。

震える肩をそっと抱いて、ダ・マッタは言った。

――父君のご無事を一緒に祈りましょう。

少年とともに黙禱(もくとう)しながら、ダ・マッタは、この地をやがて覆(おお)い尽くす戦火の幻が見えるようで、胸が締めつけられる思いがした。

――ああ神よ。あなたは、このいたいけな少年にも、やがて試練をお与えになるのでしょう。

けれど、どんな試練であれ、その苦しみが彼の信仰の糧(かて)となりますよう――。

マルティノは、ダ・マッタのもとへ日参するうちに、このパードレを父のように慕うようになっていた。

好奇心に満ちあふれた少年は、ダ・マッタに会えば話をせがんだ。聖書の話はもちろんのこと、パードレの生まれ故郷や神学校のこと、帆船で渡った国々のこと、教皇のましますローマのこと……。

ダ・マッタは日本語とラテン語の両方で話していたが、もっと続きを、早く早くと少年がせがむので、勢いラテン語で、しまいには母国語のポルトガル語も混ぜて話すようになった。水を吸う海綿のように、マルティノはパードレの話を瞬(またた)く間に吸収した。この少年には天性の語学の才があると、ダ・マッタは驚きを禁じえなかった。

日本に来る以前、ゴアやマカオで布教していたときに聞こえてきた日本人に関するうわさは、決して芳しいものではなかった。

いわく、日本人は総じて野蛮である。領主は家臣と支配下の領民の財産をいつでも没収することができ、命を簡単に奪うことができる。そのため、領民にとっては領主が絶対であり、これを神のごとく崇めている。領民は学がないため我々の言葉を学ぶ意欲を持たない。芋や草の根っこのようなものばかり食べている。不潔で魚臭い……等々。

うわさだけを聞いていれば、誰もわざわざ苦労して日本へ布教になど行きたくなくなるというものだ。ダ・マッタも、ゴアでの祈りの最中に「東へ行け」という不思議な声を聞かなかったならば、日本行きを決心しなかっただろう。

このうわさの発信源は、イエズス会日本教区の責任者、フランシスコ・カブラルであった。

ダ・マッタは、日本に到着後、すぐに有馬でカブラルの面接を受けた。カブラルは、日本人は学問がないから自分たちの言葉を学ばぬ、よって日本語で話さない限り何も理解できないと愚痴のような助言をした。カブラルは確かに日本人全体を見下しているようではあったが、彼の助言は、日本人の信徒の輪の中に入っていくためには大いに役に立った。

ダ・マッタの日本語での説法は、簡潔でわかりやすいものだった。そのため、信徒たちは彼の話を熱心に聴いてくれた。

それでいいと思っていた。この少年に出会うまでは――。

ダ・マッタの話の中でも、マルティノは「日本ではない国」の話に特に興味を抱いていた。

少年の想像の中では、水平線の彼方には大きな滝があって、無理に向こうへ行こうとすると、その滝から落ちてしまう。だから、決して水平線の彼方を目指してはいけないと、マルティノは思い込んでいた。

それなのに、パードレたちは水平線の彼方から船に乗ってやって来た。大きな滝を昇ってきたのだ。まるで立派な鯉のように。

少年の想像はダ・マッタを微笑ませた。彼は、マルティノに、水平線の向こうにはさまざまな国があるのだと地図を広げて見せながら教えた。マカオ、ゴア、ポルトガル。そして、教皇がまします都、ローマ。

そんな話を聞くたびに、マルティノは目を輝かせた。

知りたい、学びたいという少年の欲求を満たしてやりたい。マルティノだけでなく、信徒の子供たちの中には彼のように能力を持った子もいるはずだ。小神学校（セミナリオ）があれば――と、ダ・マッタは強く思った。

しかしながら、イエズス会日本教区の責任者、フランシスコ・カブラルにはそんな発想はまったくなかった。

セミナリオや大神学校（コレジオ）を造ったところで、日本人は司祭（パードレ）になれはしないのだ。そんな資金があれば、ひとりでも多くのパードレを「水平線の向こうから」呼び寄せたい、というのがカブラルの考え方であった。

ところが、マルティノが十一歳のとき、事態が一変した。

天正七年（一五七九年）、ひとりの巡察師（じゅんさつし）が有馬の港、口之津（くちのつ）に到着した。東インド管区の巡察責任者、アレッサンドロ・ヴァリニャーノである。

ヴァリニャーノはイタリアの名門貴族の出身であり、パドヴァ大学で神学を学んだのち、イエズス会に入門した。才能豊かで人望のあついすぐれた司祭として、ローマ教皇がそばに置きたがったほどの人物であった。

ヴァリニャーノはローマの修練院で教鞭（きょうべん）を執（と）っていたが、その人柄を見込まれて、イエズス会総会長の名代として、日本を最終目的地とする東インド管区の巡察師に抜擢（ばってき）された。

来日早々、ヴァリニャーノは、日本での布教の方法にあまたの勘違いがあることカブラルは、ヴァリニャーノに対しても、日本人は野蛮だ、ヨーロッパ人よりもはるかに劣ると従来の見解を繰り返した。しかし、ヴァリニャーノはそれを鵜呑みにはしなかった。

九州でもっともよく知られたキリシタン領主たち――大友宗麟、有馬晴信、大村純忠――にまみえ、その領民たる信者たちと親しく交わって、日本人が独自の文化を持ち、しきたりを重んじ、礼儀を尽くす民族であることを知った。そして、神学や語学を学びたいと切望する若者たちがいることも、カブラル以外のパードレたち――その中にはダ・マッタもいた――から聞かされた。

ヴァリニャーノは、自分たちが日本にいるからには、日本のしきたりに合わせて布教しなければならないと、パードレたちに通達した。

何をやっても何も変わりはしないのだと決めつけて、彼らを見下し、こちらのやり方を押し付けるだけではいけない。自分たちが変われば、きっとすべてが変わる。神の教えを正しく広めることができれば、この国の未来をも変えることができるだろう。

ヴァリニャーノは、日本におけるイエズス会の活動方針に大鉈をふるった。

キリシタン領主たちも、自分たちに心からの敬意をもって接するこの巡察師の人柄にすっかり魅了され、イエズス会の総会長の名代として、あるいはローマ教皇のお墨付きの伝道師として、彼を敬い、彼の進言を喜んで聞き入れた。

神の教えを、この国に根付かせるためには、教育が必要である。ヴァリニャーノは、キリシタンの少年たちの学び舎、セミナリオの開設に乗り出した。ヴァリニャーノは安土を訪れ、織田信長に謁見。セミナリオやコレジオを開設する許可を得た。

そののち、九州のキリシタン大名たちにも相談を持ち込み、有馬晴信の寄進を受けて、有馬の地にセミナリオが開設されることとなった。

髪の剃り跡も青々とした坊主頭の原マルティノは、有馬に完成したばかりのセミナリオの門をくぐった。

父や母、兄や妹たちにしばしの別れを告げ、師であるパードレ、ダ・マッタとともに、三昼夜かけて、波佐見から有馬の殿さまのお膝もとまでやって来た。

セミナリオの建物は、日野江城に隣接した仏寺を改装したものである。敷地内には茅葺屋根の宿舎が用意されており、生徒たちはこの寄宿舎に寝起きして、朝夕のミサをともにし、聖書、ラテン語、音楽などを学ぶことになっていた。

生徒となったのは十一歳から十四歳くらいまでの少年たちである。有馬をはじめ、大友、大村各領主の縁戚の子息や、高い身分の武家の子息らが選ばれて生徒となった。

原マルティノは領主たる大村家とは特に血縁はなかったが、大村の臣下の中でも、父、原中務ファラーノは、領主への忠誠と同様、まっすぐな信仰の姿勢が大村純忠にもパードレたちにも高く評価されていた。

そしてその次男であるマルティノは、波佐見に駐在するパードレ、ダ・マッタのもとに熱心に通い詰めた結果、十二歳にしてラテン語を難なく話し、聖書を読めるようになっていた。

聖書の言葉もラテン語でそらんじられるこの驚くべき少年に、きちんと西洋の学問を学ばせてやれぬものだろうか……とダ・マッタは考えた。神よ、マルティノに学びの機会をお与えください――と祈り続けた。

その祈りが通じたのか、有馬にセミナリオが造られることになった。ヴァリニャーノから生徒の推薦を依頼されたダ・マッタは、まっさきにマルティノの名前を挙げた。

それを受けて、ヴァリニャーノは面接のために波佐見へと赴いた。父、ファラーノと母、マグダレーナ、そしてマルティノは、まるでローマ教皇の行幸があったかのように、最大限の礼節をもってヴァリニャーノを迎え入れた。

ヴァリニャーノは、ダ・マッタとマルティノの家族とともにミサを行い、そののち、マルティノと会話をした。

——そなたは主の忠実なるしもべとして、神の教えを学び、遵守し、またそれを人々に伝授することを厭わぬか?

巡察師のラテン語での問いかけに、マルティノは、澄んだ瞳に喜びの光を浮かべて、はい、ヴァリニャーノさま、となめらかなラテン語で答えた。

——私の命は主への捧げもの。私の手足は主の道具。私は主のしもべ。神の教えを守り、人々に伝えるためにこそ、私は生きとうござります。

ヴァリニャーノはマルティノに祝福を与え、告げた。

——そなたは有馬のセミナリオにて多くのことを学ぶだろう。そして神の真実はそなたの清らかな魂を輝かせるだろう。神の御意志のままに、たゆまずに歩んでいきなさい。

その瞬間、マルティノは自分が神の光に包まれているかのごとく感じた。自分が歩んでいくべきひと筋の道がすうっと遠くまで延びていくのが、師の肩越しに見えた。

はるかに遠きところまで——私は行くのだ。

そう心に決めたのだった。

有馬のセミナリオに入学を果たしたマルティノは、神の忠実なしもべとなることを願って、肥前、豊後の各地から集まってきたキリシタンの少年たちとともに学び始めた。

どの少年も賢そうな顔立ちで、どこかしら気品が漂っていた。この学び舎にいるということは、いずれもキリシタン領主の遠縁か、位の高いキリシタン武家の生まれなのだ。その中に自分もいるのだと思うと、マルティノは、少年らしい自尊心がむくむくと頭をもたげるのを感じた。

——ならぬ、ならぬ。自慢に思ってはならぬ。

いえすさまは、病の者や貧しい者、恵まれぬ者こそが、この世でもっとも祝福されねばならぬのだとのたもうておられるではないか。

それを、私は……自分が恵まれていると、そんなことを自慢に思っては、いえすさまの教えに背くも同じこと。吾(われ)と吾(わ)が身を律しなければ、快く送り出したもうた父上、母上に申し訳がたたぬ。

マルティノは、神の真実のしもべになるためには自分にこそ厳しくしなければならぬのだと気持ちを引き締めた。

しかし、生徒たちすべてが等しく学べるはずのセミナリオでも、大名の縁戚の生徒とそれ以外では、やはり身分が違う。大名の縁者に対しては、路(みち)を先に通し、席を譲る。誰が決めたわけでもないが、当然のようにそうなっていた。寄宿舎でも、日当たりのよい南の間は大名の縁者たちにあてがわれ、北向きの間にはそれ以外の生徒たちが集められた。食事の席では前者が座らぬ限り後者は座れない――という具合だった。

セミナリオでの授業で、生徒たちはラテン語を学び、聖書や西洋の古典を読んだ。八歳の頃からダ・マッタについてラテン語と聖書を学んでいたマルティノにとって、これらの授業は難しいものではなかった。なめらかにラテン語でパードレと会話し、誰よりも早く聖書を読むマルティノは、ずば抜けた秀才として一目置かれるようになった。

生徒たちは、語学、西洋思想ばかりではなく日本の古典文学も学んだ。セミナリオ設立の発案者、ヴァリニャーノは、生徒たちがいずれ日本で伝道するためには、ラテン語のみならず日本語をしっかりと学ぶ必要があると考えたからだ。教師たちも日本の文化と歴史を学ぶよい機会とし、ともに『平家物語』を音読し、書写した。

また、パードレたちが西欧から持ってきた珍しい楽器――ヴィオラ、クラヴィコード、オルガンを奏(かな)で、聖歌を歌う音楽の時間もあった。毎日、午後になると、セミナリオ付近には美しいオルガンの音色が流れ、少年たちが唱歌する澄んだ声が響き渡った。

その刻になると、近隣の民たちが集まってきて、学び舎をぐるりと囲んだ石塀にもたれたりしゃがんだりして、天に届けと聞こえてくる歌声に耳を傾けた。

夏には水練の時間もあった。教師に引率されて生徒たちは浜辺へ出かけていった。教師は小舟に乗って沖へ漕ぎ出し、生徒たちはその小舟に向かって競泳した。水練が終わったら、焚き火を囲んで、寄宿舎の飯炊き女が持たせてくれた干飯を頬張った。

松林に響き渡るセミの声を聞きながら砂浜に寝そべると、泳ぎ疲れた体に熱い砂が心地よかった。

マルティノは、いつも、これは夢ではないかと思わずにいられなかった。

朝夕に祈りを捧げ、ラテン語や聖書を思う存分学び、自分と志を同じくする少年たちとともに暮らす。わからないことがあればすぐにパードレに尋ねられる。西欧の国々のことも、この学び舎ではいくらでも教えてもらえる。

――ああ。やはりでうすさまは私を選んでくださったのだ。

そう思うと、新たな喜びが込み上げてくるのだった。

寄宿舎でともに寝起きする校友の中でも、マルティノがもっとも親しくなったのは、中浦（なかうら）ジュリアンという少年だった。

マルティノより一歳年下のジュリアンは、セミナリオに入ったときわずか十一歳であった。

ジュリアンの父、中浦純吉（すみよし）は、マルティノの父、原中務ファラーノと同様、大村純忠の家臣であり、肥前中浦の一帯を預かる城主でもあった。やはり熱心なキリシタンだったが、早くに戦死してしまった。生きておられればそなたをセミナリオへ入れることは最上の喜びだったでしょうと、母はジュリアンを主のしもべとして喜んで有馬へ送り出した。

セミナリオの中で最年少であるジュリアンは、目上の生徒に気を遣い、何をするにしても目上の生徒たちを立て、自分は慎ましく振る舞った。

寄宿舎では、自分の身の回りのことは自分でするというのが基本であったが、ジュリアンは、言われもしないのに、目上の生徒たちの着物の脱ぎ着を手伝ったり、足を洗ったりするのだった。

「さあ、兄者（あにじゃ）さま、おみ足をこちらへお出しくださりませ。わたくしが洗ってしんぜましょう」

えくぼを口もとに浮かべて、さあさあ、と促す。そんなふうに言われると、マルテイノも、つい、「それでは……」と甘えてしまう。

木桶に張った水の中に足を差し入れると、柔らかな木綿の布でくるぶしから足の裏までこすられる。マルティノはくすぐったくて笑い出しそうになるのだが、ジュリアンがあまりにも一生懸命なので、こちらも必死に笑いを堪え、されるがままになる。

ふと、イエス＝キリストが、弟子たちの足を洗ったという聖書の中の一場面が浮かんでくる。

――いえすさまは、御自身が十字架に架けられるというまえの日、弟子たちと夕餉をともになされた。

その夕餉のまえに、いえすさまは、ひとりひとりの弟子の足を洗いたもうた。

はて、いかような御心持ちだったのであろうか……。

マルティノの頭の中では、その場面は板敷きの屋敷で、着物姿で剃髪した弟子たちが床几に座っている。その足を取り、栗色の長い髪を垂らした彫りの深い顔立ちのいえすさまが、静かに洗っている……という感じだった。

――いえすさまは、どのような御顔をなさっておられたのだろう。

まりあさまは、どのようなお姿だったのだろう。

おふた方とも、この上なく清らかな、美しい御顔であられたに違いあるまい。

授業のあいだ、マルティノは、懐(ふところ)からそっと一枚の絵を取り出して、飽かず眺めるのが好きだった。

その絵は、セミナリオで絵画を教えている絵師、フランコ・アントゥーニャが描いた絵をマルティノ自身が模写したものであった。

アントゥーニャは、巡察師ヴァリニャーノに呼び寄せられて来日し、信者たちが崇拝の対象とする聖母子像を描いていた。有馬にセミナリオが造られるさい、絵画の授業を受け持つことになった。これらのことはすべてヴァリニャーノの采配であった。

日本の仏教の寺では、本尊として仏像が安置され、人々はそれに向かって手を合わせる。信徒たちにとっては拝む対象があったほうが心安いものだ。布教の上で、信者たちに十字架(クルス)や聖母子像などを与えることは大切なことだった。

しかし、クルスはパードレたちでも作れるが、崇拝できる絵画を描くのは容易ではない。そこで、ヴァリニャーノは西欧から絵師をふたり呼び寄せた。ひとりは安土に造られたセミナリオに送り込まれ、もうひとり、アントゥーニャは有馬で少年たちに絵の手ほどきをすることとなった。

絵画の授業が設けられた背景には、いずれ生徒たちが司祭になったとき、聖母子像を描き、信徒に与えることができるように——つまり、「国産の聖画」を創れるようにとのヴァリニャーノの計らいがあった。

　初めての絵画の授業のとき、マルティノたち生徒は、まず教室の板の間の中央に集められた。アントゥーニャはその真ん中に立ち、生徒たちを見回すと、言った。

「これから聖母子像を見せましょう。いいですか、皆さん。心静かにみつめてください」

　白い布に包まれた四角い板のようなものを胸に抱いている。それを画架(イーゼル)の上に置くと、そっと布を解(ほど)いた。

　次の瞬間、マルティノは息をのんだ。

　広げられた布の中から現れたのは、一枚の絵、聖母子像であった。

　しかし、それは「絵」ではなかった。まさしく聖母マリアそのものであった。

　少し目を伏せて、腕(かいな)に抱いた幼子のイエスをやさしく見下ろす。その表情には幼子を慈(いつく)しむ母の愛があふれている。

　母の腕に抱かれている幼子は、肉付きのよい、いかにもやわらかそうな肌をしている。母の顔を見上げる無垢な瞳は無邪気だが、その顔には神の御子としての賢さと、なんとも言えぬおおらかさが漂っている。

　ふたりの姿には陰影があり、一方で、ふたりの頭上では光輪(ニンブス)がまぶしく輝いている。そのためか、聖母が幼子を抱いたまま、板の中からすっと立ち上がってくるような気がする。

――これは……なんということであろう……！

マルティノは息をのんだまま、言葉をなくして聖母子像をみつめた。ジュリアンや、ほかの生徒たちも、マルティノ同様、息を詰めて見入るばかりだった。

アントゥーニャは、胸の前で十字を切ってひざまずくと、板の間に置かれた絵に向かって手を合わせた。絵を囲んでいた生徒たちも、アントゥーニャにならって、ひざまずき、十字を切った。マルティノも、あわてて手を合わせた。

ゆっくりと立ち上がると、アントゥーニャは生徒たちに向かって説明をした。

「皆さん。この聖母子像は、ローマの絵師が描いたものです。油と顔料を練って作った絵の具と、馬の毛で作った筆で描かれています。おそらく、このような絵を皆さんが見るのは初めてのことだとは思いますが……」

生徒たちは、皆、固唾（かたず）をのんで食い入るように絵をみつめたまま微動だにしない。マルティノは胸が痛いくらいに高まってくるのを感じていた。

――絵？……絵だというのか、このまりあさまが……？

いいや、絵などではない。これは……まりあさまそのものだ。……いますぐに動き出しそうではないか。これが絵などと、どうして思えるものか。

絵の中の聖母はこの上なく美しい顔をしている。何よりもマルティノが不思議でならなかったのは、その絵が「聖母の生き写し」のように感じられることだった。

じっとみつめていると、聖母がふっと浮かび上がってくるような錯覚をおぼえる。この手で聖母の長い髪に触れることすらできるように感じるのである。この美しい聖母子像が人の手で描かれたものだとは考えたくない。

胸の前で手を組んだまま、いつまでも動かない生徒たちを眺め渡して、アントゥーニャは言った。

「どうしたのですか、皆さん。立ってください。これから、この絵を参考にして、皆さんに作画の手ほどきをします。さあ……」

が、生徒たちはなかなか立ち上がろうとしない。アントゥーニャの困り果てた顔に向かって、生徒のひとり、伊東(いとう)マンショがようやく言葉を発した。

「先生は、この聖母子さまを……『絵』とのたまわれましたが……このまりあさまは、ほ……ほんとうのまりあさまではござりませぬか……？」

興奮からか、マンショの声は震えていた。

マンショは、豊後国の名高いキリシタン領主、大友宗麟の遠縁に当たる少年であった。宗麟の姪(めい)の夫、伊東義益(よします)の妹の子――という遠い関係ではあったが、いずれにしても領主となんらかの繋がりがある者は、それだけでセミナリオの中で一目置かれている。それに加えてマンショは大変な秀才で、ラテン語もよく覚え、楽器もすぐに弾きこなした。何よりデウスとイエス、そしてマリアへの信仰の強さと清らかさは確かなものだった。

そのマンショも、聖母子像を目にして興奮を隠しきれないようだった。

アントゥーニャは、微笑んで答えた。

「そなたがそう言うのも無理からぬことです。生き写しのように描くことは、西欧の絵画技法のひとつなのです」

アントゥーニャは、もう一度ひざまずくと、画架に置いた板絵を両手でそっと持ち上げて位置を改めた。それだけで、取り囲んでいる生徒たちがざわめいた。

「いかようにして生き写しの絵を描くのか。そのからくりを皆さんにお教えしましょう」

板の間の教室に並べられた卓の前に、生徒たちはそれぞれに正座した。卓の上には紙と墨と筆が置かれている。アントゥーニャは、聖母子像を指し示しながら、

「聖母マリアと御子イエスが、まるで皆さんの目の前におわすように感じられるのは、構図の妙と、像に陰影を施しているからです」

そう言った。それから、筆を手に取り、壁に釘で貼り付けた紙の上に、大きな「△」を描いた。

「さて、皆さん。このかたち――△の内に聖母子が収まっているのがおわかりです

か？」

　壁から紙を外すと、その紙を聖母子像の前にぴったりと重ねてみせた。生徒たちのあいだからどよめきが起こった。

　マルティノは、目を皿のように見開いて「△」をみつめた。

　――ほんとうだ。△の中に、まりあさまといえすさまが収まっておられる……。

「なにゆえ私が聖母子像と△を重ねてお見せしたか、皆さんは不思議に思ったことでしょう。しかしながら、この△こそが、絵師が狙った『構図』というものなのです」

　ローマの絵師がどのようにして聖母子を描き起こしていったかを、アントゥーニヤは紙に筆で描いてみせながら説明した。

　まず、手本となる絵を手元に置く。絵師は手本を見ながら描くことが多いという。

　次に、紙の中央に「・」をつける。これを中心として、上下左右に線を引き「＋」を作る。

　さらに、「＋」が内側に収まるように「△」を描く。この「△」のかたちをなぞって聖母子像を描いていくよう心がける。

「＋」の上部に「○」を描く。この「○」の中に収まるように小さな「＋」を描く。「＋」の横棒に両目を、縦棒に鼻と口をつけていく。

「あ……顔だ！」

中浦ジュリアンが大声を出した。生徒たちはまたどよめいた。

それは、実に不可思議な光景だった。

紙の上に筆で「△」「◯」「＋」を描いただけなのに、「像」に見えてくる。

さらに、アントゥーニャが筆を走らせると、「△」「◯」「＋」が、しだいに聖母子のかたちを成し、顔になり、体になっていったのだ。

――す、すごい……！

マルティノは、アントゥーニャがなめらかに筆を動かすのを食い入るようにみつめた。膝の上に揃えた手には力がこもり、知らずしらず、ぎゅっと握りしめていた。

「さあ、これで聖母子像らしくなりました」

アントゥーニャは、そう言って紙を掲げた。そこには、線描で縁取られた「聖母子像」ができ上がっていた。

みたび、教室内がどよめいた。すごいぞ、信じがたい、驚きだと、皆、興奮している。

アントゥーニャの線描の絵は、色こそついていないものの、手本にした聖母子像のかたちがそっくりそのまま写し取られていた。

　ざわめく教室を見回すと、アントゥーニャは落ち着き払って言った。

「皆さん、お静かに。これで完成ではありません。ここからが大切なのです。……この下絵に『陰影』をつけていきます」

　もう一度、卓の上に紙を置くと、今度はさらに細い筆を取り、聖母の顔と体に「／／／」と斜めの線を描き込んでいった。

　先生の手元が見たい。マルティノは我慢できなくなって立ち上がった。そして、思い切って声をかけた。

「アントゥーニャ先生。おそばで拝見してもよろしゅうござりまするか」

　すると、ジュリアンも立ち上がり、

「わたくしも、おそばで拝見しとうござりまする」

と言った。わたくしも、わたくしもと、ほかの生徒も全員立ち上がり、アントゥーニャが答えるのを待たずに、いっせいに彼のもとへと駆け寄った。

　マルティノは、アントゥーニャの右側近くに陣取って、聖母子像が描き上げられていく様子を間近で見守った。

　顔と体に斜線を入れられた聖母子は、不思議なことに、紙の中から浮かび上がってきた。

マルティノには、いま、目の前でアントゥーニャが筆を動かし、聖母マリアを描き起こしていることがあやかしのように感じられた。

それは確かに「絵」である。紙の上に筆で描いているのだから。しかしそれは、自分が知っている「絵」と、なんと違うことか。

マルティノが生まれ育った家の床の間には、松に鷹を配した掛け軸が掛かっていた。夏場に父が使っていた扇にも、川に浮かぶ舟が描かれてあった。しかし、それらはいかにもぺたりと紙に貼り付いた「絵」らしい「絵」であった。

こんなふうに、紙の中から立ち上がってくるようには見えない。そして、触れられるような気がすることなどは決してない。

西欧の絵とは、またそれをよくする西欧の絵師とは……いったいどのようなものなのだろう。

すっかり西欧の「絵」に心を奪われたマルティノは、誰よりも熱心に絵画の授業に臨んだ。教師であるアントゥーニャからは、いずれ生徒たちが司祭になったら、聖画をたくさん描き、信徒に与えるのが役目のひとつになる、と言われていた。そのためには西欧絵画の技法を学ぶことが必要である。しかし、もっと大切なのは「心得」である。最初は見よう見まねで描いてもかまわない。けれど、心得がなければ、それは聖画にはならない。ただの「絵」である。

信徒が崇拝できる絵、思わずひざまずいてしまうほどの絵。それを創り出すためには、描き手の心を込めなければならない。祈りの言葉を唱え、祈る心を持ち、それを絵に写していくのだ。——それこそが「心得」である。

作画をするとき、マルティノは、必ず口の中で（あべ・まりあ、さんた・まりあ）と唱えながら筆を動かした。そうすると、心に平穏が訪れ、見よう見まねで筆を動かしていても、聖母子により近づいていけるような気持ちがした。

そうやって自分で紙に描き写した聖母子像を、小さくたたみ、懐に入れて、ことあるごとに取り出しては眺めてみた。

少々下ぶくれの聖母マリアは、ローマの絵師が描いたあの聖母子像からはほど遠い。残念ながら、畏敬の念は湧いてこない。きっと自分が描いたからだろう。が、だからこそ親しみが持てる。

それにしても……ローマからはるばるやって来た聖母子像のすばらしさを思うと、胸が苦しくなるほどである。そして、それを描いた絵師の卓越した技術たるや、いかばかりであろうか。

あの美しい聖母子像が人の手によって描かれたことは、当初は受け入れがたかったが、すぐれた「絵師」の存在があってこそあの像が日本にもたらされたのだと、いまでは絵師に感謝したい気持ちになっていた。

「聖母子さまを描かれた絵師は、やはりパードレでござりまするか。ほかにもたくさんの聖画をお描きになっておられるのでござりましょうか」

授業のあとにアントゥーニャのもとへ行き、そう尋ねてみた。もしもほかにも聖画があるのならばぜひ見てみたいと心が逸っていた。

ところが、教師の答えはあっさりとしたものだった。

「いいえ、パードレではありません。名もなき絵師です。このような絵はイタリアやポルトガルにはたくさんありますし、絵師もたくさんいるのですよ」

信じられなかった。かくもすばらしい聖画を描ける絵師がたくさんいるとは……。いったい、西欧とはどれほど広く豊かなのであろうか。

「先生。わたくしはほかの絵も見てみとうござりまする。ほかにはどんな絵があるのでござりましょう?」

アントゥーニャは困ったような微笑を浮かべた。

「そうですね。最後の晩餐の絵や、磔刑図、復活の図など、聖書に出てくるさまざまな物語が描かれたものがありますが……」

アントゥーニャの言葉に、マルティノは目を輝かせた。

聖書の中のさまざまな物語が絵に描かれているとは。その絵の中のいえすさまは、聖者さまたちは、いかような御顔をしておられるのだろう。いかような御姿をしておられるのだろう。

「最後の晩餐」のとき、いえすさまは御弟子さまたちに向かってのたもうた。汝(なんじ)らの中に私を裏切る者がいる、と。

いったい、いかような御顔もて、かような辛(つら)い御言葉をのたもうたのだろうか。

――見たい。

見てみたい、この目で。すぐれた聖画の数々を。

はちきれんばかりの思いが、マルティノの胸に湧き上がってきた。

それに気づいたのか、アントゥーニャは、この熱心な生徒を鎮(しず)めようとして言った。

「そなたの気持ちはわかります。しかし、西欧から日本へ届けられる荷の中に聖画はそうたくさんは入っていません。聖画の多くはゴアやマカオに届けられて、日本まではやって来ないのです」

聖画は教会がたくさんあるゴアやマカオで必要とされるため、日本のセミナリオはなかなか入手できないのだとアントゥーニャは説明した。

「だからこそ、そなたたち生徒に絵画の手ほどきをしているのです。この国では、そなたたちが絵師に代わって聖画を創ることができるように」

アントゥーニャの言うことはもっともだった。

しかし、マルティノの胸の中には、もっと西欧の絵を見てみたいという欲求の灯火（ともしび）が灯（とも）ってしまった。

どうにかして見ることはできまいか。——ある夜、マルティノは、夕べの祈りを捧げたあとに、中浦ジュリアンを伴って寄宿舎の裏へ行き、こっそりと自分の思いを打ち明けた。

「アントゥーニャ先生がのたまうには、西欧にはすぐれた絵師が大勢いて、あの聖母子さまの聖画のような絵がたくさんあるということだ。私は、なんとしても、その絵を見てみたいのだ」

ジュリアンは、目を瞬（しばたた）かせた。

「はて。——と申しますと……？」

そう問い返されて、マルティノは戸惑ったが、自分の心に浮かんだことを思い切って口にした。

「羅馬（ローマ）へ行くことはできないのだろうか……」

マルティノは、告解（コンヒサン）の言葉を口にするかのように、下を向いたままでそう言った。

かたわらに佇（たたず）んでいたジュリアンは、はあ、と気の抜けた声を出した。

「羅馬へ……で、ございまするか？」

「そうだ。羅馬だ。羅馬。どうにかして、行くことはできまいか」

マルティノは、わざと威勢のいい声で言った。おかしなことを口走っているとわかっていながら、一方で、そうだ、そうなのだと自分で自分を肯定していた。そのくせ、不思議そうなまなざしを向けてくるジュリアンの目を見ては言えなかった。

「ダ・マッタ師も、アントゥーニャ先生も、パードレの方々も、皆、西欧からおいでなすったのだ。それは、つまり……こちらからあちらへと行くこともできる、ということではないか」

セミナリオに学ぶ生徒たちは、世界地図を見ながら地理を学んでいた。ゆえに、大海原の向こうには大きな滝があって無理に行こうとすればそこから奈落（ならく）に落ちるなどとは、もはや誰も思ってはいなかった。

――そうだ。あの聖母子像だとて、パードレに守られながら、はるばると海の向こうからやって来たのだ。

しからば、自分たちも、水平線を越えて、まだ見ぬ西欧へと赴けばよいのだ。

西欧には、ローマには、聖母子像も、最後の晩餐の絵も、イエスの奇跡を描いた絵も、たくさんあるのだ。

――ああ！　そのうちのたったひとつでもいい、この目で見ることができたなら……。

「兄者さま、お心をお鎮めなされませ」

マルティノが前のめりになるのを、年下のジュリアンは懸命になだめた。

「確かに、パードレさまたちは海の向こうからおいでになりました。されど、大きな船や商い人、従者がいてこそではござりませぬか。それに……かの地のご領主さまかどなたか、金子をたくさんお持ちのお方が、パードレさまたちを助けられ、後押しされたのでござりましょう。わたくしたちには、さような後ろ盾もござりませぬゆえ……」

年下のジュリアンにもっともなことを言われて、マルティノは、がっかりしてしまった。けれど、あわてて笑顔を作ると、

「そうだな。……その通りだ」

そうつぶやいた。

「そなたは賢いな、ジュリアン。道理の通ったことを申してくれた。……私は、そなたを見習わなければなるまいな」

すなおな気持ちで褒めると、ジュリアンは頬を染めて照れくさそうに笑い返した。

その夜、いつものように就寝まえの祈りを捧げ、床に就いてからも、マルティノ

はなかなか眠れなかった。

こっそり床からはい出すと、そっと木戸を開け、草履を履いて表に出た。

睦月の夜である。嚙みつくように冷たい夜気に、マルティノはひとつ、身震いをした。

セミナリオとその寄宿舎は、有馬の城郭近く、小高い丘の上に建てられていた。ずっと遠くに暗い海が横たわっている。そこに海があるとわかるのは、夜空の真ん中に高々と上がった満月が照らし出しているからだ。

月の光が長い光の緒を漆黒の海上に落としている。はるか彼方から潮騒の音が響いてくるのを、マルティノは耳をそばだてて聴き入った。

——海の彼方へ行きたしと思えども、それは、月へ行きたしと望むも同じことぞ。

しかし……。

月からやって来た者はおらぬ。少なくとも、私は知らぬ。が、パードレさまたちは、皆、あの海の彼方からこの有馬の地にたどり着かれたのだ。

ならば——こちらからあちらへ行くことも、やはり、できるということではないか。

もやもやと考え続けるうちに、くしゃみが出そうになった。

「ふ……ふぁ、ふぁ……」

マルティノは、ほかの生徒を起こしてはならぬと、とっさに口を押さえて我慢した。

——ところが。

「ふぁっくしょ！」

どこかから大きなくしゃみが聞こえてきて、マルティノはぎょっとした。急いであたりを見回したが、人の気配はない。

——はて。いま、確かにくしゃみが聞こえたような気がしたが……。

マルティノは注意深くあたりを見回した。が、やはり誰もいない。枯れ草を揺らして冷たい夜風が通り過ぎるばかりだ。

——まさか……武士（もののふ）が隠れているようなことはあるまいな……？

ここしばらく肥前国周辺で大きな戦は起きていなかった。でうすさまがもたらしたもうた平穏であろう。しかしながら、戦国の世、いつ、なんどき夜襲をかけられるやもしれぬ。

そうだ。この学び舎は、有馬さまの城郭にほど近い場所にある。まずはセミナリオを夜襲して、神のしもべたる吾らを皆殺しにし、一気にお城へ攻め入るということも――ないとはいえぬ。

マルティノの背筋を、ざわざわと怖気が走った。

と、次の瞬間、再び、「はっくしょい！」とくしゃみが響いた。マルティノはその場に凍りついた。

――誰かが……いる！

「ああ、寒う。ええかげん、引っ込むかのぉ」

突然、背後で声がした。マルティノは文字通り飛び上がった。

――か……神よ！

マルティノは胸の前で十字を切ってその場にひれ伏すと、両手を頭の上で組み、がちがちと歯を鳴らしながら、あわてて祈りの言葉を口にした。

「て、て、天にまします吾らが父、偉大なる神、でうすさま。な、な、なにとぞ、なにとぞお守りくださりませ……か、か弱き者を、この、この地の塩たる、わ、吾ら……」

ざすっ、ざすっ、乾いた土と枯れ草を草履が踏みしめる音が近づいてくる。マルティノは、ひゃっと小さく叫んで頭を抱え込んだ。

「なあ、小坊主はん。おまはん、ひょっとして、セミナリオの生徒はんか？」

すぐ近くで声がした。マルティノは、また飛び上がりそうになった。

「ひゃっ、お、お助けくださりませ！　わたくしは、迷える子羊、か弱き者、た、ただ、でうすさまを崇め奉り、かか、神の御名のもとに……」

震えるマルティノの向かいに、ため息をつきながら、何者かがしゃがみ込んだ。

「ああ、すまんかった、すまんかった。そないに怖がらんとき。わいは武士なんぞやあらへんさかい……」

耳もとで若々しい声がした。マルティノは、ぎゅっとつぶっていた目を見開いた。それから、ゆっくりと体を起こして前を向いた。

目の前にしゃがみ込んでこちらをのぞき込んでいるのは、見知らぬ少年だった。豊かな黒髪をひとつに縛り、紺紬（こんつむぎ）の着物を着ている。裸足ではなく、黒足袋（くろたび）に草履の足下が貧しい家の者ではないことを物語っている。凍（い）てつきそうな月光の中で、好奇心にきらめく瞳をまっすぐにこちらに向けている。

自分と同い年くらいの少年が、突然目の前に現れて、マルティノは一気に気が抜けてしまった。

その様子を見て、少年は愉快そうに笑った。

「あはは、なんや、情けないのう。命拾いしたって、顔に書いてあるで」

あきらかにこの周辺の言葉遣いとは違う、不思議な抑揚（よくよう）のあるしゃべり方。いったい、どこからやって来たのだろう。まさか、月——ではあるまいな？

「……見苦しきところをお見せ申した」

マルティノは顔を赤らめて、あわてて立ち上がった。

「まさか、かような冷たき夜更けに月見をする者が、私以外にいようなどとは、つゆ、思わなかったゆえ……」

「ふうん……おまはん、月見においでやしたんか」

少年はマルティノを無遠慮にじろじろと眺めながら言った。

「きりしたんにも月見するやつがおるんやな。風流なこっちゃ。その、でうすさまとやらは、お月さんの中におわすんか？」

茶化したような物言いに、マルティノはむっとして返した。

「でうすさまをさように申すは許さぬ。そなたは何者ぞ」

「おまはんこそ何者や。人に名を問うんなら、まずは己(おのれ)から名乗らんかい」

マルティノは少年をきっとにらんで答えた。

「私は、原マルティノ。有馬セミナリオの生徒だ。ここはご領主、有馬さまのお膝もと、聖なる場所ぞ」

マルティノが精いっぱい威勢を張る様子を見て、少年はくすくすと笑い声を立てた。

「ご立派なこっちゃ。さっきまで、おっかなびっくり、震えとった小坊主はんが、聖なる場所ぞとは……まあ、よう言うたもんや」

あくまでもからかおうとする少年に向かって、マルティノは「何を！」と声を荒らげた。

「おぬしはこの土地の者ではないな。そのひょうげた話し方、いったいどこから来たのだ？　誰の許しあってこの場所に忍び込んだのだ？　いったい、おぬしは……」

矢継ぎ早に問いかけて、

「そもそもおぬしは何者ぞ。人に名乗らせておいて自ら名乗らぬとは、失礼ではないか」

鼻息荒く、そう言った。

少年は、ふふん、とせせら笑って、

「まあ確かに、わいはこの土地の者やあらへん。教えたろか？　わいはなあ……都から来たんや」

と、いかにも自慢げに言い返した。意外な返事に、マルティノはきょとんとしてしまった。

「都？　……都とは、京の都のことか？」

「あたりまえや。都言うたら、京のほかにはあらへんやないか」

マルティノは、鼻っ柱の強そうな少年の顔をみつめていたが、やがてたまらずに笑い出した。

「おい、小坊主。何がおかしいんや」

今度は少年のほうがむっとしている。マルティノは笑いをおさめると、少年に向かって言った。

「ばかなことを申すな。京の都といえば、帝がおわす場所ではないか。幾千里も彼方、はるか遠くの場所ぞ。そのようなところから、おぬしのような子供が、いかにしてこの肥前国までたどり着けるというのだ」

「子供言うな。わいはもう十四じゃ」

胸を反らして、少年が言った。その言葉に、マルティノは不意をつかれた。

――なんだと。私と同い歳ではないか。

少年はひょろりと細く、背はマルティノよりも低い。そしてよく響く高い声をしていた。

冴え渡る鈴の音のように澄んだ声が、「ええか、よおく聞け」と、高らかに言った。

「わいの名は、野々村伊三郎宗達。――『宗達』言うのは、ここへ来るまえに、天下人、織田信長さまからたまわった名前やで！」

朝の到来を知らせる鶏の声が遠くに聞こえた。

まんじりともせずに夜を過ごしたマルティノは、寄宿舎の床の中でその声を聞いていた。

昨夜の不思議な出来事が、頭の中をぐるぐると廻(まわ)っている。まるで、夢でも見ているような不思議な出来事であった。

――夜更けの庭で出くわしたひとりの少年――ほっそりとした体つき、澄み渡った声。何より、こちらの心の中まで見透かすような光を宿したまっすぐな目。

少年の名は宗達。――織田信長に与えられた名前なのだと信じがたいことを言った。

マルティノでさえも、織田信長の名は聞き知っていた。

群雄割拠(ぐんゆうかっきょ)する武将たちを次々に屈服させ、その勢力を都から東へ西へと広げつつある信長は、近江国(おうみのくに)、安土(あづち)に立派な城を築き、パードレであるオルガンティーノの進言を聞き入れ、そのほど近くにセミナリオの建設も許した。有馬にセミナリオを開くために奔走した巡察師、アレッサンドロ・ヴァリニャーノは、オルガンティーノの招きで安土へ出向き、セミナリオを視察したのち、信長に謁見した。

日本でもっとも強い勢力を誇る「大殿」たる信長にヴァリニャーノがまみえたこ

とは、イエズス会にとっても、ローマ教会にとっても、まさしく快挙であった。講師たちはこの報せを喜び、生徒たちに語って聞かせたのだ。

日本でのさらなる布教の方法について心を砕いていたヴァリニャーノは、この国の王たる「帝」、あるいはもっとも力を持つ「大殿」に直接まみえ、布教の許しを得て、後ろ盾になってもらうことがもっとも重要であると考えていた。

パードレたちを手厚く保護してくれる豊前国を船で出立し、都を目指して瀬戸内海を渡っていったのも、ひとえにその考えを実現するためだった。そして十分すぎる成果を得て、まもなくふたたび師が有馬へ帰ってくる――と、マルティノたちは聞かされていた。

日本の各地にはその土地を治める大名があまた割拠していた。大名たちは、争い合い、攻め入り、陥れ、刃を交え、殺し、殺され、それぞれの領地を守ろう、あるいは奪取しようと、日夜しのぎを削っていた。

平家が栄えた世はあったが、やがて源氏に滅ぼされた。そののちに足利氏が台頭し、いまや群雄割拠の戦国の世である。

各地の大名は己の血族と土地とを守るのに必死であり、そのためにあらゆる策略を巡らせ、領民には重税を課して戦費を賄った。

織田信長は、尾張国の一大名であったが、室町幕府を事実上滅ぼし、帝に迫って元号も元亀から天正へと変えさせた。天正こそは我が世ならんと言わんばかりのその行為は、信長がもはや押しも押されもせぬ「天下人」であることを物語っていた。帝ですらも、信長の言動には青くなったり赤くなったりしておられると、風のうわさは肥前国まで聞こえてくるほどであった。

信長は自分の思っていることをどんどん行動に移してゆく。人がなんと言おうとかまわぬ、やりたいことはやってしまうまでだ。そんな豪胆な性質が周囲を恐れさせ、また惚れ惚れとさせもする。

目新しいもの、西欧の珍品には目がなかった。信長の好みを知り尽くしていたポルトガルの商人たちは、競って珍しい品々を届けた。

渡来品が届けられれば、信長は手放しで喜んだ。そして、贈られた南蛮の衣服を身に着け、虎の毛皮をまとい、宝石の指輪をはめて、皆を驚かせた。

巡察師ヴァリニャーノが訪うよりもまえに、信長に謁見し、キリスト教布教の保護を申し入れていたイエズス会のパードレ、グネッキ・ソルディ・オルガンティーノは、元亀元年（一五七〇年）に日本に上陸し、その後、京の都を中心に、粘り強い布教活動を続けていた。

明るくあたたかな人柄の彼は、日本の文化と日本人を尊重し、心から愛していた。キリスト教を布教するためには、まず日本人に広く受け入れられている仏教を知らねばならぬと、自ら法華経(ほけきょう)を研究したりもした。

巧みに人心をつかむオルガンティーノに興味を持った信長は、南蛮寺の建立とセミナリオの設立、その両方を許可したのだった。

ヴァリニャーノは、日本に上陸するまえに、オルガンティーノからの手紙で、信長に謁見するための心得を教えられていた。

「日本の大殿たる織田信長さま、『ウエサマ』のお気持ちを、まずはしっかりととらえ、布教を円滑に図れるよう、あなたから申し入れれば、日本は祝福された神の国となりましょう」

――できる限り早くウエサマにお引き合わせするので、必ずウエサマのお気に召す献上品をご持参なされますよう。

その後、日本にやって来たヴァリニャーノは、オルガンティーノの導きで信長にまみえた。そのさい、進言通り、さまざまな宝物(ほうもつ)、珍品を商人に都合してもらい、持参した。

イタリアの宝飾品、ポルトガルの陶磁器、マカオの珊瑚(さんご)。鉄砲、楽器、薬の数々。そしてきわめつきは、ゴアから連れていった黒人の従者であった。

信長は、ヴァリニャーノが献じた数々の珍品には目もくれず、巡察師が連れてきた黒い肌の大男に釘付(くぎづ)けになってしまった。そして、この者はどこから来たのかと問うた。ゴアから連れてきたのですと答えると、信長は、近う寄れ、と従者を近くに招き寄せた。

謁見の間に集っていた重臣たちは色めき立ち、各々刀の柄に手をかけて、この夜の闇の中から抜け出てきたような大男が上さまに襲いかかろうものならば即座に斬って捨てるつもりで、従者の背ににじり寄った。

ところが信長は、好奇心にあふれたまなざしを黒い男に注ぎ、側仕えの小姓に水を張った桶を持ってこさせた。そして男に、その桶の水で腕を洗ってみよと命じた。言われるがままに男が腕を水に浸して洗うと、その肌はますます黒く艶やかに輝いた。瞬きするのも忘れたかのようにその一部始終をみつめていた信長は、ヴァリニャーノに向かって、この者をここに置いてゆけ、と言った。おもしろい、こやつを余の従者としよう——と。

そんなこともあって、ヴァリニャーノはすっかり信長に気に入られた。オルガンティーノと同様、日本の文化と日本人に尊敬の念をもって接する態度が認められた結果でもあった。

これによって、日本が祝福された神の国となる約束を、ヴァリニャーノは取りつけたのだった。

数々の労苦を重ねたのち、ようやく織田信長から信頼を得たヴァリニャーノの話を、パードレたちから聞かされていたマルティノは、思わぬところで信長の名前を耳にして、驚きを禁じえなかった。

――わいの名は、野々村伊三郎宗達。織田信長さまからたまわった名前やで！

昨夜、月夜の庭で遭遇した少年は、凛々とした声でそう言った。

まさか、とマルティノは思わず笑い出しそうになった。こんなちっぽけな少年に、なんで天下の織田信長さまが、名前を与えたりするものか。

けれど少年は、にやりと笑って言った。

――ほな、わいはもう行くで。また会おな。

そして、踵を返すと、ざくっ、ざくっと乾いた土と枯れ草を踏みしめて、有馬の城の方角へと姿を消した。

月が濡れたような光を枯野に投げかけていた。あたりはしんと静まり返り、元通りの凍てつく夜がふたたび戻ってきた。

――あれは、いったいなんだったのだろうか。

起床したあとも、マルティノの心には「宗達」と名乗った少年の不敵な笑みが引っかかっていた。

その日、朝一番の授業はラテン語だった。授業が始まると、もやもやしている気持ちはいつしか落ち着いて、聖書の言葉を追いかけるのに夢中になった。

次の授業は地理だった。これもまた、マルティノが好きな時間であった。遠い異国の話を聞きながら地図を追いかけるのは至福のひとときである。

そうこうしているうちに、昨夜の出来事はすっかり心の外へと追い出されてしまった。

そして——。

午後最初の授業は絵画である。なんといってもいちばん心が躍るのは、あの聖母子像を見られることだ。

絵画の授業のときには、マルティノが心を丸ごと持っていかれてしまった、あの清らかで美しい聖母子像——板から抜け出して、まるで聖母子さまがそこに現れたかのように感じるあの絵が、必ず教室のいちばん前に掲げられる。絵画の授業は週に一度である。その瞬間を待ちわびて、マルティノは日々を過ごしているのだった。

その日も絵画の授業が始まるのを、マルティノは心をときめかせながら待っていた。

学び舎の廊下を、ぎしっ、ぎしっときしませて、ゆっくりと近づく足音が聞こえてくれば、講師であるアントゥーニャが近づいているのだとわかった。

ローマからやって来た絵師のアントゥーニャは、授業のときには大事そうにあの聖母子像を両腕に抱えて、しずしずと教室へと入ってくる。そして、教室のいちばん前にある画架――これもはるばるポルトガルから運ばれたものだった――の上に、そっと絵を載せる。それから、絵に向かって十字を切り、手を合わせる。生徒たちも、それに従って、同じように胸の前で十字を切り、手を合わせるのだった。

いつものように、講師と聖母子像を迎え入れるため、教室は凪いだ海のようにしんと静まり返っていた。

ぎしっ、ぎしっ、と足音が近づいてきた。マルティノは耳をそば立てた。彼の耳には、その足音は聖母子に付き従っている弟子のひとりの足音のように聞こえていた。

ところが、その日、足音はひとつではなかった。ぎしっ、ぎしっ、と重みのある足音とともに、小走りするように軽やかな足音が聞こえてくる。まるで聖母マリアの腕から飛び降りた幼子イエスが、こちらに向かって早足に近づいてくるような――。

はて、とマルティノは気がついた。

――何者かが来るようだ。先生だけではなく、もうひとり、何者かが……。

マルティノは、思わず背筋を伸ばした。

教室の引き戸ががらりと開いた。皆、いっせいに戸のほうへ顔を向けた。

アントゥーニャが入ってきた。が、その両腕にあの聖母子像は抱かれていなかった。

アントゥーニャは教室を見渡して、にっこりと笑顔になると、言った。

「皆さん、今日は、この有馬のセミナリオでしばらくのあいだ学ぶことになった新しい生徒を紹介いたしましょう」

生徒たちのあいだにどよめきが起こった。

新しい生徒が来るなどとは、まったく誰も聞かされていなかった。突然、入学が決まったのだろうか。とすれば、さぞや身分の高い家の、特別に信心深い少年に違いない。

有馬のセミナリオは、肥前、豊後の領主と血縁続きにある者か、あるいはキリシタン武家で両親ともに洗礼を受けた敬虔な信者の家に育った者以外は入学することができない。つまり、選(え)りすぐりのキリシタンの生徒だけが集まっているのだ。

突然の入学を許された者とは……。いったい、どんな少年なのだろうか。

「兄者さま、ご存じでござりましたか？　新たな生徒が入ってくるなどと……」

隣に座っている中浦ジュリアンがひそひそ声で語りかけてきた。マルティノは首を横に振った。

「いや、いささかも知らなかったが……」

言いながら、マルティノは不安と好奇心の入り混じったまなざしを引き戸のほうへと向けた。

アントゥーニャは、生徒たちが静まるのを待ってから、おもむろに引き戸のほうを向き、うなずいてみせた。

すると、引き戸の向こうから、小柄な少年がひょいと現れた。

――あっ。

マルティノは声を上げそうになった。

――あ、あやつは……！

少年は、昨夜、凍てつく月夜の庭で遭遇した「宗達」だった。

宗達は口を結んでアントゥーニャの隣に立った。見上げるほど背の高いアントゥーニャと並ぶと、まるで竹に繋がれた猿のようだ。

教室が再びどよめいた。

宗達は、紬の着物に袴を身に着け、髪は後ろでひとつに縛っていた。セミナリオの規律である剃髪をしていない、ということは、正式なセミナリオの生徒ではないのだろうか。

「皆さん、お静かに」

どよめきがなかなか収まらない生徒たちに向かって、アントゥーニャが言った。

「今日から、しばらくのあいだ、皆さんと一緒に学ぶことになった『アゴスティーノ』です」

教室はみたびどよめいた。生徒たちは我慢できずに口々にささやき合った。

「アゴスティーノだと?」「洗礼名ではないか」「きりしたんなのか、あやつは?」

マルティノは、思わず立ち上がってしまった。

「せ、先生! その者の名は、アゴスティーノなどではありません! そ、その者は、そやつの名は……」

立ち上がったマルティノは、まるで口だけが別の生き物になってしまったかのように勝手に動いて、思いがけない言葉を発していた。

教室じゅうのまなざしがいっせいにマルティノに集まった。講師のアントゥーニャは目を瞬(しばた)かせている。マルティノは頭に血が上って、かあっと顔が熱くなった。

——な、なんなんだ、私は。いったい何を言おうとしたのだ?

「……わてのほんとうの名は、野々村伊三郎宗達、といいます」

あっけにとられている生徒たちに向かって、涼やかな声で宗達が言い放った。

今度は、教室の視線がいっせいに宗達に向けられた。

「わてはきりしたんやあらしまへん。せやけど、このセミナリオで学ぶんやったら、きりしたんふうの名が必要になるやろて、ヴァリニャーノさまがつけてくれはったん……」

「――嘘を申すな！」

前方に座していたひとりの生徒が、すっくと立ち上がって大声を出した。

「ヴァリニャーノさまはただいまご上洛中なるぞ！　ここにはおわさぬ先生が、おぬしに名を授けたりするものか！」

そう言ったのは、千々石ミゲルであった。

ミゲルは、肥前国釜蓋城主であった千々石直員の息子である。セミナリオのある有馬の領主、有馬晴信の従兄弟に当たり、マルティノの父が仕える大村純忠の甥に当たる。由緒正しい領主の血筋であるミゲルには、生徒たちの誰もが一目置いていた。

セミナリオに入学するほどであるから、ミゲルは当然、敬虔な信徒であり、聖書であろうとラテン語であろうと、誰にも負けぬほど熱心に学んでいた。もちろん絵画の手習いも人一倍真面目に取り組んだ。

しかし、生まれがそうさせるのか、居丈高なところがあった。自分よりも身分の低い生徒に対しては、口もきかなければ見向きもしない。マルティノやジュリアンとは目も合わせなかった。

嘘つきであると一方的にミゲルに言われた宗達は、このいかにも気位（きぐらい）の高そうな少年をきっとにらんだ。

「嘘やあらへん。わいは、京の都から、ヴァリニャーノさまのお供をして、ここまで来たんや」

そのひと言に教室がざわめいた。マルティノは立ったままであぜんとしてしまった。

「宗達」の名は織田信長に授けられたと言い、今度は洗礼名のような「アゴスティーノ」の名を、すべてのキリシタンの尊敬を集める巡察師、アレッサンドロ・ヴァリニャーノに与えられたと言う。さらにはヴァリニャーノの弟子を気取って、帝のおわす都からこの肥前国までともどもにやって来たと言ってのけた。

なんという大胆不敵なやつなのだろうか。

宗達の思いがけない言葉に、最初は凪いだ海のようだった教室が大時化（おおしけ）の海原のように大騒ぎになってしまった。

「静かに！　皆さん、静かにしてください！」

アントゥーニャは大声を張り上げた。いつもはおだやかな生徒たちが、これほどまでに混乱するとは想像もしなかったのであろう。すっかり困り果ててしまっている。

「なんというやつだ！」「こやつに出ていってもらいましょう！」「そうだ、嘘つきは出ていけ！」

生徒たちは口々に叫んでいる。マルティノとジュリアンもそれに便乗して、「出ていけ！」「さたんよ、去れ！」と調子に乗って叫んだ。

宗達は口を真一文字（まいちもんじ）に結んで、飛び交う罵声（ばせい）を黙って浴びていたが、突然、

「黙れ────────ッ！」

甲高（かんだか）い声をめいっぱい張り上げた。

不意打ちを食らって、一瞬にして、教室が再び静まり返った。

宗達は、おろおろするばかりのアントゥーニャを見上げて、

「紙と筆をいただいてもよろしいですか」

すらりと話しかけた。マルティノはぎょっとした。

──いま、ラテン語で話しかけた……？

「ええ、もちろんです」

アントゥーニャは、やはりラテン語で返した。

「切り分けていない大判の紙も用意してあります。……あなたのために準備しておきました」

アントゥーニャは、教室の片隅に置いてあった丸めた大判の紙──ふすまに用い

られる紙の束を手に取り、宗達に向かって差し出した。そして、今度は日本語で語りかけた。

「さあ、好きなだけ使いなさい」

宗達は、にっと笑ってそれを受け取った。そして、ざわめく教室の真ん中あたりに座している生徒たちに向かって言った。

「退いてんか。この紙を、そこの床いっぱいに広げるさかい」

生徒たちは意味がわからず、きょとんとしている。宗達は、室内にずらりと並んだ座卓のあいだをつかつかと歩いていくと、中央の座卓を四方へ押し退けて、板の間の床を広く空けた。

「な……何をするんだ！　無礼ではないか！」

座卓とともに年長の生徒たちが押し退けられるのを見て、たまらずにジュリアンが声を上げた。

「よいのです、ジュリアン」

すかさず、アントゥーニャがなだめた。

「アゴスティーノのやりたいようにさせてやりなさい。この絵画の時間においては、私がそれを許します」

ざわついていた教室が、ようやく静かになった。

マルティノは、立ち上がったままで、宗達がいったい何を始めるのか、固唾をのんでみつめていた。

ぽっかりと空いた板の間に佇んで、宗達は床を眺めながらつぶやいた。

「うん。このくらいあればええな」

それから、顔を上げると、まっすぐにマルティノを見て言った。

「おい、小坊主はん。おまはん、墨、磨ってくれへんか」

突然言われて、マルティノは面食らってしまった。教室がまたざわめいた。

「無礼な！」

すぐにジュリアンが叫んだ。

「マルティノさまを、小坊主などと……どうして見ず知らずのおぬしのために、兄者さまが墨を磨らねばならぬのだ！」

「おお、おまはんはその小坊主はんの弟分か。せやったら、おまはんに墨磨ってもらおか」

宗達に言い返されて、「何を！」となおも突っかかろうとするジュリアンを、マルティノが止めた。

「もうよい。……私が墨を磨ろう」

マルティノは、ジュリアンにそう言った。ジュリアンは、「しかし……」と口惜しそうな顔になった。

が、マルティノは、もはや悟ったように座卓の前に正座をすると、硯で墨を磨り始めた。生徒たちは息を詰めてその様子を見守った。

——何が起こるのだろう。

不思議なことに、墨を磨りながら、マルティノの心はふつふつと明るく沸き立っていた。

——こやつ、確かに無礼千万だ。態度も、口のきき方も、かように無礼な者に会ったことはござらぬ。

しかし、なぜだろう。——こやつが何かとてつもなくおもしろきことをやってのける気がしてならぬ。

私は、それが見てみたい。

そのためなれば、墨を磨ることなど、いともたやすきことではないか——。

「——もうええわ。そんくらいで」

額に汗をにじませるほど墨を磨り続けていたマルティノに向かって、宗達が声をかけた。

「ついでに、おまはんの筆、貸しとくれやす……マルティノはん」

マルティノは顔を上げて宗達と目を合わせた。なんとも言えぬ楽しげな目をして

いる。マルティノは、なんとも答えずに、卓上に置いていた筆のひとつを取り上げて手渡そうとした。宗達はそれを手にしかけて、

「あ。ちと、待っとくんなはれ」

足もとに置いていた丸めた紙を取り上げた。そして、結わえていた麻紐を解き、紙を床の上にぱっと広げた。

ふすま大の紙が四枚現れた。宗達はそれを横一列にすきまなく並べた。それから麻紐でたすき掛けし、しっかりと紬の袖を縛り上げた。

しばらくのあいだ、目の前の床の上に広がる白い紙を宗達は黙ってみつめていた。まるで水平線の彼方の世界を——目には見えない、はるか彼方にある世界を見極めようとするかのごとく。

軽く目を閉じ、呼吸を整えると、宗達は正面を向いた。そして、勢いよく言い放った。

「よっしゃ。——ほな、いきまっせ」

マルティノの手から筆を取り、すばやく硯の墨を含ませると、鳥のように紙の上に舞い降りた。

生徒たちは、いまや全員立ち上がって、床に広げられた紙の周りを囲み、いったい何が始まるのかと、息を凝らして見守っている。マルティノは、胸の鼓動がどう

しようもないほど高まるのを全身で感じていた。

宗達は左手と左膝を紙の上につき、右手に持った筆を紙面に近づけると、トン、と筆先を置いた。

すうっ、と紙の上を筆が滑(すべ)るかすかな音がした。筆は紙の上をすばやく、軽やかに舞い飛んだ。筆先から優美な曲線が現れ、その曲線が大きくうねって、あちらへ、こちらへ、ひらり、ひらりと、いとも軽やかに飛び交う。みるみるうちに、翼を広げた大きな鳥が――二羽の鷺(さぎ)が現れた。

それは、ほんの束(つか)の間のことだった。

マルティノは、目を見開いてその瞬間をみつめていた。

ついさっきまで床の上に広げられていたのは、ただの白い紙だった。ところが、一瞬にして、紙は光り輝く池に変わってしまった。

池のほとりに佇む柳の木、さらさらと風になびくみずみずしいその枝。柳の枝に見え隠れする二羽の白鷺。一羽は大きく羽根を広げ、いま、大空から水辺へ舞い降りた。もう一羽はすんなりと長い首を伸ばし、仲間の到来を喜んで迎えているようだ。

水面(みなも)はそよ風にかすかに揺れ、春の光をたたえてたゆたう。のどかな好日、二羽の鷺が戯(たわむ)れる春の風景ができ上がった。

マルティノは、全身を目にして、宗達の筆が命を与えられたように紙の上を自由自在に舞い飛ぶのを食い入るようにみつめていた。

紙の周囲に集まっている生徒たちの顔がいっせいに変わった。ある顔は驚きを隠せず、ある顔は笑みほころび、ある顔は輝いていた。

マルティノは確かに見た。生徒たちが、池のほとりに佇んで、驚き、喜びながら、輝く春の風景を一緒に眺めているのを。

「す……すごいぞ……」

マルティノの背後で、必死に伸び上がって見ていたジュリアンが、思わず声を漏らした。

筆を止めると、宗達は立ち上がって振り向いた。その瞬間、全員が止めていた息を放った。

宗達は、自分を取り囲んだ生徒たちに向かって、明るい声で言った。

「描かせてもろて、おおきに、ありがとうございます。わいは、ふるさとのお父、お母に別れを告げて、南蛮の絵の修業をせんがために、ここまで参りました。昨晩、有馬に着いたんやけど、長の船旅で、しばらく絵を描けへんかった。せやさかい、なんや、むしゃくしゃしとりましてん。ようやく、すっといたしました。ご一同さま、ご無礼を申しました。どうか許しておくれやす」

そして、その場に正座すると、床に両手をつき、皆に向かって深々と頭を下げた。

その様子を見守っていたマルティノは、胸が熱くなるのを感じていた。

凍てつく月夜の庭で出会った不思議な少年は、父に母にふるさとに別れを告げて、ほんとうに都からここまでやって来たのだ。

しかも、「南蛮の絵」を修業するために。

しかし、修業など要らぬのではないかと思われるほど、宗達の描いた絵にはすでに命が宿っていた。

それは、マルティノも憧れている西欧ふうの絵とはまるで違う。その場におわすように感じられる聖母子像とは、何もかもが違う。

それでいて、宗達の絵に、いっそう「命」が感じられるのはなぜなのだろうか。

池のほとりの柳の枝、水面の揺らめき、吹きくる風、きらめく光。戯れる二羽の鷺の生き生きとしていまにも動き出しそうな様子。

一本の筆――いつもマルティノがどうしたら巧く描けるのかと扱いあぐねていた筆――を動かして、墨ひといろで描いたにもかかわらず、その絵には色があり、躍動があった。

聖母子像を初めて見たときも、聖母子さまが目の前に出現したかのように感じて驚いたが、いま、マルティノはあのとき以上に瞠目していた。

確か、この少年は自分と同い歳、十四だと言っていた。それでいて、すでにこれほどまでに卓越した技巧を身につけているとは。

いったい何者なのだ――宗達とは？

「よくぞ描いた、アゴスティーノ。見事なるぞ」

そのとき、皆の背後で声がした。

声がしたほうへ、皆、いっせいに振り向いた。

と、そこに立っていたのは――。

「……ヴァリニャーノさま！」

思わず叫んだのは、伊東マンショであった。生徒たちの顔に喜びが広がった。巡察師、アレッサンドロ・ヴァリニャーノがおだやかな笑みを浮かべて佇んでいた。わあっと声を上げながら、全員、教室の出入り口に現れた師のもとへと駆け寄った。

が、マルティノだけはそうせずに、宗達のほうを振り向いた。宗達は立ち上がって、

「な。わいの言うた通りやろ？」

愉快そうに言った。

「わいは、ヴァリニャーノさまと一緒に都から来たんや。嘘やあらへん」

マルティノは、「まことに……」とうなずいた。

「そなたの名はヴァリニャーノさまより授けられたというのも、まことであろうな。アゴスティーノ」

宗達はくすくす声を立てて笑った。

「おまはんにまでアゴスティーノなんぞと呼ばれたら、なんや、くすぐったいわ。どうせなら『宗達』て呼んでくれへんか。そっちのんがよろしいよって」

マルティノも、くすっと笑った。

「そうか。あいわかったぞ、宗達」

宗達は、うれしそうな表情を浮かべて、大きくうなずいた。

生徒たちに囲まれたヴァリニャーノは、手をひとりひとりの額に軽くかざして祝福を与えた。マルティノも遅ればせながら師のもとへ歩み寄り、その足もとに膝をついて手を合わせた。

「おかえりなさいませ、ヴァリニャーノさま」

そう言って見上げると、師はあたたかく微笑して、手をマルティノの額にかざした。

「マルティノよ。そなたはことのほか絵画の授業を熱心に受けているそうだな。アントゥーニャより聞いておるぞ」

マルティノは、なめらかなラテン語で応えた。

「アントゥーニャ先生が見せてくださる聖母子さまの絵に祈りを捧げ、西欧ふうの絵を描けるようにと精進して参りましたが……上には上がいる、と悟りました。ついさっき、宗達……アゴスティーノが見事な絵を描き上げしを見たおりに」

マルティノの言葉に、ヴァリニャーノはにっこりと笑顔になった。

「今朝がた、アゴスティーノが私に申していた。真夜中に有馬さまの寄宿舎を抜け出し、庭で月見をしていたら、マルティノという名の生徒に出会った。月を介して友になったのだ、と」

マルティノは、思わず微笑んだ。ヴァリニャーノは、床に広げた絵のそばに突っ立っている宗達に向かって、

「アゴスティーノ。これへ」

ラテン語で呼びかけ、手招きした。

「はい」と宗達は答えて、師のそばへと歩み寄った。

師を取り囲んでいた生徒たちのあいだに、自然と彼を通す道ができた。大柄で立派なひげをたくわえたヴァリニャーノのそばに、小柄な宗達が佇んだ。やはり竹に繋がれた猿のようである。けれど、さわやかに澄んだまなざしは絵師特有のものな

のだと、いまならわかる。

ヴァリニャーノは宗達の肩に手を置き、生徒たちに向かって語りかけた。

「見ての通り、この者、アゴスティーノは、大変な画才を持っており、都では評判の絵師だ。そなたたちとさほど年は違わぬ。いくつになった、アゴスティーノ？」

問われて、宗達はすぐさま答えた。

「十四になりました」

「まさか……」

マルティノの近くにいた千々石ミゲルがつぶやいた。

「あのように小さくて、顔も声もまだ子供ではないか。十(とお)かそこらではないのか。また嘘を申して……」

「嘘ではありませぬ」

マルティノがミゲルの耳もとでささやいた。

「ヴァリニャーノさまとともに都から来たのもまことでござりました。あの者は、嘘は申しませぬ」

「知った口をきくな。そなただとて、さきほどあやつと会ったばかりであろうに」

いら立った声でミゲルが返した。マルティノは口をつぐんだ。

宗達の肩に親しげに手を置いたまま、ヴァリニャーノは続けて言った。

「さよう。アゴスティーノは、一昨年、十二のときに、織田信長さまの御前で絵を披露したのだ」

生徒たちがどよめいた。

「またそのような嘘を！」

思いがけないことを聞かされて、気が動転したのか、ミゲルがつぶやいた。そこでマルティノが口を挟んだ。

「ミゲルさま、いまの言葉はヴァリニャーノさまがおっしゃったことですよ。嘘ではござりませぬ」

言いながら、心がふたたび沸き立ってきた。

――なんということだ！　織田信長さまの御前で絵を披露したと？　しかもわずか十二で！

にわかには信じられないことではあるが、きっとまことであろう。

なぜなら、さきほど自分たちの目の前でそれが起こったのだから。――信じられない筆さばきで宗達は鷺の絵を描き上げたのだから。

信長さまも、さぞや驚きをもって宗達の筆さばきをみつめられたことだろう。そして、その結果、褒美(ほうび)に名を与えたのだ。宗達――という「絵師」の名を。

「わては、京の扇屋(おうぎや)の息子です。小さい頃から、お父(とう)や、店に出入りしている絵師たちの仕事を見とりました。初めて筆を手にしたんは、ふたつのときやった。絵を描くんが何より好きで、遊びをするより、おまんまを食べるより、絵を描いてるほうが好きやったんです」

日がないちにち筆を握り、白いものがあれば、紙だろうが布だろうが着物だろうが、そこに絵を描きつけた。通りに出ては土の上に木の枝で鳥や牛を描き、子供たちを喜ばせた。

あまりにも器用に描くので、宗達が七つになった頃、父は扇に絵を描く仕事を手伝わせた。すると、金地に鶴が舞い飛ぶ絵を見事に描き上げた。

あまりの出来のよさに驚いた父は、職人たちが作った扇とともに、その鶴の絵の扇を店に出してみたところ、すぐに売れた。もちろん、買った客は七歳の男子が描いたものだとは知るはずもなかった。これはおもしろいと、父はどんどん息子に扇に絵を描かせた。それがまたおもしろいほど売れた。

宗達が子供の頃から作画に尋常ならざる才を発揮した——ということを、ヴァリニャーノは生徒たちに語って聞かせた。

「都には名だたる絵師があまた活躍しているが、かように幼き者が巧みに絵を描くのは見たことも聞いたこともない……と、まずはアゴスティーノの父が驚き、やがて人々にも知られるようになったということだ」

「俵屋」の扇におもしろいものがあると、しだいに巷で評判が広がった。舞い飛ぶ鶴、常盤の松、みずみずしい朝顔、葵の花、金の翅を広げる蝶。ほかのどの職人でもない、宗達が描いた扇を求めて人々が店にやって来た。

あるとき、とある大名の使いの者が訪れ、店先に宗達の父を呼び出して問うた。

——吾が殿がたいそう、そちの扇をお気に召しておられる。ついては近々屋敷を普請するさいに、そちにふすま絵を頼みたいのだが、受けてはくれぬか。金子は弾むぞ。

そして、懐から俵屋で求めたという松鷹図の扇を出して見せた。それは父の手によるものではなく、宗達が描いたものであった。

父は板の間に伏して答えた。

——まことにありがたき幸せでござります。されど、お引き受けすることはかないませぬ。なにとぞご容赦くださりませ。

——なにゆえじゃ。殿のたってのご依頼なるぞ。金子も弾むと申しておるに。

父は答えに窮したが、

——お待ちくださりませ。

つと立ち上がり、奥へと消えた。やがて、ひとりの男子を連れて使者の前に現れた。

　父は再び板の間に伏した。それを真似て男子も頭を下げた。いったい何事かと、使いの者はふたりを眺めた。

　父は顔を上げ、震える声で言った。

――畏れながら、その扇の絵を描いたのは、この子にございます。

使者は、驚きのあまり、開いた口がふさがらないようだった。

――御領主さまの御普請に、一人前の絵師ならず、かような童がかかわったとなれば、御家名を損じようかと存じます。どうかお許しくださりませ。

使者は、ううむ、とうなったきり、言葉にならないようだった。

ややあって、しからばやむをえまい、とようやく声を発した。そして、宗達に向かって尋ねた。

――そちはいくつじゃ。

宗達はくちびるをきゅっと結んでいたが、顔をまっすぐに上げて答えた。

――七つにございります。

使者の口もとに微笑が灯った。

――これは驚きじゃ。俵屋の絵師に七つの童がおったとは……。

評判の扇は、てっきり、手練の絵師が描いたものだと、吾が殿も思い込んでおられたものを……。これはすっかりだまされてしもうたのう。

父はまた平身低頭して、申し訳ございませぬ、と詫びた。

――そのようなつもりは毛頭ございませなんだ。……この子は、わての息子でございます。

数えでふたつの時分から絵筆を握り、なんでもよく描く童にございました。

七つになった頃、試しに扇面に絵を描かせてみたところ、なんとも言えぬおもしろきものを描きまして……。

職人のあいだでも、こんな絵は見たことがあらへん、と珍しがられまして。

わてもおもしろう感じまして、これもまた試しにと、いっぺん店先に置いてみたのでございます。

そうしたところが、その日にすぐに売れてしまいまして。たまたま売れたに違いなかろう、せやけど、もういっぺん試してみようと、同じ日に、この子が描いた別の扇を置いてみました。

するとまた、すぐに売れたのでございます。

それからずっと、この子の描いた扇を店に置くことにいたしました。なぜかといえば、ほかのどの職人よりも、すばやく、巧みに絵を描くので、どんどん仕上がり、どんどん店に出せるのです。そして、どんどん売れていくのでございます。

この子は、まことにするすると絵を描くのでございます。この子にとって、絵を描くことは、まるっきり、息をするのと同じことなのでございます。

使者は、もうよい、と笑って言った。

――吾が殿に申し伝えておこう。俵屋にはいずれ天下一の絵師となる童がおる、ということを。

七つの童子が描いた扇の絵が、いずこかの国の領主の心をとらえた――という逸話をヴァリニャーノから聞かされて、生徒たちは、またもやどよめいた。

マルティノのすぐ近くに座して話に聴き入っていた千々石ミゲルが、いくたびも「信じられぬ」とつぶやいて首をかしげているのが、マルティノにはおかしかった。

ミゲルには宗達の才をにわかには認めたくない気持ちがあるのだろう。しかし、それを語り聞かせているのはほかならぬ師、ヴァリニャーノである。ゆえに、信じぬわけにはいかない。

が、たとえヴァリニャーノが語らずとも、宗達の作画の巧妙さは、ついさっき描かれた水辺の鷺の絵を見れば一目瞭然(いちもくりょうぜん)である。

マルティノは、師の話に聴き入りながら、生徒たち皆とともに池のほとりに座り、さわやかな風に吹かれている気持ちがずっと続いているのが不思議だった。

いまは睦月（むつき）で、しんしんと冷える教室の板の間に正座している。にもかかわらず、そこは風薫る季節の池のほとりのようであった。

当の宗達は、ヴァリニャーノのかたわらに佇み、頬を紅潮させて、師が語るのを黙って聞いていた。

ヴァリニャーノは、教室を見渡すと、厳かな声で言った。

「さて、都でかくも評判となった扇屋の息子が、なにゆえ、わざわざ私とともに有馬へやって来たのか。……そなたたちは、そのわけをこそ知りたいのであろう。そうだな？」

教室のあちこちから「はい（エティアム）」とラテン語で答える声が上がった。マルティノもジュリアンも、思わず「はい！」と大きな声を発した。ミゲルだけが、苦虫を噛み潰したような顔で答えなかった。

ヴァリニャーノは、笑みを浮かべると、

「よろしい。それでは話してしんぜよう」

と言った。たちまち、教室は再び静まり返った。

すると、それまで黙り込んでいた宗達が口を開いた。

「――畏れながら、ヴァリニャーノさま。ひとつだけ、わて、自分で話しておきたいことがおます。よろしゅうおますか」

ヴァリニャーノは、かたわらの宗達に向かってうなずいてみせた。

宗達は頬を紅潮させたまま、朗々とした声で話し始めた。

「わてがお父のもとで扇の絵を描き始めてしばらくした頃に、うちのご近所に、びっくりするもんができました。……南蛮寺です」

教室が、一瞬、色めき立った。マルティノも自然と胸が高鳴った。

天下にその名を知られた京の都の南蛮寺――キリシタンの教会堂である。

その頃までに日本の各地に南蛮寺が建てられていた。豊後、平戸、長崎、そして有馬にも建てられ、キリシタンたちの信仰の拠り所となっていた。もちろん、マルティノも両親や兄妹とともに何度も足を運んだものだ。

南蛮寺は日本の仏閣に似た造りであったが、仏像の代わりに十字架が掲げられ、信者たちはそれに向かって手を合わせ、祈りを捧げるのである。瓦屋根の上にも十字架が立てられ、それを見ればそこが従来の仏閣ではなく南蛮寺であることがわかるのだった。

しかし、京にできた南蛮寺は別格のすばらしさであると、セミナリオの生徒たちはパードレに聞かされ、一度この目で見てみたいものだと憧れを募らせていた。

宗達が数えで八つになった頃、洛中に新たな南蛮寺が建立された。これがいままでにないほど大規模で壮麗なものであると、遠く離れたこの肥前国まで聞こえてくるほどの大評判になった。

京には早くから南蛮寺があったのだが、これが老朽化したために建て直されることとなった。普請にさいしては、都の周辺で布教に当たっていたイタリア人パードレ、オルガンティーノが指揮を執った。多くの寄進を受けて、都じゅうの大工や職人を駆り出し、イエズス会の総力を挙げて完成した教会堂は、それはそれは立派なものだった。

三層になった楼閣を見上げれば、蒼穹を突くかと思うほどであった。その頂上にはやはり十字架が掲げられ、陽光を浴びて輝いていた。
広々とした広間には、洛中洛外の様子を描き込んだ障壁画が並び、その奥の堂で十字架と聖母子像図が静かに信者の到来を待っていた。

宗達は、南蛮寺の近くを通るたびに、そびえ立つ楼閣を見上げて、一度でいいから中に入ってみたいと思いを募らせた。

どうにかして入ることはできないものかと父に尋ねてみると、あの寺に入れるのは南蛮人かきりしたんに限られとるさかい、わてらは入られへんのや、と言われた。それやったらきりしたんになったらええ、と言い返すと、不謹慎なことを言うんやない、寺を見たさにきりしたんになるなんぞ、ですはんに失礼やろと、ぽかりと頭をなぐられた。

教室内に座して宗達の話に聴き入っていた生徒たちから笑いが漏れた。マルティノも、京言葉ののんびりした感じと宗達の語り口調がたまらなくおかしくて、くすくすと笑った。ミゲルだけが「なんという不謹慎な輩だ！」と、ますます苦々しい顔になった。

南蛮寺には、剃髪、碧眼のパードレのみならず、赤毛で鼻がつんと高く不思議な服装をした南蛮人が出入りしていた。自分たちとはまったく違う顔つきといでたち。それが見たさに、宗達は、毎日毎日、南蛮寺へと出かけていった。輪っかのような襟、ふくらんだ袴、真っ黒な肌をした従者の男がパードレに傘をさしかける。まるで絵巻物を見ているようだった。

南蛮寺ができ上がった初めの頃は、大人も子供も物珍しさにその門前に集まったが、しばらくすると皆慣れてしまい、誰も集まらなくなった。

しかし、宗達だけは違った。宗達は、相変わらず南蛮寺の門前に日参し、その日見かけた人物や、その人物が携えていた道具箱、馬の鞍、手綱、帽子や沓をつぶさに観察し、木の枝で地面にそれらをすばやく描いては消し、描いては消していた。

そうして二年ほどが経ったある日のこと――。

いつものように南蛮寺の門前で、おもしろい人物が通りかからないかと待ち構えていた宗達のもとに、僧服を着たひとりの南蛮人が歩み寄った。

すらりと背が高く、温和な顔つきをしたその人は、ほとんど毎日見かけるパードレであった。

――そなたは毎日ここへ来ていますね。よほど教会に興味を持っているのでしょう。

突然すらすらと日本語で語りかけられ、宗達は返す言葉がみつからないほど驚いてしまった。

ぽかんと口を開けたままの宗達に向かって、パードレは微笑みかけた。

――そなたは、教会の中に入ってみたいのでしょう。違いますか？

パードレにそう言われて、宗達は、あわててうなずいた。

――へ……へえ、そうどす、その通りどす。

パードレは、にっこりと笑顔になった。

――では、私と一緒に来てください。中に入れてあげましょう。

宗達は喜びのあまりその場で飛び跳ねた。そして、おおきに、パードレ！　おおきに！　と叫んで、パードレとともに初めて南蛮寺の門をくぐった。

「そのとき、そなたを誘（いざな）ったのが……」と、ヴァリニャーノが宗達の語りの合間に口を挟んだ。

「オルガンティーノだったというわけだな？」

宗達は、「はい」とうなずいた。

「オルガンティーノさまは、わてが毎日お寺の門前に立っとったのを最初からわかってはりました。……絵を描いとったのも」

そうして、宗達は、オルガンティーノとともに、ついに南蛮寺の中に歩み入った。

広々とした板の間を通って、奥の間へと進む。そこここに行燈(あんどん)が灯り、静かに炎が揺らめいている。ほのかに甘い異国の香が漂い、鼻腔(びくう)をくすぐる。

広間には何人かのキリシタンたちが座していた。

両手を胸の前で組み、何事か祈りの言葉をつぶやいていた彼らは、オルガンティーノが現れると、顔を輝かせ、いっせいに彼のもとへと集まった。オルガンティーノは手を差し伸べて彼らの額にかざし、祝福を与えた。

宗達はその様子を一心にみつめていた。

パードレと信徒たちのあいだには不思議な心の通い合いがあるように感じられた。それは言葉にするのは難しく、絵に描くのはもっと難しいものだった。

祝福を与えたあと、オルガンティーノは宗達のほうを振り向いて言った。

――さあ、もう少し奥へ行きましょう。そなたが見るべきものが、そこにあります。

オルガンティーノに連れられて、宗達はさらに奥へと進んでいった。

大きな広間のいちばん奥まったところに、祭壇がしつらえられていた。その前で立ち止まると、パードレはひざまずき、胸の前で十字を切った。そして、宗達のほうを振り返ると、言った。

——さあ、そなたもそこにひざまずきなさい。そして、よくご覧なさい。

宗達は言われるままにその場にひざまずいた。そして、顔を上げて目の前を見た。

そこには、光輪(ニンブス)を頭上に浮かべ、おだやかな微笑を浮かべた女性が座っていた。そのやわらかな両腕には光をまとって輝く幼子が抱かれていた。この世ならざるほど美しく気高(けだか)い母と子の肖像画であった。

朝露(あさつゆ)を浮かべたようにきらめく女性の瞳が、静かにこちらを見下ろしている。幼子のあどけない表情には何もかも悟った賢さと寛容さがあった。

宗達は、ただ息を殺して、母と子の姿をみつめていた。

そのうちに、なぜだかわからないが、涙が込み上げてきた。あたたかな涙はいつしか頬を伝って流れ落ち、板の間にぽつぽつとこぼれ落ちた。

しばらく祈りを捧げていたオルガンティーノは、やがて宗達のほうを向いて静かに問うた。

——そなたの耳に、神の声が聞こえたのですか。

宗達は、腕で涙をぬぐうと、しゃくり上げながら答えた。

——いいえ。何も。……聞こえませなんだ。せやけど……。

せやけど、わてには、見えました。

なんやら……えらい……「ええもん」が。

オルガンティーノは、くすりと声を立てて笑った。

——そうですか。ならば、それでいいのです。

「ええもん」が見えたのなら、それがあなたにとっての「デウス」なのですから。

「……オルガンティーノさまは、わてに『きりしたんになりなさい』やらと、ひと言も言わはらへんかった。……せやけど、だからこそ、わては、自分なりの『でうす』を見ることができたんと違うか、と思うてます」

凪いだ海のように静まり返った教室に向かって、宗達は熱っぽい声でそう語りかけた。

宗達の話に聴き入りながら、マルティノは、どうしようもなく胸が熱くなってくるのを感じていた。

宗達が南蛮寺の祭壇の奥深くに見たのは、西欧人の絵描きが描いた聖母子像に違いなかった。

マルティノの中に、セミナリオで初めて聖母子像を見たときの感動がふいに蘇(よみがえ)った。

とても「絵」だとは思えなかった。まるで目の前に聖母さまと御子さまとが現れたかのように感じて、息をのんだ。——あのときのことを思い出すと、いまでも胸が高鳴ってくる。

どんなことよりも絵を描くのが好きな宗達なのだ。きっと、いままでに見たこともないような絵を目にして心を震わせたのだろう。だから涙が頬を伝ったのだろう。

マルティノは、宗達とともに、祭壇の前にひざまずき、清らかな聖母子像に向き合っているような気持ちになった。そして、思わず涙が込み上げてきてしまった。

宗達は、うるんだ瞳で教室を見渡すと、清々しい声で言った。

「あのとき、わては決めたんどす。——いつの日か、もっともっと、ぎょうさん、南蛮の絵をこの目で見よう。そして、それを模した絵でなく、南蛮の絵を超える『己の絵』を描いてみせよう……そう誓ったんどす」

宗達の言葉は、光の矢になってマルティノの胸にまっすぐに届いた。

——己の絵。

なんというまぶしい言葉だろう。そのひと言に、マルティノは真実の輝きを見た。

己の絵をみつけたくて、己の絵を描きたくて——宗達は、親にもふるさとにも別れを告げて、ヴァリニャーノさまとともに、この肥前の地まではるばるやって来たのだろうか。

「アゴスティーノが絵を描きたいという思いは、山をも動かすほどであったそうだ」

宗達が語るのを、かたわらでじっと聞いていたヴァリニャーノは、宗達がここへやって来るまでの経緯を再び話し始めた。

「彼は、自分の願いをどうかかなえてほしいと、神に祈ったわけではない。しかし、神がそう仕向けたとしか思えぬような出来事が、その後起こったのだ」

宗達が数え歳で十二になった頃のことである。

あるとき、宗達の実家、京の扇屋「俵屋」を立派な身なりの武士が訪うた。

宗達は職人たちとともに奥の作業場で扇面に絵を描いている最中だった。その頃には、家業を手伝い、一職人として日々絵を描くことが仕事になっていたのだ。

店先で客人の応対をしていた父が、急いで作業場へ入ってきた。そして、ちょっと店まで来い、と息子を手招きした。

店先へ出ると、ひとりの武士が上がり框（がまち）に腰掛けていた。その顔を見て、宗達はすぐに思い出した。

その武士は、いつのことだったか、宗達が描いた松鷹図の扇を手にやって来た、どこぞの大名の使者であった。

宗達の姿を見ると、使者は顔をほころばせた。

――おお、そちはあのときの童子か。これは、大きゅうなったのう。

それから、宗達のかたわらで畏（かしこ）まって低頭している父に向かって問うた。

――そちの息子は、いまでも扇に絵を描いておるのか？

へえ、と父は答えた。

――職人に交じって描いとります。この子の描く絵がのった扇が、いつでも、いっとう売れますよってに……。

使者は満足そうにうなずくと、宗達に向かって言った。

――吾が殿より、そちを御城にお召しになりたいとの伝言じゃ。ついては、拙者とともに来てはくれぬか。

使者の言う「吾が殿」。――その人こそが、天下にその名を轟（とどろ）かせていた織田信長であった。

信長は、天正四年（一五七六年）、近江国の琵琶湖（びわこ）のほとり、安土山に築城を開始した。四方を見下ろす小高い山頂に造られた城は天下布武の威容を呈していた。

五年まえに使者が俵屋を訪うたのは、この城にある信長の居室のふすま絵を依頼するためであった。俵屋で求めた扇の松鷹図をたいそう気に入っている殿、というのも、実は信長のことだったのだ。

――あのときには、年端もいかぬ子供が描いたものだと知ってあきらめたが、上さまはそちのことをずっと心に留めておいでだったのじゃ。

信長の使者は、驚きのあまり声も出せなくなってしまった宗達の父に向かって、さらに言った。

――俵屋よ、改めて申し入れよう。上さまがそちの息子を安土城にお召しになる。しからば、御前にて、絵を披露してみせよ。よいな？

以前とは違って、使者は強い口調で言った。その言葉には、辞退は許さぬ、という含みがあった。

父とともに低頭していた宗達は、隣の父が体をがくがくと震わせているのを感じた。

天下の織田信長が、突如、息子を召し上げるという。それは名誉なことに違いなかった。しかし同時に、あまりにも畏れ多いことでもあった。

信長の気性の激しさは、この京でもうわさされていた。

どんなものであれ、気に入れば自分のそばに取り立て、庇護する。その最たるものがキリシタンである。信長に布教を認められたパードレたちは、畿内でも京、安土、堺など、それぞれの地でキリストの教えを説き、数多くの信徒を獲得していた。その甲斐あって、京にも南蛮寺が建てられたのである。

一方で、気に入らなければ、問答無用でそれを破壊し、命を奪う。冷徹で容赦のない人物であると人々に恐れられていた。

信長が何を気に入り、何を気に入らないのか、誰にもわからない。その御前に息子を送り出すということは、すなわち、気に入られなければ命の保証はない、ということだった。

しかし——。

宗達は、ちっとも怖くはなかった。むしろ、わくわくと心が沸き立った。

——織田信長さまが、わいのことを、ずっと心にかけていてくれはったんや……!

そう思って、飛び立ちそうなほどうれしかった。

すぐにでも使者とともに安土城へ行こう。宗達の心は定まっていた。

ところが父は、なかなか返事ができなかった。何度も何度もつばを飲み込み、がくがくと体を震わせるばかりで、どんな言葉も出てこない。使者がじりじりとしている。このままではまずい。

宗達は思い切って顔を上げた。そして、正面に使者を見て言った。

――ありがたき幸せ。すぐにでも参上いたします。どうか、わてを信長さまの御前へお連れくださりませ。

そうして、宗達は織田信長の居城、安土城へ召されることになった。

それまでに、宗達は繰り返しふすま絵の練習を行うことになった。ほかの職人の手前、扇絵の仕事をうっちゃってふすま絵の練習をするのは気が引けたが、なんとしても失敗は許されぬと、父に強(し)いられ、しぶしぶ始めることになった。

初めのうちは大きな画面に手こずった。扇面に描くのとはまるで勝手が違う。何を描くかでまず迷い、どう配して描くか決めかねた。

宗達は松鷹図が得意で、それを描いた扇がもっともよく売れた。そもそも信長も宗達が手がけた松鷹図の扇を気に入って、子供とは知らずにふすま絵を依頼してきたという経緯がある。まずは松鷹図を練習しようと決めた。

いつもは下絵を描かない宗達だったが、下絵を描いてその上に色を重ねてみた。すると、なんとも仰々(ぎょうぎょう)しい絵になってしまった。松はやたら枝をくねらせ、鷹はその上に身を硬くして留まっている。こんな絵を披露したら、即座に首を刎(は)ねられてしまいそうだ。

松ではなく柳を、鷹ではなく鷺を描いてみた。しかしこれもまた硬く、色がにごってしまう。木ではなく花を、鳥ではなく蝶を描いてみた。やはりうまくいかない。

さすがにあせりを感じた宗達は、店の奥の部屋に引きこもり、白い紙の前に座して、腕を組み、紙面をにらみつけ、考えた。

——何を、どう描いたらええんや。

丸いちにち考え込んだ。二日、三日、考え続けた。父も母も気が気ではなく、何度もふすまの向こうをのぞき込んだが、息子の後ろ姿が微動だにしないのを認めて、そっとしておくほかはなかった。

宗達は、朝餉（あさげ）を済ませてから奥の間に引きこもり、夕餉の時間までひたすら白い紙とにらみ合った。そのまま何刻ものあいだ、紙をにらみ続けた。

そうこうするうちに、七日が経ち、いよいよ安土城へ祗候（しこう）する日となった。

さあどんな習作が仕上がったかと、父がきのうまで息子がこもっていた奥の間をのぞいてみると、そこには、七日まえと変わらず、何も描かれていない真っ白な紙が広げられていた。

父は青くなり、大あわてで身じたく中の宗達のところへ飛んでいった。そして、いったいどうしたんや、何も描いてへんやないか、と問い質（ただ）した。

ところが、宗達はけろりとした顔をして答えた。

——へえ、いかにも。なんにも描いてまへん。

——なんでや。なんで描かへんかったんや？　まさか、織田信長さまの御前で何も描かへんで済まされるとは思うてへんやろな？

宗達は、わかっとります、と言った。

——たとえ松鷹図の習作がよう描けたとしても、信長さまがそれをご所望にならはるかどうか、そのときにならへんかったらわからしまへん。せやさかい、何を練習してもあかんと思うたんどす。

御前に召されたそのときに、何をご所望にならはるか……何を描くかは、そのときに決めたらええことやと、心が決まりました。

そう聞いて、父は何も言い返せなくなってしまった。ややあって、観念したように、そうか、わかった、と言った。

——お前の心がそうまで定まっとるんやったら、わしかて同じや。思う存分、御前で描くんやで。——俵屋伊三郎の絵を。

宗達は、改まってその場に座すと、父に向かって深々と頭を下げた。

——おおきに、お父。行って参ります。そして、必ず帰って参ります。

宗達は迎えに来た信長の使者とともに駕籠に乗り、安土城へと向かった。

安土城は聞きしに勝る壮麗な城であった。広々とした座敷、磨き抜かれて黒光りしている回廊、床の間、ふすま——すべてが息をのむほど美しく、宗達の目を釘付けにした。この全部が信長さまの好みなんや……と宗達は、城内の調度品やふすま絵をつぶさにみつめ、ひとつひとつを胸に刻んだ。

安土城に上がった宗達は、城内の一室で一夜を過ごし、いよいよ織田信長の御前にて絵を披露する日を迎えた。

朝が明けぬうちに起床して、水垢離(みずごり)をした。身じたくを整え、朝餉も残さずに食べて、逸る心を抑えながらそのときを待った。

城に到着してからずっと胸が高鳴りっぱなしだった。当然、緊張していたが、それ以上に喜びのほうが格段に大きかった。

織田信長との出会い。それが、自分をこれから思いもよらぬほど遠くへと導いてくれるような気がしてならなかった。そんなふうに思うのは不謹慎だろう。が、それが正直な気持ちであった。

宗達はお目通りのために謁見の間へと連れられていった。広々とした板の間の両側にずらりと家臣が居並んで座している。紙はまだ広げられてはおらず、一段高い奥の上座に椅子が置かれてあった。鈍い赤の布が張ってあり、木の背もたれが付いている。背もたれには凝った文様が施してある。南蛮寺で見たことのある西欧渡来の椅子だと、宗達はひと目で認めた。

広間に入ってすぐのところに正座をすると、すぐ近くに宗達をここまで連れてきた使者が座っているのをみつけた。使者はかすかにうなずいてみせた。宗達は、板の間に両手をつき、額を床にこすりつけるようにして低頭した。

ドン、ドン、ドンと太鼓の音が鳴り響き、ジャーン、と銅鑼(どら)の音がそれに重なった。と同時に、その場に会している一同がいっせいに板の間に手をつき、頭を下げた。

廊下の向こうから、ずたっ、ずたっと足音が近づいてきた。ふすまがするりと開く音。ドサリ、と椅子に腰を下ろす音。

――面(おもて)を上げよ。

凄(すご)みのある高い声が宗達の耳に届いた。宗達は、はっ、と答え、恐るおそる顔を上げて、正面を見た。

奥の上座の椅子に、織田信長が座していた。

細面(ほそおもて)に口(くち)ひげをたくわえ、鋭い目つきでこちらをみつめている。まるで兎(うさぎ)を捕らえる鷹の目だ。

驚いたのはその装束である。南蛮寺でときおり見かける西欧人と同じように、首の周りに白い布でできたひだのある輪っかを着け、釦(ボタン)のある黒い上衣(うわぎ)と、赤と白の交じったふくらんだ袴をはいている。さらに、先のとがった沓まで履いていた。

――うわあ……これはまた、えらいけったいな格好、してはるなあ。

織田信長の姿を真正面に見て、宗達はそう思った。あろうことか、吹き出してしまいそうにすらなった。ぎりぎり、頰のきわで笑いを止めた。ここで吹き出したりしたら、即刻首が飛ぶ。そうなっては笑えない結末だ。

織田信長さまは、それは怖いお人やで……と、巷ではうわさが絶えなかった。目を合わせただけで首を刎ねられるらしいで、とおもしろ半分に言う者までいた。

しかし、宗達が初めてまみえた信長は、いかにも堂々としていて、新しいものを好みそうで、己の欲望を隠そうともしない豪胆さを兼ね備えた大人物に見えた。

南蛮人を真似た格好をしているのも、好きなものを好きなように身に着けて何が悪い、という大胆さがあってこそできることだ。

いや、むしろ、いちばん新しくて何よりもおもしろきものを率先して取り入れてみせる天下人の気概を感じさせる。

宗達は、織田信長とほんの束の間視線を交わしただけで、この人物がすっかり好きになってしまった。

天下人と扇屋の息子。天と地ほども違う身分を超えて、信長が自分に向かって押し寄せてくるのを、宗達は全身で感じていた。

——なんという大きなお人なんや。

わいは、このお人のお気に召す絵を描いてご覧に入れたい。なんとしても……!

額に汗がじっとりとにじんだ。宗達は、声をふり絞って名乗った。

——京の扇屋、俵屋の息子、伊三郎と申しまする。こたびは、織田信長さまの御前にお召しいただき、まことに恐悦至極に存じまする。

信長は、じっと宗達の目をみつめて、しばらく黙っていたが、ややあって尋ねた。

——童のごとき面をしておるな。いくつじゃ。

——はい、十二でござります。

信長は、変わらずにじっと宗達の目を見ていた。そして、興味深そうな声で重ねて尋ねた。

——して、いかな絵を描いて見せてくれるのじゃ?

信長に問われて、宗達は、ほんの一瞬、答えに詰まった。が、ぐっと腹に力を込めて言った。

——お望みのままに。なんなりと描かせていただき、ご覧に入れまする。

ほう……と家臣たちのあいだからため息が漏れた。これは大胆なことを申す、後悔するでないぞ、とのささやきが聞こえてくるようだ。

信長は、なおも目を逸らさずに宗達をまっすぐにみつめていたが、やがて言った。

――ならば……余が見たことのない、珍しきものを描いてみよ。

家臣たちのあいだから、今度はざわめきが漏れた。これは大変なことになった、かような童子が珍しきものを描けるはずがない、との不安の声と嘲笑とが交互に聞こえてくるようだ。

宗達もまっすぐに信長をみつめ返した。そして、朗々とひと言だけ答えた。

――御意。

信長は、にやりと笑みを浮かべた。

――よかろう。しからば、ここへ、あれなるものを持ってこよ。

と、かたわらの家臣に申しつけた。

いよいよ紙が持ち込まれる。いったい、どれほどの大きさなのだろうか。そして、いったい何を描けば、織田信長さまを満足させられるのだろうか……？

宗達の額に玉のような汗が噴き出した。血の気がさあっと引いていく。とんでもないことになってしまったと、さすがに感じずにはいられない。

――信長さまがご覧にならはったことのあらへん珍しきもの。

信長さまが見たことがあらへんもんは、わいかて見たことも聞いたこともあらへんもんや。

なんや？　……それはいったいどないなもんや？

いったい、何を、どないに描いたらええんや……？

ぎしぎしと廊下の床をきしませて足音が背後に近づいた。従者がふたり、大きな何かを運んできた。

宗達の後ろから前へと運び込まれたその何かが、宗達の目の前の板の間に平らに置かれた。それを目にした瞬間、宗達はぎょっとした。

それは、紙ではなく、二枚の板――杉戸であった。

使者の話では、美濃で特別に漉（す）かれた紙が用意されているとのことだったのに。

……まさか、杉戸に絵を描かねばならぬとは。

話が違う、と宗達は、あわてて使者のほうを見た。使者はかすかに首を横に振ってみせた。

――どうした。杉戸には描けぬのか？

信長の声がした。宗達は、再び額を床にこすりつけるようにして低頭した。何か言おうとしたが、どうしても言葉が出てこない。頭の中は真っ白になってしまった。

ややあって、再び背後に複数の足音が近づいてきた。従者が数名、手に手に大きな平皿を掲げ、ある者は大小の筆を捧げ持っている。

低頭したままの宗達の後ろから前へと、ぞろぞろと入ってきた。そして、宗達の目の前に平皿と筆をずらりと並べた。

大きな平皿の中には、すでに膠で溶かれた岩絵の具がたっぷりと入っていた。群青、緑青、白緑、辰砂、岩黄、青黛、蘇芳……。筆は極細から腕ほどもある極太までが揃えられている。たすき掛けのための紐もあった。

宗達は、それらの顔料と道具をしばらくのあいだ黙ってにらんでいた。それから、目を閉じた。

——絵を描こうとするそなたの心に迷いが生まれたとき、目を閉じて、話しかけてみなさい。……自分自身に。

いつだったか、南蛮寺の門前に佇んでいた宗達を中へ招き入れてくれたパードレ、オルガンティーノが言ってくれた言葉が耳の奥に蘇った。

——心のままに描けば、自ずと描くべきものが現れてくるでしょう。

神の御心のままに……と、私たちはいつも言っています。それは、そういう意味なのです。

誰であれ、人の心向きは、すなわち神のお導きなのですから——。

宗達はぐっと奥歯を嚙み締めて、いま一度頭を下げた。そして、ようやく上座に向かって、ひと言、言った。

――ご無礼、ご容赦くださりませ。

すっと立ち上がると、紐を手に取り、すばやくたすき掛けした。それから、極太の筆を取った。

筆先を、白い胡粉（ごふん）が溶いてある大皿につけると、皿の中の顔料をすばやくなじませ、杉戸の真上にかざし、板面に押し付けた。

両側に居並んでいる家臣たちの視線がいっせいに筆先に集まる。もちろん、上座の椅子に座している信長も鋭い視線を投げかけている。

筆先がぶるぶると震えている。実は、何を描くのかまったくわからぬままに、とりあえず、最初の色に胡粉の白を選んだ。

杉戸に描くのだから、墨で描くわけにはいかない。墨で描いたら、何を描いても板の色に埋没してしまう。

だからとにかく白で。白で、何かを描くのだ。

しかし、何を描くのか。宗達の心は定まりきっていなかった。

板面に押し付けたこの筆先を、右へさばくか、左へさばくか、下へ引っ張るのか、それとも――。

その刹那（せつな）、宗達の胸の中に、得体の知れない「かたち」が、ずしんと踏み入ってきた。

ずしん、ずしんと地響きをさせながら、のっし、のっしと現れた「かたち」。

——うわっ、なんや？　これは……！

大きな、大きな体。羽衣のようなひらひらした耳。太い綱のような鼻。にゅうっと伸びた牙。

のっし、のっしと歩いてくる。あれは、確か、南蛮寺のふすま絵に描いてあった、世にも珍しい動物。

そうだ。印度から渡来した——。

——象だ！

宗達は、ぐっと奥歯を噛み締めた。

一気呵成に筆を動かす。右へ、左へ、上へ、下へ。筆は軽やかに宙を舞った。板面の上を滑ったかと思うと、平皿へ飛び、胡粉を吸わせて、板面に戻る。白い色面を塗っていった。どんどん塗り込んでいった。

塗り込んだ面が「かたち」になり、しだいに「線」が現れてきた。

ふつうならば、最初に線描であたりをとって、線描の内側を塗り込んでいく。ところが、宗達が杉戸の上で試みたのは、線を先に描くのではなく、面を塗り込んで線を残したのだ。

信長も、家臣たちも、息を殺して宗達の作画を見守った。

城にいようが、信長の御前だろうが、絵を描いているとき、そこはもう宗達の世界だった。誰にも邪魔されない自分だけの世界になるのだった。

絵を描き始めて、ひとたび己の世界に飛び込んでしまえば、何を思い悩むことがあろうか。

水に放たれた魚のように、宗達の筆は生き生きと板面の上を泳ぎ回り、縦横無尽に飛び跳ねた。

杉戸の中央から始まった白い色面は、見る見るうちに大きく広がっていき、不思議な「かたち」を創っていった。

いったい何ができ上がるのか。——謁見の間に居並んだ信長の家臣たちは、固唾をのんで杉戸の上を走る筆の動きを見守った。

上座の椅子に座した信長は、初めのうちは鋭い目つきで宗達の様子を眺めていたが、そのうちに前のめりになってきた。しだいに膝の上に上半身を乗り出して、いまにも前方へ倒れてしまいそうなほどだ。

そうしてでき上がった、白一色の絵。

大きなふたつの生き物が、二枚の杉戸に描かれてあった。

杉戸の板面いっぱいに描かれたそれらは、金色でつぶらな目が描き込んであることから、かろうじて「生き物」であるとわかる。

しかし、信長をはじめ家臣一同、見たことがない不思議な生き物だった。

大きなハスの葉のようにやわらかに生き物の顔にかかっているのは、「耳」であった。ぶらんとぶら下がった太い綱のようなものは「鼻」である。まさかそんな鼻があるものか、というほどおかしな鼻だが、それは口のすぐ上についていた。

口のわきからは、しゅっと伸びた鋭い「牙」が描かれてあった。この牙も、白ではなく、鈍く光る金を用いて描き上げられていた。

ふたつの生き物。それは二頭の「象」であった。

大きなほうの象は、体をよじって後ろを振り向き、何かを確かめているようだ。ややや小さなほうの象は、大きなほうの象に寄り添うようにして、どこか甘えた仕草をしている。

母と子、二頭の象を、宗達は、たった一本の筆と、目と牙の金を除けば白一色の胡粉を使って描いたのだ。

実際には、宗達は象を見たことなどなかった。しかし、京の南蛮寺のふすま絵に、世にも珍奇な動物が描かれており、それを飽かず眺めていると、それは象という名の動物です、とオルガンティーノに教えられた。

南蛮寺のふすま絵には、世にも不思議な生き物が描き込まれていた。七色に輝く扇のような尾羽根を広げる優美な「孔雀」、曲がったくちばしを持った「鸚鵡」、背中にこぶを背負った「駱駝」。そして「象」。

どの動物も日本に渡来したことがあるのだと、オルガンティーノに聞かされて、宗達は心底驚いた。

――この生き物たちは、いま、どこにおるのでしょう。

そう訊くと、オルガンティーノは答えた。

――もうどこにもおりません。昔、船に乗せられ、連れてこられたものです。これらを初めて目にした者は、誰も彼も、皆、驚いたことでしょう。絵師たちはこぞって絵に写したはずです。

このふすま絵の中の生き物たちは、絵に写されたものを別の絵師が模写し、それをまた別の絵師が模写したものであると思います。

宗達はふすま絵を凝視した。穴が開くほどみつめ続けた。珍奇な生き物たちの「かたち」を胸にしっかりと刻みつけた。

その後、店に帰って、紙に「象」を描きつけた。何度も練習してから、扇の面に「象」を写してみた。自分でもはっとするほどの出来だった。

宗達はその扇を父に見せた。珍しいもんをよう描いたなと、きっとおもしろがってくれるだろう。

ところが、おかしな「かたち」をみつけて、父はにわかに渋い顔をした。

――なんやこのけったいなもんは？　紙を無駄にしたらあかんやないか。

これは「象」という動物なんやと言いたかったが、ぐっと堪えた。

それからというもの、宗達の胸の中に「象」が棲みついている。

この世には、自分が見たことのないものがまだまだたくさんある。いつの日か、それらをこの目で見てみたい。そして自分の筆で写し取ってみたい。

――そのために、わいは、もっともっと描く。びっくりするくらいおもしろいもんを描く。

そして、きっと、天下一の絵師になってみせる。

宗達の中に棲みついた「象」が、とうとう現れた。――天下人、織田信長の御前で。

二枚の杉戸に二頭の象を描き上げた宗達は、たすきを外し、板の間に両手をついて、上座に向かってふたたび深々と頭を下げた。そして、言った。

――描き上がりましてござりまする。なにとぞこれを、織田信長さまのみもとへお運びいただきとうござりまする。

椅子に座していた信長は、そのときには完全に前のめりになり、目を皿のようにして、でき上がった絵をみつめていた。

ややあって、乾いた声で、

――これへ。

短く言った。従者ふたりが、はっ、と答えて、杉戸を一枚ずつ持ち上げ、信長のすぐ目の前へと運んだ。

立てて見せようとすると、待て、と信長が鋭く言った。

――立てるでない。まだ絵の具が乾いておらぬ。せっかくの絵が台無しになるではないか。

従者ふたりは、そろりと杉戸を板の間に平置きにした。

と、信長が立ち上がった。ただそれだけで、家臣たちがいっせいに頭を垂れた。

顔を上げていた宗達も、あわててまた頭を下げた。

一歩踏み出して、信長はその場に立ち尽くした。杉戸を見下ろし、つくづく眺めて、うむ……と低くうなった。

それから、おもむろに正面を向くと、低頭している宗達に向かって言った。

――見事じゃ。

その瞬間、家臣たちがようやくほうっと息を放った。描き始めるまえには、恐れと嘲笑が入り交じったため息が聞こえてきたが、いまやそれは感嘆のため息に変わっていた。

織田信長の口から「見事」のひと言を引き出すのがいかに難しいことか。御前に召集されている家臣たちがもっともよくわかっていたのだ。

――確かに、これは見たことのない珍しき生き物の写し絵じゃ。……これは何ぞ？

――「象」にございります。

――「象」？　それはいったい、どういうものぞ？

――はい。わたくしも見たことはございりませぬ。南蛮渡来の生き物ということでございります。

信長の問いに、宗達は正直に答えた。信長は、再び、ううむ、とうなった。

――しからば、そちは、見たこともない生き物を描いたと申すのか？

宗達は胸をどきりとさせた。

見たこともないものを描いた、それはすなわち、信長に「嘘」を描いて見せた――ということになる。それが信長の逆鱗に触れないとは言えぬ。

しかし、見たこともないものを「見た」と言えば、さらに嘘になる。

信長さまには正直を貫こう、と宗達は瞬時に心を定めた。

――京の南蛮寺にて、ふすま絵に描かれてあるを見たことがございりまする。

わたくしは、きりしたんではございりませぬが、南蛮寺の門前に珍しき人やものが往来するのをおもしろく思いまして、日々見物に参っておりましたところ、パードレのオルガンティーノさまが寺の中へとお導きくださりました。

　寺の中には門前にも勝る珍しきものがござりました。その中のひとつが、南蛮人や渡来のものが描かれておりますふすま絵でござります。

　さまざまなものが、それはそれはこまごまと描かれておりました。その中でも、わたくしは、この「象」という珍奇な生き物をいっとうおもしろく存じました。

　オルガンティーノさまは、わたくしに、昔、「象」がこの国に来たことがあると教えてくださりました。見上げるほど大きく、巨石のごとく重い生き物であると。しかし、南蛮においては、人に馴れ、何やら長い鼻に木を巻きつけて運んだり、馬のごとく人を乗せたりするのだそうでござります。

　そう伺いまして、わたくしは、この世にはまだまだ見たことがないものが数え切れぬほどあるのだと、思い知ったしだいでござります。

　いまはまだ見たこともない「象」とやらを、どこぞの絵師が描いた絵に認めて、それを描き写すことしかできませぬ。

　しかしながら、いつの日か、行ったことのないところへこの足で行き、見たことのないものをこの目で見て、この手で、この筆で描いてみたいと願っております。

　いまはまだ見たことがない「象」を描きましたご無礼を、ひらにご容赦くださりませ。

板の間に平らに置かれた杉戸の「象」を挟んで、信長と宗達は向き合っていた。

信長は眼下に宗達を見据えると、その度胸を試すように質した。

――行ったことのないところへ行き、見たことのないものを見て、その筆で描いてみたいと申したな。……正気か？

宗達も、真正面に信長を見上げると、はい、と澄み渡った声で返事をした。

――畏れながら申し上げます。

オルガンティーノさまが教えてくださいました。海の彼方にはあまたの国があり、あまたの生き物、あまたの人々、あまたの絵師がいると。絵師の数と同じくして、あまたの絵があると。

……わたくしは、それらをすべて、絵に写してみとうございます。

宗達は、大胆にも、己の望むままを言葉にしてしまった。

オルガンティーノから伝え聞いた西欧の国々のこと。なかでも、かの国に住まう絵師たちの描いた絵、その手技の妙を見てみたいと憧れを募らせていた。

南蛮寺で目にした、渡来物を描き込んだふすま絵もすばらしかったが、それより何より、宗達が驚かされたのは、祭壇の奥深くに掲げられていた聖母子像だった。

それは、まさしく「見たこともない絵」であった。

美しい女人の姿をした聖母マリアが、幼子キリストを腕にやわらかく抱き、天上から自分の目の前にすうっと降り立ったかのように感じられた。

あの瞬間、なぜであろうか、涙があふれ、頬を伝った。

聖母子の美しさ、清らかさに胸打たれた。それればかりではなく、こんなふうに、美しく、清らかな像を描くことができる絵師が西欧にはいるのだという、その事実にこそ、宗達は深く静かに打ちのめされたのだ。

――いつの日か、西欧の絵をもっと見たい。そして、描き写してみたい。

あの日からずっと、そう思い続けてきたのだ。

信長は、ニヤリと笑みを口もとに浮かべた。

――よくぞ申した。その望み、受け止めたぞ。

織田信長の御前にて作画を披露し、その口から「見事」のひと言を引き出した宗達。

信長は、わずか十二歳の少年絵師が、いささかも臆することなく、命じられた通りに「見たこともない珍しきもの」を描き上げた、その度量と技巧に心底感じ入ったようだった。

――そちに、褒美をつかわそう。

満足そうに、信長はそう言った。

宗達は、ありがたき幸せ、と恐縮したが、躍り上がりそうになるのを堪えるのに必死だった。自分の帰りを待ちわびる父母(ちちはは)が喜びに顔を輝かせる様子が目に浮かぶ。

――いったい何をちょうだいできるんやろか。

持ち帰れぬほどの金子か、お扶持(ふち)か、はたまた立派なお屋敷か……。

ところが、信長より下賜(かし)されたのは、意外なものだった。

――そちに、名をつかわそう。

「宗達」。……これより、絵師、俵屋宗達と名乗るがよい。

そちの名は、いずれ天下に知られるときがこようぞ。誰かに何者かと聞かれれば、胸を張って答えるがよい。

わが名は宗達。――織田信長より下賜されし名であると。

そうして、京の扇屋、俵屋の息子、伊三郎は、俵屋宗達となって、京に帰ってきた。

息子の帰還を一日千秋(いちじつせんしゅう)の思いで待ちわびていた父と母は、どれほど喜んだことであろう。

――ただいま帰りました。

旅装束(たびしょうぞく)も解(と)かずに、店先の板の間に両手をついて、宗達はあいさつをした。

父は、何も言わずにうなずいた。母は、袖でそっと目頭を押さえた。

——御前にての作画披露、つつがなく行い、上さまよりお褒めの言葉をちょうだいし、この上なきご褒美も下賜されました。

せやけど……お父、お母には、あやまらなあかん。ご褒美は、金子でもお扶持でも屋敷でもありませなんだ。……名前です。

絵師、俵屋宗達。

そう名乗れと。織田信長さまより下賜されし名であると申してよいと、お許しいただきました。

安土城から戻ってきた息子が、自分はもはや伊三郎ではなく、絵師、宗達であると名乗ったことに、父も母も驚きを隠せなかった。

父は、しばらく言葉を探しているようだったが、やがて言った。

——たいそう立派な名や。お前には、その名に恥じぬ仕事をやっていく覚悟はあるんか。

宗達は、まっすぐに父の目を見て答えた。

——はい。天下一の絵師となるつもりです。

父も、息子のにごりのない目をみつめ返した。

——あいわかった。お前は、もう伊三郎やあらへん。これより「俵屋宗達」や。

ええか、宗達。お前は、こんな扇屋におったらあかん。すぐにでも修業に出たほうがええ。

その名に恥じぬよう修業に励める絵師の家を、わてが探す。心して待ちおくんやで。

父には、息子を修業に出すならばこの家しかない、と密かに考えていた先があるようだった。あらゆるつてをたどって、その家に息子の弟子入りを申し入れようと試みたが、なかなか取り次いでもらえない。しばし待て、もう少しと父に言われ、いちにち、またいちにち、じりじりと過ぎていった。

いったい、自分はどこへ修業に出されるのか、宗達には皆目見当がつかなかった。

修業先がみつかるまでは、従来通りに職人たちと扇絵を描き続けるつもりでいたのに、もう描いたらあかん、と父からの厳命があった。

——言うたやろ。お前はもう扇絵職人やあらへん。もったいなくも上さまの御前で披露した絵を、扇なんぞに描いては罰が当たる。

何も描かねば腕がなまると思ったが、かくなるうえは待つほかはなかった。

ところが、俵屋の息子が織田信長の御前で作画披露をし、絵師としての名を下賜された——といううわさは、瞬く間に都じゅうに知れ渡ってしまった。

「俵屋宗達」が描いた扇を手に入れようと、大勢の人々がこぞって店に押し寄せた。

宗達の扇はもう売りきれたと父がいくら言っても、強情な客は、金子はいくらでも出すからと一歩も引かない。うわさを聞きつけた遠国の大名の家来や、嘘かまことか、名を伏せた「やんごとなき」貴人の使者だという者までが店を訪れるようになり、父はその対応にも四苦八苦するはめになった。

宗達の父が、息子の修業先として接触を図っていた絵師の名門。それは、天下一の絵師集団として誉れ高い狩野一門であった。

狩野家は、室町幕府の御用絵師だった正信を祖とし、二代目、元信の代に幕府や権力者との結びつきをいっそう深めた。多くの門弟を抱え、各国各所の城、屋敷、寺社の障壁画、ふすま絵、屏風絵などを数多く手がけ、破竹の勢いの絵師集団となっていく。

三代目、直信（松栄）は、大名に劣らぬ一大勢力であった宗門、大坂本願寺（石山本願寺）の障壁画制作に父とともに参加したのをはじめ、京の主要な寺院の障壁画を手がけ、宮廷や公家とも接触して、狩野の家名をいっそう高めるのに貢献した。

そして、その嫡男で現在の狩野一門を率いているのが州信（くにのぶ）（永徳（えいとく））である。

永徳は、数え歳で十（とお）のときに、祖父、元信に連れられて、時の将軍、足利義輝（よしてる）に謁見を果たした。

幼い頃より祖父と父に作画の手ほどきを受けて育った永徳は、早くから並々ならぬ画才を発揮した。

禅寺としてつとにその名を知られていた大徳寺（だいとくじ）の塔頭（たっちゅう）、聚光院（じゅこういん）の方丈（ほうじょう）障壁画を父とともに手がけたとき、永徳は二十代の若者であった。しかし、永徳が描いた〈花鳥図〉は、比類なき出来映えであると、瞬く間に評判となった。

早春のせせらぎに勢いよくせり出す梅の大木。その枝に咲く小さな花々の馥郁（ふくいく）とした香りが漂ってくるかのような画面は、まことに清々しく、見る者を画中の世界へ引き込む力があった。

その評判を織田信長が聞き捨てるはずもない。さっそく、信長は自らの政治的策略の道具として永徳の筆を利用した。

その頃、天下の覇権を争う武将たちの中で信長がもっとも警戒していたのは、越後国（えちごのくに）の上杉謙信（うえすぎけんしん）であった。

「越後の虎」とも「軍神」とも呼ばれ、最強の武将として恐れられていた謙信に上洛されてはならぬ。信長は画策の末に謙信と同盟を結んだ。

同盟を堅持する証として、何か特別な贈り物はないだろうか。荒ぶる虎も抗えぬほどの魅力を持った宝物は——と思案した信長は、永徳による六曲一双の屏風絵「洛中洛外図」に目をつけた。

「洛中洛外図」とは、京の町なか〈洛中〉と郊外〈洛外〉の様子を微細に描き写した絵のことである。

発祥は定かではないが、都のにぎわいをいつも眺めていたいと、どこかの国の殿さまが京の絵師に発注したのが始まりであろう。庶民が目にすることはまずない、大変貴重な屏風絵である。

右隻には内裏を中心として、下京の町並み、祇園神社、東山など、左隻には公方御所を中央に、武家屋敷、北野天満宮、船岡山など、都の名所がそれはそれはこと細やかに描かれている。さまざまな場所、店、家。風呂屋、料理屋、魚屋、八百屋、町の風景をそのまま写し取っている。

風景ばかりではない。星の数ほどもありそうな幾千もの人々が、通りにも、屋敷にも、寺社仏閣にも、あふれんばかりに描かれている。直垂に折烏帽子の武士、小袖の女、薪の束を頭に載せた大原女、袈裟掛けの高野聖、遊びに興じる童子たち。

加えてもっとも目を見張らされるのは、祇園祭の山鉾があちらこちらに見えることである。絢爛と飾り付けられた長刀鉾に函谷鉾、白楽天山に岩戸山。鉦を鳴らし、笛を吹き、大勢の人々が曳いてゆく巡行のにぎわいが伝わってくる。

この屛風さえあれば、たとえ吾が身が都にあらずとも、その美しい風景をいつもそばにおいて愛でられる。権力者や長者たちはこぞって手中にしたいと願ったが、簡単なことではない。これほどまでに細密な絵を描き上げられる絵師はごく限られていたからだ。世の中に出回っている「洛中洛外図」と呼ばれているものの多くは、昔、誰かが描いたものを写し、それをまた写しして、繰り返し写された粗悪なものであった。

織田信長も、上洛するまではすぐれた「洛中洛外図」を目にすることはなかった。

しかし、第十五代将軍、足利義昭を京から追放し、ついに室町幕府を滅亡させ、朝廷に奏請して元号までも「天正」に改めさせた信長は、屛風どころか、ほんものの都を手に入れたのだ。

しからば、最高の「洛中洛外図」は、もっとも手強い相手の欲望を満たすために贈るのがふさわしかろう。

信長は、天下一と名高い絵師、狩野永徳を御前に召し出した。

その頃には、すでに狩野永徳の名声は都じゅうに知れ渡っていた。

まだ二十代のうちに、狩野一門の棟梁であった父、松栄より一任されて描き上げた、大徳寺聚光院方丈の障壁画の〈花鳥図〉。水墨画の手法を巧みに活かし、みずみずしさにあふれた風景画は、見る者すべてを魅了した。

織田信長と謁見したとき、永徳は数え歳三十一であったが、すでに数々の傑作を仕上げ、注文が引きも切らずに舞い込んでいた。大型の障壁画や屏風絵は、完成するまで早くても一年は待たなければならない。それでも、どうしても永徳の絵がほしいと、人気は高まる一方であった。

その永徳を眼下に、信長は言い放った。

――きさまは天下一の絵師と名高いようじゃの。

永徳は板の間にひれ伏したまま、はっ、とすぐに答えた。

――まことの天下人たる織田信長さまに、さようなお言葉をちょうだいし、ありがたき幸せに……。

――「早描き」も天下一か。

永徳の口上が終わらぬうちに、信長が口早に訊いた。

永徳は、今度はすぐには答えなかった。信長はややいら立った様子でもう一度訊いた。

――答えよ。余が望む絵をすぐさまに描けるか。どうじゃ。

永徳は床板に額をこすりつけて平伏したが、やがて震える声で答えた。

――は……はい。お望みとあらば……。

信長は、にやりと笑みを浮かべた。

――しからば、「洛中洛外図」を描いてみせよ。

永徳の体がたちまち硬直した。信長は強い調子で言葉を続けた。

――余が欲するは、茶屋の店先にあるがごとき粗悪な屏風絵にはあらず。京の都、にぎわいのすべてを描き込んだ天下一の屏風絵ぞ。

なんでも、世にもすぐれた「洛中洛外図」屏風は一城にも値すると聞いたことがある。さような絵を描ける者は、天下一の絵師たるきさまのほかにはおるまい。なに、無茶は申さぬ。七日の猶予を与えよう。これより七日後に、一城にも値する屏風絵を余のもとへ届けよ。――よいな？

御前にひれ伏す永徳、その場に立ち会っていた家臣たちは、信長の言葉に震撼した。

――一城にも値するほどの「洛中洛外図」を、七日のうちに描き上げよとは……。

――さしもの狩野永徳も、さすがにあたわぬだろうて……。

――なんとも気の毒なことよ。天下にその名を轟かせた稀代の絵師の命も、七日ののちには上さまのお怒りの刃に露と消えようとは……。

そんなささやき声が聞こえてくるようだ。

永徳は額を伝って落ちる汗をぬぐうこともできず、ただただ低頭していたが、ややあって、ゆっくりと顔を上げた。そして、信長を仰ぎ見て、はっきりと言った。

――御意。

居並ぶ家臣たちのあいだから、ざわめきが起こった。

――よう申した。愉しみに待ちおろうぞ。

そう言って、信長は座を立った。

さあどうなるか、これは見物じゃと、家臣たちは気色ばんだ。

が、当の永徳は、懐から手巾を取り出して、汗をさっぱりぬぐうと、ようやく安堵の表情になった。そして、岩のように固まって廊下に控えていた一番弟子と従者を伴って、その場を辞した。

さてはもはや観念し、七日ののちに屏風絵の代わりに首を洗って差し出す覚悟ができたのだろうかと、家臣たちはひそひそと言い合った。

七日後――。

約束通り、再び、永徳が信長の御前に召し出された。

初謁見のさいと同じく、永徳は、上座に現れた信長の御前で清々しく剃り上げた頭をぴたりと下げていた。

どっかと床几に座ると、信長は、またもや眼下に永徳を眺めて言った。

――して、屛風絵はいずこじゃ？

家臣たちが居並ぶ座はしんと静まり返った。

と、永徳が顔を上げて、正面に信長を見た。その口もとにはうっすらと笑みが浮かんでいた。

――はい。ただいま、ここに。

永徳の背後から、狩野門下の弟子が四人、平らにたたまれた二隻の屛風を掲げて、しずしずと広間に入ってきた。

水平に寝かされて運び込まれた二隻の屛風。ふたりの弟子がひと組になって、一隻ずつ、信長の目の前に閉じたままで垂直に立てた。

信長は、両膝に握りこぶしを置いたまま、身じろぎもせずに正面を向いている。

いまや完全に上半身を起こし、天下人にまっすぐ向き合うと、永徳は朗々たる声を放った。

――ただいまこれより、織田信長さまの御前にて披露つかまつりまするは、この狩野州信、畢竟の一作にござりまする。なにとぞご覧じくださりませ。

その言葉を合図に、弟子たちが、ぴたりと閉じた合掌揃に手をかけて、そろりと左右に扇を開いた。

次の瞬間、信長の顔がまばゆく照り映えた。

眼前に広がったのは、黄金(こがね)に輝く絢爛たる都の風景――。

六曲一双の扇に広がる金色の龍雲、そのまにまに散りばめられる御殿、社寺、屋敷、店。そこに集まる老若男女、貴人、公家、武人、商人、翁(おきな)、媼(おうな)、童子。

右隻は下京、鴨川(かもがわ)の流れ。左手に御所、名所の数々。げに見どころは、祇園の祭。天を突く鉾頭は威風堂々(いふうどうどう)、曳き手と車手に導かれ、大路小路(おおじこうじ)を進みゆく。

左隻は上京、西山に向いて東山より天下を見渡す。公方さまの屋敷、武家屋敷に相国寺(しょうこくじ)。市井(しせい)のにぎわい華やかに、鞍馬(くらま)の山緑清々しく、嵯峨野(さがの)に風が吹き渡る。

春の桜、松の正月、草木に宿る四季のいろどり。

人は笑い、謡い、踊り、いとなむ。

京に生まれしめでたさと、都に生きる喜びと。

人のなりわい、命の輝き。

そのいっさいが、六曲一双、十二枚の扇に息づいている――。

信長は目を見張った。目を皿のようにして、十二枚の扇をなめるようにみつめた。

居並ぶ家臣たちには屏風の背面しか見えていない。それでも、信長の表情がみるみる変わっていくのを目(ま)の当たりにして、これはただならぬことだと、誰もが固唾をのんで見守った。

――こ……こ、これは……。

声を上ずらせて、信長は立ち上がった。それだけで、家臣たちはいっせいに頭を下げた。永徳だけがたじろぎもせずに正面を向いたままだ。

信長は血走った眼(まなこ)で永徳を見据(みす)えると、問うた。

――この屛風絵を、きさまは、七日のあいだに描き上げたのか。

永徳は信長の目をみつめたまま動かなかった。そして、すぐには答えなかった。

――正直に申せ。きさまひとりでこれを描き上げたのか？

――畏れながら、申し上げます。

ようやく永徳が声を発した。その声はいささかも震えてはいなかった。覚悟を決めた者の声であった。

――答えは、否(いな)。そして、是(ぜ)でございます。

わたくしは、これなる〈洛中洛外図〉を、この七日のうちに描き上げたのではござりませぬ。

要した日数(ひかず)は、ひと月にござります。

水垢離(みずごり)をし、神仏に祈りを捧げ、酒を断ち、昼夜を分かたず、忘我の境地にて、ただ一心に筆を動かし、扇に向かいました。

ゆえに、さきの拝謁よりちょうだいいたしました七日で描き上げたのか、とのご下問（かもん）には、謹（つつし）んで、否、とお答え申し上げます。が、筆を取りましたのは、天地神明に誓って、この狩野州信、ただひとりにござります。

父、狩野直信も、また弟子たちも、何人（なんぴと）たりとも筆を加えてはおりませぬ。松の緑も、しだれ桜も、行商人が担ぐ荷袋も、遊び興じる童の面相も、都のすべてに命を宿らせんと、ひと筆ひと筆に入魂し、描き上げたしだいでござります。ゆえに、わたくしひとりで描き上げたのか、とのご下問には、謹んで、是、とお答え申し上げます。

と、そこまで一気に口上して、永徳は改めて両手を板の間につき、言葉を続けた。

——これなる屏風絵は、わたくしが二十三のときに、ひと月かけて描き上げた畢竟の一作。七日のうちに仕上げよとの御下命に、わたくしがお答えあたわざるは事実（まこと）でござります。

神仏のご加護を御身に授かりあそばした天下人たる上さまに、なんとしても嘘だけは申してはならぬと、心を決めたしだいでござります。

いかなるお沙汰（さた）も、謹んでお受けいたします。その上で、どうか、本作をお納めくださりませ。

永徳は板に吸い寄せられるようにして平伏した。


信長はその場に立ち尽くしたまま、眼前の二隻の屏風をいま一度眺めた。右隻と左隻、ふたつの屏風は真ん中を人ひとりぶんほど離して立てられていた。二隻のあいだに、小さく縮こまっている永徳の姿が見えている。

信長は、永徳の頭頂部を鋭く見据えると、

——二十三のときに描き上げたと申したな。して、きさまの畢竟の一作であると。

さような「若書き」の傑作を、誰の手にも渡さずして、なにゆえ手元に残しおいたのじゃ？

と、訊いた。

各国各所より作画の注文が途切れぬ狩野家である。たとえ若い頃のこととはいえ、狩野永徳を、ひと月ものあいだ、ただひとつの屏風絵にかかわらせようとは、よほどの身分の依頼主であったに違いない。そして、わけあって渡さなかったのだ。——信長はそう見抜いたのだった。

問われて、永徳は、ふたたびまっすぐに顔を上げると、

——これなる屏風絵は……前の将軍、足利義輝さまよりご依頼をちょうだいつかまつりましたものでござります。

はっきりと、そう答えた。

にわかに座がどよめいた。

（なんということだ、先々代の将軍の依頼のものとは……）（さような禍々しきものを、上さまにご覧じ入れようとは……）（こやつ、気は確かなのか。命が惜しゅうないのか？）

ひそひそと、家臣たちは口々にささやき合った。

室町幕府第十三代将軍、足利義輝は、乱世に生まれ、また乱世に散った将軍である。

群雄割拠の時代にあって、足利将軍家は、各国各地で勢力を増す戦国大名や台頭する武将たちをもはや抑え込むにあたわず、その権勢はしだいに失墜しつつあった。

足利義輝は、幕府の権力と将軍の権威復活を目指し、諸国の大名との友好に力を尽くした。この時期尾張国を配下に収めた織田信長も、上洛して義輝に謁見している。

しかしながら、将軍の親政を嫌う一派に討ち入りされ、非業の死を遂げた。「永禄の変」である。

その後、結局、信長によって第十五代将軍、足利義昭が京から追放され、室町幕府は滅亡した。

血で血を洗う戦国の騒乱・怒濤に巻き込まれ、命運尽き果てた第十三代将軍、足利義輝。

その依頼の品を、目下の天下人たる織田信長の御前に、いまさらながらに持ち出した永徳は、何もかも正直に打ち明ける、その覚悟を感じさせる滑舌で話し始めた。

——永禄八年（一五六五年）正月、父、狩野直信のもとへ二条御所武衛より使者あり、公方さまの御前に召され奉りました。

突然のお召し出しの由は釈然とせず、されど急ぎ祗候せよとの命に、これが義輝さまとの初の謁見となる父は、すぐに武衛へ祗候いたしました。

わたくしは若輩者ゆえ同伴かなわず、一門の弟子たちとともに父の帰りを待っておりました。吉報がもたらされるに違いない、おそらくは公方さまより作画ご依頼の栄をたまわったのだと、門下一同、胸を逸らせて待ちわびていたのでござります。

喜色満面で戻りくるはずの父は、心なしか色をなくした顔をして、帰ってくるなり、ひと言もなく、奥の間に入ってしまいました。そして、わたくしだけが父のもとへ呼ばれました。

父の帰宅を待ちわびていたときとはうって変わって、不吉な予感が胸を貫きました。何かとてつもないことが起こるような心持ちがして、恐るおそる父のもとへ参ったのでございます。

困ったことになった、と父は開口一番申しました。公方さまより作画のご下命があったと。

わたくしは、父の申していることの意味がわからずに、何が困ったことなのでしょうか、と訊き返しました。公方さま直々(じきじき)に作画のご下命をたまわったとは、これに勝る栄誉はございませぬ。すぐにも一門挙げて作画に取りかかり、武衛の間に華を添えましょうぞ、と申しました。二条御所の完成まもなきおりでございましたゆえ、公方さまは手前どもが得意とする「花鳥図」の障壁画をご所望に違いあるまい、と思い込んだのでございます。

すると父は、眉(まゆ)を曇らせ、違うのだ、と申しました。

公方さまがご所望なのは、御所を彩る障壁画にあらず。

ひとたび目にすれば、いかな荒ぶる武人の心をも虜（とりこ）にせしむる宝物のごとき絵を――「洛中洛外図」をご所望なのだ……と。

――「洛中洛外図」。

そう聞いて、わたくしは、初めて父、狩野直信が顔色をなくして御所から戻って参りました由を知ったのでございます。

京のにぎわい、都人（みやこびと）のなりわいのいっさいを描き表したというその絵のことを、わたくしも知っておりました。されど、この目で見たことはございませんでした。

なぜなら、その絵は、この京にあらずして京を愉しむためのもの。まことの都人は所有するも見るも必要ございませぬ。手前どもに作画を所望なさいます御公家さまも御法主さまも、「洛中洛外図」をとのたまうお方はついぞございませんでした。

しからば、他国の諸侯よりご依頼あるかと申せば、これもまたございませぬ。家屋敷の瓦やむしろ、店先に並ぶ魚の頭まで、微に入り細に入り描き込まねばならぬというその絵は、出色（しゅっしょく）のものを欲すれば途方もない金子がかかります。何かと出費のかさむ他国の諸侯には、屏風一双に大金を払うわけには参りませぬ。

しかるに、手前ども一門は、「洛中洛外図」のなんたるかを知ってはおりますれども、見ることも描くこともなく過ごしてきたのでございます。

父の申しますには、その「洛中洛外図」を……六曲一双の屏風絵を、公方さまがご所望あそばした……しかも、できる限り早く、いかに遅くなろうとも、ほととぎすの鳴く頃までには仕上げよと、直々のご下命であったと。

わたくしは、さあっと血の気が引くのを感じました。最後に、父がこう申したからでございます。

――万が一にもほととぎすの鳴く頃までに仕上げられずんば、狩野一門はお取り潰しになるであろう。

そこまで話すと、父はがっくりと頭を垂れました。そして涙声で申しました。――狩野一門はわしの代でお取り潰しや、父上、祖父上に申し訳が立たぬ、かくなるうえは自刃してお詫び申し上げるほかはない……と。

わたくしは膝ががくがくと震えて参りました。のどが渇いて、なかなか言葉が出てきませぬ。涙をこぼす父が、当代一の絵師との誉れ高い父が、消え入りそうに、小さく、はかなく見えました。

曾祖父、狩野正信の代に始まり、祖父、元信、父、直信と引き継がれてきた当一門が、公方さまのご要請にお応えあたわず、お取り潰しになる。

さような恐ろしきことがあるのだろうか、信じられぬ、と体が勝手に震えて参りました。

梅の花がまもなくほころび、うぐいすの初音を待ちわびる頃でございました。ほととぎすの鳴く頃までに仕上げよ、ということは、ものの三月（みつき）か、長くとも四月（よつき）……。

ほうぼうからの依頼の作画をすべて止め、一門が総力を挙げて取りかかっても、はたして間に合うかどうか、定かではございませぬ。

しかも、公方さまがご所望されるは、祇園祭の山鉾までをも描き込んだ、洛中洛外の名所のすべてを封じ込めた六曲一双。微細にして壮麗、いかな名馬も名刀もかすむほどの名画。余が手放すのを惜しむほどの一作を描き上げよ、とのご厳命――。

そう聞いて、わたくしは合点（がてん）がゆきました。

なにゆえ公方さまが、それほどまでにお急ぎなのか。

公方さまは、どなたかに「洛中洛外図」を贈られようとお考えに違いない。しかも、火急でご入用なのだと。

御下賜される方は、おそらく、京にお住まいにあらず。そして、公方さまがすぐにも支援を必要とされている方。これは究極の御下賜品なのだ――。

――すぐにも始めましょう、父上。

わたくしは心を強うして申しました。

――かくなるうえは一刻も猶予がございませぬ。まずは「洛中洛外図」を取り寄せ、いかにして作画するか検討いたしましょう。その上で、京の名所すべてにわたくしが足を運び、建物も通りも人も何もかもを写し取って参ります。お任せください。きっとわたくしがいっさいの材料を揃えます。父上が心おきなく筆をふるえるよう整えますゆえ、ご心配なされますな。

父は顔色をなくしたままでしたが、ようやく我に返って、やってみよう、とうなずきました。

何もせずしてお沙汰を受けるよりは、やれるだけのことをやってみようではないか。

わたくしたち父子は、そう意を決したのでございます。

かくして、わたくしを筆頭に、手前ども狩野門下の絵師、弟子、使用人にいたるまでが、公方さまの火急のご要請にお応え奉るがために、いっせいに動き始めたのでございます。

まずは密かに「洛中洛外図」を所有している御仁を探し、買い取ることはできぬかと打診いたしました。

「密かに」と申しますのは、あの狩野直信がどこぞの絵師の筆による「洛中洛外図」を模写しようとしている、とのうわさが立ってはまずいからでござります。万が一にも、さようなうわさが回り回って公方さまのお耳に入り、粗悪な模写を献上したなどということになれば、それこそ命の保証はござりませぬ。

当家に出入りのある行商人に依頼をし、二十日のうちに入手いたしました。所有しておりましたのは、南蛮人の商人でござります。堺の湊（みなと）より唐船に積んで出航寸前のところを引き留め、買い取ることがかないました。

同時に、わたくしは若弟子ふたりを連れて、まだ旭日（きょくじつ）が昇るまえに家を出、宵闇（よいやみ）が訪れるまで、都じゅうをくまなく歩き回り、これこそが名所であるという場所を訪い、眺め、屋根、門、扉をつぶさに見、手元の帳面に描き写して参りました。すばやく、正しく、あたう限り多くの事物を描き写さねば間に合わぬ。必死に手を動かしました。夜になって、家に帰り着いたときには、足は棒になり、手は墨で真っ黒に汚れきっておりました。髪は乱れ、体は汗と埃（ほこり）にまみれて、まるで乞食（こつじき）の様相でござります。

わたくしが帰宅すると、誰よりさきに母が迎えてくれました。そして、白髪頭（しらがあたま）を低く垂れ、黙ってわたくしの汚れた足を洗ってくれました。

この母のためにも、決して泣き事は言うまい。母の小さき背中をみつめながら、わたくしは改めて心を強うしたのでござります。

一方、父は、日がないちにち奥の間にこもり、両腕を組んで座したまま、南蛮人が持ち去ろうとしていた「洛中洛外図」に向き合っておりました。

父のかたわらには、わたくしが描き写してきた絵手本帳が広げられ、扇となる紙、あまたの絵の具がすでに揃えられておりました。

ところが、父はなかなか筆を取ろうといたしませぬ。

わたくしは、毎日、その日に仕上げた絵手本帳を、父がこもっている奥の間に届けました。わたくしだけが入ることを許されていたのでござります。

されどわたくしは、日に日にふすまを開けるのが怖くなって参りました。

床の間を背にして座した父の前には、六扇の紙が置かれております。……白い紙が。

今日こそはきっと筆を取っておられるであろう、今日こそはと、胸を逸らせながらふすまを開けまするが、そこにはやはり白い紙が静まり返って広がるばかりでござります。

わたくしの下絵がもの足りぬのだろうか、父上はいかようにお描きになりたいのだろうか。そう思いますれども、白い紙を目の前にしてくる日くる日も同じ様子の父に、なにゆえお描きにならないのですか、とひと言訊くこともままなりませぬ。

そうこうするうちに、如月が過ぎ、弥生が訪れました。父は、その間、白い紙の前に座したまま、ついに筆を取ることなく過ごしたのでございます。

それでもわたくしは、朝から晩まで、京の名所を写して回りました。あきらめてはならぬ、必ず父の役に立つはずだ、今日がだめなら明日、明日でなければ明後日には必ずと、いよいよ修羅の心で筆を動かしました。

卯月朔日、いつものごとく暁に出かけようとしたところ、ふいに母に呼び止められました。今日は出かけずに父上のみもとに参りなされ、と申します。父上はそなたにおっしゃりたいことがおありです、と。母の目はうっすら濡れておりました。

不穏を胸に宿しながら、わたくしは奥の間のふすまをそろりと開けました。いつもならそこに広がっていたはずの扇が、すっかり片付けられておりました。その代わり、座敷の真ん中に白絹が敷かれ、そこに父がひっそりと座しておりました。

普段の父ではございませぬ。白装束を身に着けて、かたわらには水桶、そして……右脇には、刀掛けと、そこに据えられたひとふりの太刀――。

わたくしは、その場からもう一寸も動くことができなくなってしまいました。父は、青白い顔をしてわたくしを見ると、すまぬ、と詫びました。

――わしはもうおしまいや。自刃してお詫び申し上げる。狩野一門にはお沙汰なきよう、公方さまには奉書する。あとはよろしゅう頼むぞ――。

わたくしは、心の臓が転げ落ちるかというほど驚きました。

自刃のための装束をすっかり整えた父は、もはやぴたりと意を決して、むしろ落ち着き払っておりました。わたくしは、震える足をどうにか前へと出して奥の間に入りますと、後ろ手にふすまを閉めました。そして、両手を座敷につき、父に向かって申しました。

――父上、なにとぞ、お留まりくださりませ。

たとえ父上がお命をもって謝罪なさろうとも、公方さまがご所望の「洛中洛外図」の献上なくしてお沙汰を免れようとは思えませぬ。むしろ、御下命にお応えあたわざる一門であったと、末代までも汚名が残さるることとなりましょう。お命を捧げたとて、一門がお取り潰しになる命運を変えることは決してできませぬ。

父は、暗い面をうつむけて、わたくしが申すまま聞いておりました。

やがて、痩せ細った体をがくがくと震わせて、がっくりと白絹の上に突っ伏しました。そして、声を絞り出し、申しました。

――すまぬ。……すまぬ。されど……。

わしは、描けぬ。何も浮かばぬ。筆すら取れぬ。

もはや、これまで。……狩野一門は、これまでや。

父は声を放って泣きました。やつれた肩を震わせて……。

幼きわたくしの手に筆を握らせ、作画の手ほどきをしてくれた父。都の四季折々、花鳥風月を、いかに写し取り命を宿すか、作画のすべてをわたくしに教えてくれた父。わたくしが憧れた天下一の絵師、狩野直信が、小さく、小さく見えました。

わたくしは、つと立ち上がり、父のかたわらへ参りました。刀掛けから太刀を取り上げると、それを床の間へと戻しました。

床の間には、祖父、狩野元信が描きし「ほととぎす」の軸が掛かっておりました。ほととぎすが鳴く頃までに、必ず――との思いで、奥の間にこもるおりに父が掛けたものでござります。

わたくしは、そのほととぎすの掛け軸のもとに太刀を捧げてから、泣き崩れる父の前に座して、ふたたび両手をつき、ひたと頭を下げて、申しました。

――父上、お願い申し上げます。

どうか、この州信に筆を取らせてくださりませ。

白絹の上に突っ伏して泣き崩れておりました父は、はたと顔を上げ、涙に濡れた眼をわたくしへ向けました。

――お前が？　……「洛中洛外図」を描くと申すのか？　このわしの代わりに？

――はい。どうかわたくしにお任せくださりませ。

ただいま、わたくしの胸中には、この京の名所、春夏秋冬のいっさいが宿っておりまする。眼を閉じますれば、御所の屋根のかたち、道行く行商人の背負う行李(こうり)、祇園祭の山鉾を飾る錦(にしき)までもが、鮮やかに浮かんで参ります。

父上には遠く及ばぬとは存じますが、この麗(うるわ)しき都の様相を六曲一双に写し取れまするのは、この州信をおいてほかにはおりませぬ。わたくしに、筆をお預けくださりませ……！

父は膝に両手をついて、口を真一文字に結び、何も申しませぬ。

わたくしは、ただひたすらにひれ伏して、父が応ずるを辛抱(しんぼう)強く待ちました。

やがて、父のか弱き声が聞こえました。

――ほととぎすが鳴くまでにはもはやひと月もない。……それでも描くと申すのか。

わたくしは、力を込めて、はい、とひと言返しました。

――ようわかった、と父は申しました。

……どうせ潰(つい)えるならば、最後のひと足掻(あが)きをお前に任せてみるのもよいかもしれぬ。……存分にやってみよ。

わたくしは、はい！　と勢いよく答えました。そのとき初めて、それまで堪えていた涙がこぼれ落ちたのでござります。

死を覚悟した父、老いたる母、一門を守り立ててきた絵師たち、弟子たち。そのすべてを、吾が筆で守らねばならぬ。

天下一の誉れ高き狩野の家名を汚すわけにはいかぬ。

ひと月のうちに、公方さまのご要望にかなう「洛中洛外図」を仕上げてみせようではないか。

そして、御前にて、堂々ご披露奉ろうではないか。――必ずや。

そうして、わたくしの「闘い」が始まったのでござります。

六曲一双の屏風に、さて、いかにして京のすべてを描き込むか。まずは試し絵を描いて、構図を決めねばなりませぬ。

このふた月余り、無我夢中で巡り歩きたる洛中洛外。その名所の数々が、もはやこの眼に、この胸にしみついておりまする。それを余すところなく描き込みたいと気が急いておりました。

洛中の大路小路は碁盤の目のごとく整然としておりますれば、六曲一双を東西南北に描き分けるは難しきことではありませぬ。

父のために都の風物の写し描きをせしときに、東山の頂に登り、高雄の山道をたどりて、都を眼下に眺めもいたしました。鷹のごとく心を飛ばし、麗しき都をはるかに見渡したのでござります。そして、ふと気がついたのでござります。

この洛中洛外のすべてを描かんとすれば、いっさいを旭日のもとにさらすのではなく、むしろ、ところどころを隠してはどうだろうか。

たとえば――名所名物の数々を、雲のまにまに垣間見せてはどうだろうか。

これをご高覧あそばす公方さまは、まさしく雲上人であらせられる。高きところより雲の切れ間に都を眺められ、この世を見渡される。それこそが公方さまのまなざし。それこそが、公方さまの望まれる「洛中洛外図」なのではないか――と。

わたくしは、大急ぎで弟子たちを呼びました。すぐに岩絵の具を！　膠を！　明礬を！　と叫びました。群青、緑青、朱、丹、代赭、黄土、胡粉、そして金。色とりどりの顔料が溶かれ、皿に色彩の準備が整いました。

弟子たちが、紙に膠と明礬を水に溶かした「礬水」（色にじみをなくすための下準備）を下地として塗ります。そこに隈なく金地を敷きます。この金地の上に、おおまかに雲のかたちを描き込んでゆくのです。

試し絵は同じ大きさの別の紙にいったん描き起こしておりました。どの名所をどの扇のどのあたりに描くか、すでに位置を細かく決めております。されど、試し絵のほうには雲を描いておりませぬ。全図を描いておき、どこを雲で隠すか、また逆に大きく誇張して描くか、計っておいたのでございます。

　しかるに、本絵のほうでは、「描かざる箇所」に初めより金雲を配し、描く手間を省くという算段でございます。

　本絵の構図もぴたりと決まり、あとはただひたすらに、微に入り細に入り、都の景色を、風物を、にぎわう通りを描き込んでゆくばかりでございます。

　それからの二十日余りのことは、もはやはっきりと思い出すことができませぬ。食するを忘れ、休むるを忘れ、ただ神仏に祈り、無我夢中、一意専心、一心不乱に筆先に命を宿し、ただ、ただ、描いて、描いて、描いて……。

　そういたしますうちに、しだいにわたくし自身、絵の中へと入っていき、大路小路を足早に歩いて、御所を見上げ、山鉾を曳き、桜に酔い、紅葉に遊んだのでございます。

　幸いなるかな、この麗しき都に生を享けたる喜びを、わたくしは六曲一双の屏風の中で味わい尽くし、描き尽くしました。

　かくして、薫風吹き渡る皐月が到来いたしました。

　ほととぎすの声を今日聞くか、明日には聞くか。それでもなお、わたくしは、あとひと筆、もうひと筆、公方さまよりお召し出しがあるまではと、今際の際まで描き加える心算で、扇を埋め尽くした風物にさらなる色を加えておりました。

そうして、ある朝ぼらけのこと——。

ずっと遠くで鳥の鳴く声が聞こえまする。疲れ果てたわたくしは、いつしか筆を握りしめたまま、座敷に転がり眠りこけておりましたが、はたと目を覚ましました。

いま……確かに、たったいま、ほととぎすの鳴く声が聞こえはしなかったか。わたくしは大あわてにあわてて起き上がり、筆を持ち直しました。まだ完成ではない、あと少し、もう少し……されど、もはや今日にでもお召し出しがあるやもしれぬ。ああ、母上が新しい袴を準備されていた、わたくしが殿中(でんちゅう)に上がる日のために。それは今日なのであろうか、いや、しばらく待たれよ、もうしばらく……。

と、そのとき。すらりとふすまが開きました。

そこに立っておりましたのは、父、狩野直信でございました。父の顔には恐ろしいほどに暗い雲が広がっておりました。

——公方さまが……く、公方さまが……。

そうつぶやいたきり、がっくりと、その場にくずおれてしまったのでございます。

時は永禄八年(一五六五年)、皐月の十九日でございました。

二条御所に異変あり、京に押し寄せたる軍勢が武衛陣の御構えを突き破りて攻め入り、将軍、足利義輝さまの御命を奪い候との聞こえが、瞬く間に洛中に広がりました。あちらこちらで上がる鬨の声が、風に乗り都じゅうに響き渡りました。いったい何が起こったのか、しばらくのあいだはわからぬまま、父もわたくしも、誰もかれも、ただただ畏れおののくばかりでございました。

ただ、わかっておりましたのは――公方さまが御隠れあそばされたこと、しかるに、ご所望の「洛中洛外図」は、その行き所を失いて、わたくしのもとに留まった――ということでございます。

あと少し……まことに、あとほんの少しで完成、というところでございました。いえ、もしや、あと少しなどとこだわらずに公方さまのみもとにお届け奉れば、あるいは、この絵はしかるべき御仁のもとへ贈られていたやもしれぬ。そして、公方さまのご命運は、異なったほうへと動いたかもしれぬ。さようなことも考えました。

されど――。

戦国の世の運命なるかな、都の絵は行き場を失い、京の都はあるじをなくしたのでございます。

その後、何事もなかったかのごとく、洛中には日常が戻って参りました。鍛冶屋は鋼を叩き、大工は鉋で木を削り、童たちは子犬と戯れ、わたくしども絵師は絵を描く、それまで通りの日々でございます。

いっときは心を乱し、死をも覚悟せし父、狩野直信も、おだやかなる花鳥風月を屏風に描き、わたくしはその手伝いをする。――もはや「洛中洛外図」の一件は、誰もが忘れ去ったかのごとくでございました。

木々の枝葉が色づく季節を迎えし頃、ある朝、仕事のしたくをしておりましたところ、秋風が一枚の紅葉の葉をわたくしのもとに運んで参りました。紅の葉を、手に取り上げて眺めたとき、ふいに「洛中洛外図」の扇面が目の前に見えた気がいたしました。その刹那、突如として、わたくしは悟ったのでございます。――あの絵を仕上げなければならない、と。

描かねばならぬ。仕上げなければならぬ。

あの絵――「洛中洛外図」に、命を与えねばならぬ。

胸の底より、不可思議な思いが湧き上がって参りました。

ご依頼主であらせられた足利義輝さま亡きあと、いったい、あの絵が、いずこのどなたさまのもとに収まるものか、もはや皆目見当もつきませぬ。されど、きっとあの絵は、しかるべきときに、しかるべきお方のもとへ届けられるはず。それこそが、あの絵の運命なのだと思いいたったのでございます。

そうしてわたくしは、奥の間にひっそりとしまい込んでおりました「洛中洛外図」を、改めて床の上に広げ、ただひとり、つくづくと眺め渡しました。いつぞやのように、鷹の心になって、華やぐ都の中空を舞い飛びました。

そうして、左隻の上、つまり洛北に描きましたる高雄の山に、筆先で、ぽつり、ぽつりと紅葉の紅を灯して参りました。

きれぎれにたなびく霞(かすみ)、金雲のまにまに垣間見えたる京の都。――いずれこの壮麗なる都を手中に収むるお方がお出ましになる。

これなる宝の屏風は、その方のもとに届けらるるはずなり。それこそこの絵の運命なれ。

それまでは、ひたむきに絵の道に精進し、天下人のみもとに召し出さるる絵師とならん。

そう固くかたく心に決め、「洛中洛外図」を誰の目にも触れさせぬよう、奥の間に封印し、今日この日まで守り通したのでござります――。

狩野永徳の長いながい独白を、織田信長は、身じろぎもせずに聴き入っていた。謁見の間の両側にずらりと膝を並べて座っていた家臣たちは、息をするのも忘れたように、ぴたりと動きを止めたままだった。

短気で知られていた信長だったが、目の前に広げられた「洛中洛外図」の出来映えによほど驚き、深く心を動かされたのだろう。ひと言も口を挟むことなく、絵師の話を聞き通したのだった。

信長はまた、好奇心のかたまりでもあった。天下一の絵師が自らの畢竟（ひっきょう）の傑作と言ってはばからない一作がいかにして誕生したのか、その秘密を知りたくもあったのだろう。

信長は、右隻と左隻、一双の屏風のあいだの向こう側に小さく縮こまって低頭している永徳を見据えると、うむ……と低くうなった。

——まことにおもしろき話じゃ。

七日のうちに「洛中洛外図」を描き上げて披露すると、きさまが申したさいに、何ぞ一考ありて申しておるとは思うていた。して、きさまほどの絵師が決して嘘は申すまいとも。

されど、「これぞ都の絵なり」と田舎（いなか）武士が喜ぶような「洛中洛外図」など、余は要らぬ。

もしも、さようなつまらぬ絵をきさまが披露したならば、断じて許さぬつもりでおった。

そこまで言うと、信長は、にやりと口もとに笑みを浮かべた。

――近(ちこ)う寄れ、狩野州信。

永徳は、はっ、と短く答えて立ち上がり、前屈(まえかが)みの姿勢で、上座の床几(しょうぎ)に座している信長のもとへと近づいた。そして、一双の屏風のあいだに挟まれるようにして座すと、ふたたび畳に額をすりつけて低頭した。

――謀殺されし足利義輝公が、この「洛中洛外図」を、いかにせんと考えておられたか。……知りたくはないか。

永徳はぴくりと肩を震わせた。顔を上げずに彼は答えた。

――はい。……お許しいただけるのであれば、知りとうございます。

信長は、ぴたりと動かぬ永徳の髷(まげ)に視線を投げながら、

――とある他国の武傑を懐柔(かいじゅう)せしむるためにじゃ。

と、言った。

――上洛して余を助けよと、義輝公は申したかったのであろう。されど、その渇望は一書では伝わらぬ。しかるに、武将の心をも動かすほどの、天下一の絵師の筆による宝物(ほうもつ)のごとき「洛中洛外図」を贈ろうと謀(はか)った。……が、そうするまえに命を奪われてしもうたのじゃ。

永徳の額に玉の汗が浮かんだ。それが流れ落ちるのを眺めて、信長は続けた。

――なにゆえ公方の気持ちがわかるのか、と思うであろう。なぜなら――余

も、この絵をもちて公方と同じ謀(はかりごと)を考えておるからよ。

信長は不敵な笑みを浮かべて言った。

――狩野州信。きさまの筆の確かさはようわかった。

この傑作は余に預けよ。悪いようにはせぬ。余が天下を治むるがために必ずや役立てよう。

永徳は流れ落ちる汗をぬぐうこともできず、ただひたすらに平身低頭していた。その体は隅々まで感動でしびれていた。

自分の長い打ち明け話に信長が飽かず付き合ってくれたことへの驚きと、「洛中洛外図」が「傑作」と呼ばれたことの喜びと。

……そしてやはり、足利義輝同様、信長は、自分が結びたがっている他国の武将にこの絵を贈るつもりでいるようだ。

将軍と天下人。最高の権力者の行く末を動かすほどの力が、この六曲一双の屛風絵には秘められているのだ。その事実こそが永徳をしびれさせていた。

――州信よ。余は、きさまが気に入った。

信長は朗々とした声で言った。

――まもなく安土に築城のおり、城内すべての障壁画を狩野一門に任せよう。

……よいな。

永徳は、はっ、と勢いよく返事をした。

——まことにありがたき幸せ。謹んでお引き受け奉りまする……！

天正七年（一五七九年）。普請に三年以上の月日をかけて、琵琶湖のほとりに安土城が完成した。

五層七重の絢爛豪華な城は、城主、織田信長自身が指揮を執り、贅（ぜい）を尽くしたしつらえになっていた。

約束通り、信長は内装に狩野一門を取り立て、城内の障壁画を一任した。

永徳を筆頭に、一門総出で作画に当たり、さまざまな障壁画が制作された。松、杉、柳、虎、鷹、鶴、鷺等々、永徳得意の花鳥風月が城内をまぶしく飾り、訪れる者の目を奪った。京の風景を描いた絵もあったが、「洛中洛外図」ほどの細密なものではなかった。

同じものを描けと下命されれば、永徳は描かざるをえなかっただろうが、信長はそれを求めなかった。信長にとって「洛中洛外図」は、あくまでも戦略の道具なのだ。

必要のない依頼はしない。いたずらに絵師をてこずらせるほど、彼は愚かな権力者ではなかった。

天下人、織田信長に認められ、もはやその名を知らぬ者はいないほど名を馳せた絵師、狩野永徳。

その固く閉ざされた門戸をどうにか開こうとする男がいた。俵屋宗達の父、俵屋伝七郎秀蔵である。

かれこれ三月のあいだ、秀蔵は人づてに狩野家に打診を続けていた。

――当方は洛中にて扇屋をいとなんでいるが、数え歳十三の息子がいる。息子は作画に天賦の才があり、幼い時分から職人に交じって扇面に絵を描いている。

この扇が上さまのお目に留まり、お召し出しと相成った。御前にて即興の作画を披露し奉り、大いにご歓心をちょうだいし、ご褒美として「宗達」なる名をご下賜いただいた。

俵屋宗達は市井の扇屋に留めおく器量にあらず。天下一の絵師たる狩野永徳御大こそ、宗達の師となりて導たまわらん――。

と、まずは一筆啓上したが、なんら音信がない。一書でこと足らぬならばと、少なくない金子を包み、狩野家に通じる使者を立てて出向かせもした。ところが、金子の包みを差し出す以前に、使者は門前払いになってしまった。

これはどうしたものか、と秀蔵は考え込んだ。

おそらく、狩野家には、息子を弟子入りさせたいという申し入れが引きも切らずにあるのだろう。中には上さまの名を持ち出してなんとか入門できまいかと、画策する輩もいるやもしれぬ。そんな話にいちいち付き合っていたらきりがない、ということなのだろうか。

秀蔵にしてみれば、上さまに名前を下賜されるほどの才のある息子に、たとえ実家であろうとも、市井の扇屋で作画させるなどもってのほかであった。なんとしても絵師の門下に弟子入りさせたい、しかも天下一の絵師、狩野永徳以外には考えられぬ、と必死になっていた。

当の宗達は、「もう扇面に触れてはならぬ」と父に厳命されて、仕事を続けることもできず、さりとて職人たちの手前、何もせずに店にいるわけにもいかず、毎日出かけて、近隣をぶらぶら歩き回っていた。

そして、いつもの南蛮寺へ出向いては、祈りを捧げるキリシタンの信者たちとともに座し、祭壇に掲げられた聖母子像の絵をぼんやりと眺めて、日がないちにち過ごしていたのだった。

あるとき、宗達が、いつものように南蛮寺の祭壇の前で、何をするでもなくぼうっとしていると、パードレのオルガンティーノが声をかけてきた。

「宗達。そなたの父君が迎えに来られましたよ」

宗達は首をかしげた。

「はあ。お父（とう）が……？」

「いますぐ行きなさい。急いでおられるご様子ですから」

ここのところ、狩野家へ三日にあげず出向いていては門前払いを食らい、肩を落として帰ってくるのが父、秀蔵の日課のようになっていた。

まったく狩野一門の絵になど興味がない宗達は、もういいかげんあきらめて元通り扇の作画をさせてほしいと考えていたのだが、秀蔵はなかなかあきらめようとはしなかった。

その日も、父が朝一番で出かけていき、やはりがっかりしながら戻ってきたのを見届けてから、宗達は南蛮寺へと出向いた。その父が、なんの急用があるのだろうか。

草履を履いて表へ出ると、門前で父がそわそわしている。宗達の顔を見るなり、絣（かすり）の肩をひっつかんで、「来い！　早（は）よう！」と言う。宗達はわけがわからず、目を瞬（しばたた）かせた。

「どうしはったんですか、いったい何が……」

「ええから、わしについてこい！」

父に連れられてたどり着いた先は、狩野家であった。立派な構えの門を見上げて、宗達は、こりゃあちょっとやそっとじゃ開かへんやろなあ、と父のこれまでの苦労を思いやった。

門前で、秀蔵は宗達に向き合うと、ひとつ息をついてから、

「狩野家のお弟子はんが、店へ来はったんや」

と言った。宗達は、きょとんとした。

「はあ。うちに弟子入りですか？」

「阿呆！」秀蔵は息子の頭をぽかりとなぐった。

「そんなわけがあるか！　お使者として、わざわざお前を迎えに来はったんや！」

――当家のあるじ、狩野州信が、ご子息にお目にかかりたいと申しております。

俵屋へやって来た狩野家の弟子は、そう告げたという。すぐにも来訪願いたし。火急の要件がありまするゆえ――と。

父に連れられて狩野家の一室に通された宗達は、頭を巡らせて室内を眺めた。四方を閉じたふすまには、松に鶴、清流に水鳥、華やかな花鳥画が広がっていた。水もやが立ち、背景はそのもやの向こうに溶け込んでいる。じっとみつめていると、まるで絵の中に引き込まれてしまいそうな気分になる。

――あっち側に行ってしまいそうやなあ。

そう思っていると、ふすまの一枚がすいと開いて、中年の男が入ってきた。父が畳に手をついて頭を下げたので、宗達も続いて低頭した。狩野家四代目、永徳に違いなかった。

「よう来てくれはりましたな、俵屋はん。なんでも、ここへ来はるのはこれが初めてにあらずと、下の者から聞きましたが……」

上座に正座すると、永徳が言った。秀蔵が、はい、と顔を上げて答えた。

「お師匠さまにもしやお目通りがかなわぬかと、これまでに二、三度ほど伺いましたが、いずれもお留守のようでしたので……」

日参して門前払いを食っていたと言えば、それまで狩野家が自分たちを軽んじていたことになり、永徳の顔が立たない。父はあえてほんとうのことを言わないのだと、宗達はすぐに理解した。

「さようですか。それは失礼つかまつりました」

永徳はさらりと詫びて、絵師らしい深いまなざしを秀蔵の隣の宗達に向けた。

「ご子息。名はなんと申す」

問われて、宗達は、

「俵屋伊三郎宗達と申します」

即座に答えた。永徳は黙ってうなずくと、

「そちは、上さまの御前にて作画を披露したと聞く。まことか？」

続けて訊いた。

「はい。まことにございます」

明朗な声で宗達は答えた。

「何の絵を描いたのだ」

「象の絵です」

「……象？」

「上さまは、見たこともない絵を描いてみよ、との仰せでした。せやったら、自分も見たことのないものを見たように描いたらええんや、と思うたんです。南蛮寺のふすま絵で見たけったいな生き物を覚えとりましたんで、それを描きました」

上さまの御前で、即興で象を描いてみせた——との宗達の話を、興味深そうな表情で聞いていた永徳は、ふと、秀蔵のほうへ顔を向け、

「俵屋はん。そこもとは、きりしたんなのですか」

突然、訊いた。秀蔵は、顔の前で手を真横に振り、「いや、そういうわけではござりませぬ」と答えた。

永徳は、再び宗達に向かって問うた。

「しからば、なにゆえ、そちは南蛮寺へ行ったのや？　南蛮寺のふすま絵に象をみ

つけたと、さきほど申しておったが……」

「わては、子供の頃からけったいなもんが好きで、絵に写しておりました」

　宗達は前を向いて、はきはきと答えた。

「せやから、いつも南蛮寺に出かけとります。南蛮寺の周りには、おもしろい人やものがぎょうさん集まってきますし、南蛮寺の中には、見たこともないような絵が飾ってあって……、ほんまのことを言うたら、きりしたんやない者が南蛮寺の中に入ったらあかんのでしょう。せやけど、パードレのオルガンティーノさまが、わてが門前で地面に落書きしとったんをみつけはって、中へ入れてくれはったんです」

　それから、宗達は、ふすまに描いてあった象や駱駝などを描き写したことや、祈禱所の祭壇に掲げてあった聖母子像に夢中になったことなどをいかにも楽しげに話した。隣で縮こまっている秀蔵は、初対面の大絵師に向かって遠慮なく話し続ける息子の態度に、はらはらするばかりである。

　永徳は、背筋を伸ばして膝に両手を置いたまま、黙って少年の話に耳を傾けていた。

　ひと通り話し終わった頃合いで、永徳が訊いた。

「そちは、よほど作画を好むようやな」

　宗達は、にっと笑顔になって「はい」と朗らかに返事をした。

「絵を描くのは、三度のおまんまより好きです。せやけど、誰でも描くような絵を描くんは、つまらん。わては、誰も見たことのないもんを見て、それを絵に描きたい思うてます。誰にも描かれへん絵を」

まるで狩野一門に挑むかのごとき言い様である。格式を厳しく踏襲し、守り、伝える。「保守」こそが狩野の手法であり、掟(おきて)なのである。宗達は、それに抗(あらが)い、立ち向かうかのようだった。

天下一の絵師、狩野永徳に向かってくったくなく自分の思いをぶつける宗達とは反対に、父、秀蔵ははらはらし通しであった。

宗達の話に顔色ひとつ変えず、黙って耳を貸していた永徳だったが、しだいにけわしい表情が浮かんできた。「誰にも描かれへん絵を描く」と宗達が言い放ったあたりで、永徳の眉間(みけん)に山峰(やまお)のようなしわがくいと寄ったのを、秀蔵は見逃さなかった。

「お、恐れ入ります。その……こやつは、まだほんの子供でして……絵のなんたるかをよう知らぬのでござります。好き勝手なことを申しておりますのも、無知がためでござりまして……まことに申し訳ござりませぬ」

急いで言い訳をしてから、

「何をしとるんや、お前もお詫びをせんか！」

隣の宗達を促した。が、宗達は、「はあ。なんでですか?」と、飄々(ひょうひょう)としている。

「わては、お師匠さまになんも悪いことは言うとりません。ただ、己の思うままに申し上げただけです。それがお詫びせなあかんことなのでしょうか?」

父は、目をむいた。「このっ……」とこぶしを上げてなぐりかかりそうになったのを、

「まあまあ、俵屋はん。そこもとの言わはった通り、ご子息はまだ子供やないか」

そう言って、永徳がたしなめた。秀蔵は、こぶしをおさめて、その場にしおれてしまった。

永徳は、まっすぐに前を見ている宗達の目をみつめて、厳かな声で問うた。

「宗達。そちは、この狩野一門で絵を描いてみたいと思うか」

えっ、と顔を上げたのは秀蔵だった。彼は色めき立って訊き返した。

「お師匠さま、いま、なんと? 狩野一門で、絵を? そ、それはまことにございますか? ええ、ええ、もちろんでござりますとも。もちろん……」

「わしは、そこもとに訊いとるんやない。宗達に訊いとるんや」

永徳がぴしゃりと言った。秀蔵はたちまち縮こまってしまった。

宗達は、永徳から目を逸らさずに答えた。

「どこにでもあるような絵を描けと言わはるならば、御免こうむります」

永徳の目がきらりと光った。臆することなく、宗達は続けて言った。

「わてが上さまの御前にて象を描こうと決めましたのも、上さまより『見たこともないものを描いてみよ』とご下命をたまわったからです。……わては、そのとき思いました。ああ、もしここで松に鶴やとか、清流に水鳥やとか、上さまがお好みの花鳥風月を描こうものなら、わての命はないな……と」

あのとき、織田信長の御前で、宗達は直感した。

築城まもない安土城の障壁画は、見事な花鳥風月が絢爛とあふれていた。それらの絵は、市井の絵屋や扇屋の職人たちが作画の参考にしている「狩野絵」に違いなかった。

俵屋でも、職人たちはもっぱら「狩野絵」を下敷きに花鳥画を扇面に写していた。もっとも、狩野一門の誰かが描いたほんものの絵ではなく、名もない絵師が描いた「狩野絵の写し」を、また写しているにすぎなかったのだが。

安土城に召し出された宗達は、生まれて初めてほんものの「狩野絵」を目の当たりにし、その迫力に圧倒される思いがした。上さまはこれほどまでにすごい絵に囲まれて暮らしてはるのか、と心底驚きもした。

その信長が見たこともない絵を描かねばならない。――それはつまり、「狩野絵」とはまったく違う絵を描かねばならない、ということだった。

「わては、初めて目にした狩野家御一門が手がけはった花鳥画に、すごい……これはとてつもないぞと、身も心もしびれる思いがいたしました」

宗達は、永徳の目をまっすぐにみつめながら、話し続けた。

「そして、思うたんです。――わては、この絵を超えていかねばならぬ。この絵を超えるくらいの覚悟がのうては、上さまのお気持ちにお応えすることは決してできぬと」

そこまで言ってしまうと、宗達は、両手をぴたりと畳につき、もう一度永徳を見据えた。

「お師匠さま。どうか、この俵屋宗達に教えてやってくださりませ。――いかにして、あなたさまを超えていけばよいのかを」

そして、そこで初めて深々と頭を下げた。

思いがけない息子の口上(こうじょう)に、秀蔵は真っ青になり、石のように固まってしまっている。

永徳は黙したまま、頭を下げた拍子にぴょこんと立ち上がった宗達の髷(まげ)に視線を投げていた。

しばらく無言で父子に向き合っていた永徳だったが、ややあって、宗達ではなく、秀蔵のほうに声をかけた。

「俵屋はん。……恐れ入りますが、これから三月のあいだ、ご子息を当門で預からせてもらえませぬか」

あまりにも不遜な息子の態度に、もはやこれまでと観念していた秀蔵は、

「は？」と思わず聞き返した。

「……と申しますと？」

「宗達に手伝うてもらいたきことがあるのです」

そう言ってから、永徳は、眉間にしわを寄せ、再び厳しい表情を作った。そして、宗達に向かって言った。

「されど、そちを入門させるわけにはいかぬ。……狩野を超えていきたいと、そちは申した。さようなことは、断じて許されぬ。当門にあっては、当門のしきたりで作画するのが当然。それでもそちにしか描けぬ絵を求めるのであれば、当門とは相容れぬ。違うか？」

「いえ」宗達は即答した。「お言葉の通りにござります」

「そちは当門の弟子にはふさわしからぬ。よって、入門はかなわぬ。されど……」

そこまで言って、永徳は、一瞬、言いよどんだ。が、声を潜めて、

「……俵屋宗達に是非にも手伝わせよと、上さまより御達しがあったのや」

と、言った。

驚いたのは秀蔵のほうであった。「ええっ」と声を上げると、あわてて訊いた。

「そ、それは、いったい、いかような……」

「いまは申せぬ」

永徳は、即座に返した。そして、もう一度、宗達に向かって言った。

「とにかく、三月のうちに仕上げたい仕事がある。それを完成させるまで、そちはこのわしが預かる。……上さまの御達しや。口答えは許さぬ。よいな」

挑みかかるような口調だった。

秀蔵は、わけがわからず、額に汗を浮かべておろおろするばかりだった。が、宗達は、永徳から目を逸らさずに、ひと言、答えた。

「はい。……望むところでござります」

やがて弟子のひとりが宗達を迎えに来た。宗達は立ち上がり、一度だけ秀蔵のほうを振り返った。

父はもう何も言わなかった。ただ息子の目をみつめて、こくりとうなずいた。

宗達が連れていかれたのは、狩野家の屋敷のもっとも奥まったところにある画室であった。

墨一色で描かれた水禽の絵のふすまの向こうには、磨き込まれた板の間が広がっていた。正面に床の間があり、そこにはほととぎすの軸が掛けられていた。

「しばし待たれよ」

と言い残して弟子が去った。宗達は下座に正座して、これから何が起こるのだろうかと、そのとき初めてかすかな不安を覚えた。

――いや、案ずることはあらへん。……何が起ころうとも、上さまの御前で作画をやってのけたことを思うたら、どうということはあらへんやないか。

そう思い返した。

それに、何かはわからぬが、上さまより狩野永徳に「手伝わせよ」と依頼があったという絵を、とにかくこれから描くのだ。――これほどおもしろいことがあるだろうか。

宗達は、背筋をぞくりとさせた。武者震いである。

廊下に複数の足音が聞こえ、弟子たちが四人、画室に入ってきた。自分と同じくらいの歳の少年たちである。緊張しているのか、誰もが強ばった顔で、あいさつもせず、こちらをちらりとも見ない。

彼らは、ふたり一組で大判の紙の両端を持っていた。それを板の間に並べていく。紙の端を鎮で押さえ、固定する。輝くような上質の美濃紙である。全部で十二枚。

——これは……「扇（せん）」や。

並べられた紙を眺めて、宗達はすぐに悟った。——上さまは、狩野永徳に六曲一双の屏風絵を依頼したのだ。

屏風絵といえば狩野家のお家芸である。六曲一双などはお手の物だろう。しかし、このとき十二歳だった宗達には、きちんとした屏風絵を手がけた経験はなかった。

そんな自分に、上さまはいったい何を期待しているのだろうか。

ややあって、水禽のふすまがすいと開き、永徳が現れた。

板の間に広げられた十二枚の扇を挟んで、永徳は宗達と向き合った。そして、少年の目をみつめると、けわしい顔つきで問うた。

「そちは『洛中洛外図』なるものを知りおるか」

京の都の名所や風物を仔細（しさい）に描き込んだ絵である。こういうものを描いてほしいと、俵屋に持ち込まれたことが何度かあった。しかし、どれも何かを写した粗悪なもので、宗達は気持ちをそそられはしなかった。

「はい、存じとります。せやけど、ほんまもんを見たことはござりませぬ」

「そうであろう」

永徳は、表情を変えずに言った。

「市中に出回っておるのは、絵師もどきが田舎者のために土産物として描いたものや。まことの『洛中洛外図』とは、京の名所名物がよくよく調べられ、屋敷の屋根瓦の一枚いちまい、往来を行く僧の袈裟の模様まで、こと細かに描き込まれ、見る者を圧し倒すほど迫りくる力を宿したものなんや」

宗達はごくりとつばを飲み込んだ。その次に用意されている永徳の言葉を予感したからだ。

「――宗達。まことの『洛中洛外図』をわしは描く。そちには、それを手伝うてもらいたい」

――きた。

想像通りの言葉を耳にして、宗達はふたたび背筋をぞくりとさせた。

永徳は、十二枚の扇に視線を放ちながら、言葉を続けた。

「先だって、上さまよりお召し出しがあり、ご依頼をたまわった。六曲一双の『洛中洛外図』屏風を納めよ、と」

織田信長は、御前で平伏する永徳に向かって下命した。必ず三月のうちに仕上げよ。それも、昔きさまが義輝公のために描いたもの以上の出来映えで、いかなる国、いかなる者をも虜にする至宝のごとき逸品を――と。

——されど、余も人の子じゃ。何も、きさまひとりで描けなどと無体なことは申さぬ。

実におもしろき童（わ）っぱがおる。……いや、いまはもういっぱしの絵師じゃ。この信長が名を与えたのだからな。俵屋宗達、そやつに手伝わせるがよい。

永徳の耳の奥には、不敵な笑みを浮かべながら信長が放った言葉がいつまでもこびりつき、離れなかった。

が、当然、目の前に座している少年「絵師」宗達に、信長に言われたことをそのまま話して聞かせるほど、永徳はお人好（ひとよ）しではない。

「わしは、以前にも上さまのご依頼で『洛中洛外図』を作画したことがある」

永徳は、全身を耳にして聴き入っている宗達に向かって言った。

「そのおりに、ありとあらゆる都の風物を調べ上げ、下絵をこしらえた。よって、こたびは作画もすぐにも始められる。構図もおおむね決まっておるし、彩色（さいしき）も……わしひとりで、すべて仕上げることができる……」

将軍、足利義輝に献上する予定だったあの「傑作」は、自分ひとりで調べ上げ、自分ひとりで描き上げたものだった。しかも、たったひと月のうちに。

もう一度「洛中洛外図」を描くべし、しかもあの「傑作」を超えよと信長が下命した、その真意は知らされていない。

永徳が初めて手がけた「洛中洛外図」を納めたさいに、策略のためにそれを利用するのだと信長は言っていた。

その後、安土城に出入りを許されるようになった永徳は、あの絵が「しばし」との信長の伝言とともに、越後の虎、上杉謙信のもとに届けられたと知った。しばらくのあいだ敵対せずとの意味合いを込め、絢爛たる「都」を贈ったのだ。

新たに依頼された一作。それもまた、いずこかの権力者への贈り物となるに違いない。

いずれにせよ、信長にとってはこの上なく重要な政略の品。そして、天下一の絵師との誉れ高き狩野永徳にとっては、失敗は許されぬ一作となる。

それほど重要な六曲一双である。ほんとうに絵が描けるのかどうかもわからぬような童っぱになど、ひと筆でも加えさせたくはない。それが永徳の本音であった。

しかしながら、この童っぱは、信長自らが指名した「絵師」なのだ。……むげにもできぬ。

「あのう、お師匠さま。……以前に描かはった『洛中洛外図』には、南蛮寺はありましたか?」

次の言葉を待ちかねて、宗達は訊いた。その問いに、永徳ははっとした。

「――いや。南蛮寺は描いてはおらぬが……」

答えながら、永徳は信長の意図に気がついた。と同時に、宗達の勘のよさにひやりとした。

童子の頃より南蛮寺に入り浸り、南蛮渡来の珍奇なるもの、「見たことがないような」絵の数々を目にし、写してきた宗達。信長は、いかなる絵師が手がけた絵にも似ていない「おもしろき」絵を描くこの少年に、天下の絵師、狩野永徳ですら見落としていた「都のおもしろき風物」を描かせよ、と言いたかったのだ。

「ならば、今作には南蛮寺を描き込んではいかがでござりましょう。また、その周りに集う南蛮人や、象や駱駝なども……そういうけったいな獣は、いまはどこにもいてませんけど、むかし船に乗って来たそうです。せやから、そういうもんも描き込んで……そうすれば、きっと、世にもおもしろき『洛中洛外図』ができ上がると思います」

朗らかにそう語る宗達の目には、まるで完成した六曲一双が見えているかのようである。永徳は両腕を組んで、ううむと低くうなった。

「それを言うなら、虎はどうや」

虎であれば、永徳は弟子とともに障壁画や屏風絵をいくつも手がけ、安土城にも納めた。むろん、実際に虎を見たことなどないから、狩野家に伝来していた唐物を手本とした。そして、実を言うと、妻子が愛でている猫を写生したのだった。

宗達は、にこっと笑顔になって、

「よろしゅうおますな。せやけど、お師匠さま、なんぼおもしろきもんが集う南蛮寺かて、洛中には虎はおらぬと存じまする」

はきはきと言った。永徳はむっとして、「象や駱駝だとておらぬやないか！」と言い返した。

「象や駱駝には南蛮人が乗りおったといいます。虎を連れて歩けば、たとえ南蛮人だとて食われてしまいましょう」

なかなか、道理である。永徳は、ううむとまたうなった。そして、

「そちはまことにおもしろき童っぱやのう」

ぼそりとつぶやくと、堪えきれなくなったのか、くっくっと笑い声を立てた。

「お褒めにあずかり、ありがたく存じまする」

宗達は、くったくのない笑顔である。

こうして、狩野永徳と俵屋宗達、一世一代の「共同作業」が始まった。

むろん、宗達は絵師としては駆け出しであり、しかも数え歳十三。顔にはまだ幼さが残り、小柄で声変わりもしていない。「童っぱ」と呼ばれても仕方がない。

一方、永徳は数え歳三十八、狩野家四代目の家元となり、作画の技術にもますま

す磨きがかかっていた。天下人、織田信長の覚えもめでたく、絵師として不動の地位を築き上げ、「本絵(ほんえ)といえば狩野」といわれるほどの誉れ高き存在であった。

父子ほども年の離れたふたりであり、絵師としては天と地ほどのひらきがある。しかも、師弟関係にあるわけでもない。この両人が、十二枚の扇に、ともに協力して壮大な「洛中洛外図」を描こうというのである。

本来ならば起こりえないことではあるが、そこは常に型破りな信長の依頼ということで、実現の運びとなった。

父とともに呼び出されて、初めて狩野家を訪った宗達は、そのまま狩野家の一室に留め置かれることになった。その日から数えて三月の期限付きである。

作画を始めるまえに、永徳は、宗達に三つの約束事を強いた。

ひとつ、本作にかかわっていることを決して他言すべからず。

ひとつ、作画のあいだは一歩たりとも屋敷の外に出るべからず。

ひとつ、作画は家元が主筆となるがゆえ、家元の指示のもとに行うべし。

どれも一方的に言い渡された。宗達は、内心、きゅうくつやなあと思ったが、

——上さまがわいをご指名くださったんや。しっかりお応えせんならん。

そう思い返して、黙って受け入れた。

三月のあいだの寝食のために宗達にあてがわれた部屋は、画室の隣の道具部屋であった。

筆箱、硯、墨、岩絵の具などが大きな棚に整然と並び、大小の紙は箱に入れられたり丸められたりして、所狭しと置いてある。板の間に布団をのべて、宗達は横になった。絵の具や紙のにおいは心を落ち着かせ、深い眠りへと誘ってくれた。

まだ日も昇りきらぬ明け方。

墨と絵の具と紙のにおいに包まれて、宗達はぐっすりと眠りこけていた。

「……もし。……もし、宗達どの」

廊下側のふすまの外でささやき声がした。

しかし、宗達は夢の中である。たとえ菩薩が耳もとで琵琶をかき鳴らそうと目覚めそうにない。

ややあって、すらりと杉戸が開き、ひとりの若弟子が現れた。宗達と同じ年頃の少年は、つかつかと枕元へ歩み寄ると、宗達の肩を揺さぶった。

「もし、宗達どの。起きなされ。もし、聞こえまするか。宗達どのっ」

が、まったく起きる気配がない。若弟子は、しびれを切らして、

「起きなされッ！」

大声を出した。とたんに、「ひゃっ！」と叫んで宗達は跳ね起きた。

「はて……ここは？」

　きょろきょろと周囲を見回し、目の前に見知らぬ少年をみつけて、「……誰や？」と問うた。

「狩野門下生、菅治郎と申す。そなたの世話役を仰せつかったのだ」

　少々むっとした表情で、つっけんどんな答えが返ってきた。そこでようやく宗達は、ああそうやった、と思い出した。

「わい、狩野屋敷におったんやった。すっかり忘れとったわい」

　ぼりぼりと頭を掻いて、ふああ、と大あくびをした。菅治郎は、ますますむっとして、

「天下一の絵師、狩野州信さまのお屋敷にありながら、その態度はなんだ!?　いくら客人として扱うべしと仰せつかっても、合点がゆかぬ！」

　荒々しく言って、立ち上がった。

「わいかて、おりたくてここにおるわけやないわい。お師匠さまに、三月のあいだはここで寝泊まりせえと言われたさかい……」

　寝ぼけ眼で宗達が言うと、「わかっておる！」と菅治郎が返した。

「よいか。お師匠さまは夜明けまえの卯の刻（午前六時頃）には起床されて、朝餉まえにひと仕事されるのだ。弟子はお師匠さまが起きるまでに画室を清め、筆硯の

準備を整えねばならぬ。今日からはこの画室にて新しき仕事に取りかかるゆえ、そなたが準備しなければならぬのだ」

菅治郎は、棚に並んだ箱の中から、刷毛（はけ）、筆、墨、硯、顔料、絵の具皿、乳鉢、乳棒などを取り出して揃え、

「何をぼうっとしているのだ、早（は）ようしたくをせぬか！」

布団の上にしゃがみ込んだままの宗達を急（せ）かした。宗達はもぞもぞと立ち上がると、菅治郎とともに道具を隣室へ運んだ。

きのう初めて通されたときのまま、板の間に十二枚の扇が広げられている。すでに「礬水（どうさ）」が施され、いつでも描き始められるようになっている。

宗達は両腕を組んで扇を見下ろすと、

「さて、いかように描くべきか……」

とつぶやいた。筆を並べていた菅治郎が振り返り、

「おぬしが決めることではないわ！　描き手はお師匠さまだ、おぬしは手伝いにすぎぬ。いい気になるな！」

たいそうな剣幕である。宗達は、はあ、と気の抜けた声を出した。

「それに、この扇に本絵を描くのではない。これは大下絵のためのものだ。本絵と同じ大きさに描いてみて、試すのだ」

「へえ、大下絵ね……本絵さながら、おんなじように描くわけか。てことは、一回こっきりやなくて、二回描かなあかん、ゆうことか。ふうん」

宗達がまじまじと全体を見渡す様子を見て、菅治郎は「なんだ、そんなことも知らぬのか」と驚いたように言った。

「上さまに献上するためのお師匠さま御自らの作画を、ただひとり手伝うことが許された絵師見習いだというから、どれほどの人物かと思うておったが……大下絵も知らぬような子供に手伝いを頼もうとは、まったくおかしなことだ。お天道（てんと）さまが西から昇るかもしれぬな」

くっくっと意地悪く笑う。

「おぬしだとて子供ではないか」

宗達が言い返すと、

「私は屏風絵作画のなんたるかくらいわかっておるわ！」

またどなられた。が、一生懸命なところがどこか憎めない。宗達は、この少年に興味を持った。

「菅治郎。おぬし、年はいくつや」

てきぱきと作画の準備を進める菅治郎の背中に向かって、宗達は尋ねた。

「十三だ」そっけない返事である。

「ほうか。わいも来年十三になる。そう変わらへんな」

菅治郎は振り向くでもない。宗達は、それでも重ねて尋ねた。

「お国はどこや」

「……」

「狩野家に弟子入りしてどのくらいになるんや」

「……」

「なんで弟子入りしたんや」

菅治郎が振り向いた。そして「うるさい！」と大声で言った。

「私の国がいずこであろうといつ弟子入りしようと、おぬしの知ったことではないわ！　そんなことより、さっさとしたくを手伝え！」

宗達はぼりぼりと頭を掻いた。そして「わかったわい」と、のろのろと準備を始めた。

菅治郎の道具を扱う所作は板についている。短くはない年月を狩野家で過ごしてきたに違いない。

宗達は、ふと、床の間に掛けてある軸に目をやった。

青葉の枝に留まるほととぎすの絵。やわらかな羽根の一枚いちまいまでもが丹念に描かれた見事な絵である。少し古い趣は、狩野家当代の永徳ではなく、歴代家元の誰かの筆によるものだろうか。

「なあ、菅治郎。ひとつだけ訊きたいのだが……」

「私への尋ね事ならば答えぬ」

即座に返ってきた。宗達は苦笑した。

「おぬしのことではない。絵についてや」

菅治郎は、手を止めて振り向いた。

「ならば答えよう」

宗達は床の間を指差して問うた。

「あのほととぎすの絵は、いったいなんや?」

「あれか。……あれは、先々代のお家元、狩野元信さまの御尊筆だ。ご当代も大変慕われていたということだ」

宗達は「いや、そうやのうて」と重ねて訊いた。

「いまは秋やのに、なんでほととぎすの絵を掛けてるんや?」

そうなのだ。宗達は、狩野家の画室に通されたとき、床の間に掛けられていたほととぎすの軸を不思議に思った。

ほととぎすは夏の鳥である。が、いまは涼やかな風が吹き、縁の下でこおろぎが鳴く季節である。いかにも不釣り合いな絵があたりまえのように掛けてあるのはなぜなのだろうか。

「あの軸は、私が来たときからずっとあの場所に掛けてある」

宗達の問いに、菅治郎は答えた。

「めったなことでは、この奥の間に弟子が入ることはないのだが、門下生になったばかりの頃、道具部屋に行こうとして、間違ってこの部屋に入ってしまった。そのときに、あのほととぎすの絵を目にしたのだ」

菅治郎はちらりと掛け軸に目をやったが、すぐに逸らしてしまった。そして、

「あの軸には……神仏が描かれているわけではない、一羽の鳥が描かれているにすぎぬ。されど、並ならぬ霊力のようなものを、私は感じた……」

先々代、狩野元信の筆による一幅である。画聖の手にかかれば、ほととぎすすら神仏の使いのように感じられるのかもしれぬ、と菅治郎は思った。

ところが、意外なことを兄弟子から聞かされた。

間違って画室に入ってしまったこと、ほととぎすの掛け軸を見たことを、菅治郎は兄弟子に打ち明けた。そして、何やらただならぬ霊力を感じたことも。奥の間に入ることは別段禁じられていたわけではなかったのだが、自分は罰当たりなことをしたのだろうか、と不安になって問うたところ、兄弟子は、難しい顔をして、

——あのほととぎすの絵には、かつて謀殺された公方さま、足利義輝公の怨念が

乗り移っているのだ。

そう言われた。

かつて、義輝公のご下命により、あの室(へや)にて家元が「洛中洛外図」を作画された。ご下命たまわったのは正月で、ほととぎすの鳴く頃までに仕上げよとのご依頼だった。家元は、先々代の御尊筆によるほととぎすの絵を奥の間に飾り、引きこもって作画に励んだ。

ところが、あと少しで完成という頃合いで、義輝公はお命を奪われてしまったのだ。——お望みの「洛中洛外図」をひと目として見ることもなく。

永禄八年皐月、ほととぎすの鳴く頃には必ずやこの目で「洛中洛外図」を見たいと願いつつ、時の将軍、足利義輝は、無念、政変を謀った三好義継(みよしよしつぐ)、三好三人衆、松永久秀(まつながひさひで)らの軍勢に御所に攻め入られ、殺されてしまった。

義輝が命を奪われた午(うま)の刻(正午)、ふだんは洛中では聞かれないほととぎすの鳴き声がどこからともなく響き渡った——と、兄弟子は菅治郎に語った。しかも、狩野屋敷のずっと奥のほうから……。

「それ以来、よほどのことがない限り、この奥の間には近づかないことにしているのだ」

菅治郎はそう言って、話を締めくくった。

宗達は、へえ、と興味深そうな声を出した。そして、

「その話を聞いたとき、おぬし、いくつやった？」

と訊いた。

「三年まえ……十の歳だったな」

菅治郎の答えに、宗達は、ほう、と今度はいかにも感心したような声を出した。

「十で狩野家の弟子になったんか！　それはえらいことやな。おぬし、お国では神童と呼ばれていたんと違うか？」

菅治郎は、たちまち頬を赤くして、

「なっ……引っかけよったな！」

と食ってかかった。宗達はからからと楽しそうに笑った。

「ほととぎすの絵なんざ、どうでもええわい。わいはおぬしのことをもっと知りたい。おぬしのほうが、こんな掛け軸よりよっぽどおもしろそうや」

菅治郎は、ますます顔を赤くした。

「馬鹿な。……私など、ちっともおもしろい者ではないぞ」

「そんなことあらへん。おぬしは、童の時分から絵が達者やったんやろ。お父やお母も、なんて絵のうまい子やと、大切にしてくれはったはずや。しからば、なんとかこの子を天下一の絵師、狩野家のもとに弟子にやりたいと走り回って……」

宗達の言葉に、菅治郎は目を丸くした。

「なぜ、わかるのだ？」

にこっと笑って、宗達は答えた。

「わいも同じやった。わいは京の扇屋の生まれやけど、童の頃から絵を描くのが何より好きで……お父は、わいを扇職人やのうて一人前の絵師にしようと走り回ってくれたんや」

宗達の言葉を聞いて、菅治郎は、はっとしたように顔を上げた。そして、ようやく自らの身の上を話し始めた。

「私の父も絵師だ。尾張国で絵屋をいとなんでいる。されど……私は、父を贔屓にしていた油屋のあるじに乞われて、里子に出されたのだ……」

菅治郎は、絵師の実父のもとで幼い頃より絵に親しみ、三度の飯より絵を描くのが好きだった。自分も絵師になるのだと信じて疑わなかった。

しかし、七つのとき、里子に出されることになった。七男二女の末弟である。男子に恵まれなかった裕福な油商人に、いずれ後継ぎにしたいと乞われて、父はそれを受け入れたらしかった。

最初はさびしかったが、実家にいたときとは比べものにならないほど、菅治郎は可愛がられ、好きなものはなんでも与えられて、武家の子息に劣らぬほど学問もよくし、教養を身につけて成長した。

ところが、数え歳で十になったとき、養父母に男の子が誕生した。養父母は実子に夢中になり、しだいに菅治郎をうとむようになった。

菅治郎は戸惑い、やるせない気持ちで過ごしていたが、あるとき、突然「お前を里へ返す」と養父に言われた。ずっしりと重い金子の包みを差し出して、これを持って帰れ、そして二度とうちに寄り付くな――と追い出されてしまったのだ。

泣き出したい思いをぐっと堪えて、菅治郎は金子の包みを背負って実家に帰り着いた。ひょっとすると、お前はもううちの子ではないと迷惑がられるかもしれぬ。もしそうなったらどうすればよいだろう？　そのときは物乞いに身を落とすしかあるまい……と覚悟を決めた。そして、なつかしい家の戸の前で、もし、菅治郎にござります、帰って参りました、と控えめに声をかけた。

開かないかもしれぬと思っていた戸は、すぐに開いた。二度と再び会えぬはずだった末子が帰ってきて、父も母も、どれほど驚いたことだろう。母は泣いていた。菅治郎を里子に出してから涙を流さぬ日はなかったと、初めて教えてくれた。

菅治郎は金子の包みを父の目の前に差し出し、同時に巻物も差し出した。その巻物には四季折々の花や鳥や虫、油屋で働く使用人や遊び戯れる童子などがびっしりと描かれていた。菅治郎は、油商人の息子になっても絵を描くことを忘れなかった。決して忘れたくなかったのだ。

菅治郎の父は、息子が目の前に広げた絵巻物を目にして絶句した。しばらくしてから、父は口を開いた。

――油屋の後継ぎ息子になれば、お前のためになると思ったのだ。こんなわびしい絵屋の末子でいるよりも……。が、わしの思い違いだった。お前は、油屋の子になっても、絵を忘れずにいてくれた……。

そして、震える手で絵巻物を取り上げ、そこに描かれている花や鳥や人を、ひとつひとつ、なめるようにしてみつめた。そうするうちに、父の目に涙があふれた。

――なんという絵だ。木も、花も、人も、何もかもが生きているようだ。見事だ。……わしには、とうてい描くことができぬ。すまなかった、菅治郎。わしを許してくれ……。

息子の前にひれ伏して、父は泣いた。母も泣いていた。菅治郎もまた、堪えきれずに涙した。

翌朝、目覚めると、父が枕元に座っていた。旅装束であった。父は言った。

――これより、わしは京へ参る。

お前にはただならぬ画才がある。このままうちに留め置けば、宝の持ち腐れだ。かくなるうえは、天下一の絵師、狩野さまの門下に置いていただけるようお願い申し上げてくるから、待っておれ。

菅治郎は驚いた。

——お父、私はここにおります。私の家はここ以外にはありませぬ。どうかお留まりください。

懇願したが、父は笑って、

——案ずるな。必ずよきお返事をいただいて戻るから、待っておれ。

そう言って、出かけていった。菅治郎が油屋から持参した金子をそっくりそのまま、絵巻物とともにしっかりと背負って——。

それから三月が経った。

今日帰ってくるか、明日報せがくるかと、待てど暮らせど父は戻らず、なんの音信もなかった。

父の身を案じつつ、菅治郎は、ほそぼそと注文のある扇絵などを描いて過ごしていた。

あるとき、旅の僧が店先に現れた。菅治郎が布施（ふせ）を持っていくと、旅の僧は菅治郎に父の名を尋ねた。それを確かめてから、

――父君の弔いをさせてはくれませぬか。

突然、言った。

なんのことかわからず、菅治郎が返事に窮していると、僧は目を伏せながら、

――拙僧は、そなたの父君に助けられました。父君は、自らの命をかけて、拙僧を生かしたもうたのです。

そう言った。そして、袈裟の内から文を取り出して、菅治郎に差し出した。

僧は、菅治郎の父ととある峠で偶然行き会った。

小さな祠の前で念仏を唱えていると、父が近づいてきて、布施をし、手を合わせた。聞けば、京へ向かう途上であるという。自分は尾張国で絵屋をいとなんでいるのだが、末の息子を狩野一門に弟子入りさせたいのだと。

実を申せば、その息子は里子に出したのだが、わけあって実家へ帰ってきた。里子になってからも息子は絵を描き続けており、その絵を見て、この子はわびしい絵屋に留め置くには惜しい、天下一の絵師に弟子入りさせようと自分は心を決め、京の狩野家に出向くところである――と語って、父は僧に絵巻物を見せた。その見事さに僧は感嘆した。必ずやご子息に御仏のご加護やあらん、と僧は父を励ました。

ふたりは、その夜、焚き火のかたわらで夜更けまで語らい合った。明け方近く、うつらうつらしていると、突然、荒々しい足音が近づいてきた。

焚き火の向こうに三人の男が立っていた。山賊であった。僧は震え上がって手を合わせた。すると、僧の前に父が立ちはだかり、御坊さまに触れるでない、金子ならばある、と叫んだ。そして、体に縛り付けていた荷を解（ほど）いて、中から銭を出し、山賊の長（おさ）らしき男に向かって投げつけた。

山賊の長は、その銭をわらじで踏みつけると、いきなり父を正面から斬りつけた。父は声も発せず、僧をかばうようにして息絶えた。

もはやこれまでかと僧は観念し、念仏を唱え始めた。すると山賊たちは、僧には刃を向けず、父の荷を丸ごと持ち去ろうとした。

――待て、と僧は叫んだ。

――巻物だけは置いてゆけ。この男の息子が描いたものじゃ。

山賊は奪い取った荷の中から巻物を取り出し、それを熾火（おきび）の中に放り込んだ。あっと叫んで、僧は熾火の中に両手を突っ込んだ。袈裟を脱ぎ、巻物に移った火を叩き消した。山賊たちの高笑いが遠ざかっていく。僧は、火脹（ひぶく）れした両手で焦げた巻物をしっかりと抱きしめた。

僧は祠の近くに父の亡骸（なきがら）を埋葬し、三日三晩念仏を唱えた。京から東へと向かうはずだったが、踵を返して、もと来た道を西へと戻っていった。

それから七日ののち、僧は、洛中の狩野屋敷の門前に立った。そして、布施のために出てきた弟子に告げた。仏力に守られし絵巻物を、家元に届けんがため参上した。御目通し候え――と。

ただれた手、乞食同然の身なり。ただならぬ様子の旅の僧は、すぐに屋敷の中に通された。

狩野永徳にまみえた僧は、焼け焦げた巻物を手渡し、峠で行き会った絵師に託された一巻であると伝えた。絵師から聞いた息子の話も、その後に起こった出来事についても。

黙って僧の話に耳を傾けていた永徳は、焦げて張り付いた巻物をゆっくりとはがしながら広げていった。その顔にみるみる驚きが広がっていくのを、僧は確かに見た。

永徳は弟子を呼んで硯と筆を持ってこさせた。僧の目の前で文をしたためると、これを、と差し出した。

――御坊さま。ご足労かたじけのうござりまするが、どうか尾張の絵屋の子息のもとへお届けくださりませぬか。

子息にその気持ちがあれば、すぐにでも当家を頼りに京へ上るようお伝えくださりませ。

そして、金子を持たせ、送り出してくれたのだった。

　萱治郎は文を差し出す僧の手をみつめた。汚れてただれた手。尊い手。父の手のような――。涙があふれ、とめどなく頰を伝った。萱治郎は心を決めた。

「父は命をかけて私を狩野門下に送り出してくれたのだ。……されば、私もまた、一命をかけて絵の道に精進するのみだ」

　全部話してしまって、萱治郎は清々しく微笑んだ。宗達は、そっぽを向くふりをして、袖で目をごしごしこすった。

　宗達は、赤くなった目を萱治郎に向けて、「……頼みがある」と言った。

「なんだ？」

　萱治郎も、少しうるんだまなざしで答えた。宗達は、にっと笑いかけると、

「おぬしの手を貸してほしい」

と言った。

「わいは、お師匠さまがどんなふうに『洛中洛外図』を描こうとしてはるのか、ようは知らぬ。それに、この家の作法も知らぬ。道具の並べ方もわからぬ。おぬしは、お師匠さまのこと、この家のこと、なんでもよう知っとる。せやから、力を貸してほしいんや」

　狩野永徳が比類なき絵の達人であることはよくわかっている。が、宗達は永徳か

ら作画を学ぼうというつもりは毛頭なかった。

そもそも立派な絵師になろうと志していたわけではない。誰も見たことがないような「おもしろき絵」を描いてみたい、とばかり思っていた。

織田信長の御前で作画を披露し、ほかならぬ信長の推挙を得て、狩野永徳とともに「洛中洛外図」を描くことになってしまったわけだが、そこへ萱治郎が現れた。彼がなぜ狩野家の弟子になったのか、そのいきさつを聞いて、宗達は、ようやく狩野永徳という人物がわかった気がした。

遠国の名もない絵師の息子の描いた巻物を見て、門下に迎えようと即断した永徳。萱治郎の才を見抜き、受け入れようという懐の深さがある。——天下一の絵師はすぐれた人物でもあるのだ。

そして、萱治郎の話は、まっすぐに宗達の心を打った。

彼の絵をこの目で見たわけではない。しかし、父を動かし、旅の僧を動かし、最後には狩野永徳をも動かしたのだ。その才は相当なものであろう。

何より、萱治郎の言葉が清々しく響いた。

——私もまた、一命をかけて絵の道に精進するのみだ。

狩野永徳は絵の道を極め、萱治郎の求道はまだまだ続く。しかし、両者を結びつけているのは、こんこんと湧き続ける作画への情熱なのだ。

このふたりとともにあれば、いままでにないほど「おもしろき絵」を描くことができるに違いない。

手を貸してほしい――と宗達に乞われた菅治郎は、戸惑いの表情を浮かべた。

「私とて、手を貸したいのは山々だ。……お師匠さまのおんためならば、手にも足にもなり代わってしんぜよう。されど……お師匠さまが手伝うてほしいとお望みなのは、私ではない。おぬしだ」

「いや、いや。せやから、そうやなくて」

宗達は、目の前で手を振った。

「おぬしに手伝うてほしいと望んでおるのは、お師匠さまやない。わいや」

「え？」と菅治郎は訊き返した。

「おぬしが私を？」

「せや。わいがおぬしを……」

「私が、おぬしに？」

「いや、おぬしが、わいに……」

話がこんがらがってきた。

そのとき、突然、すらりとふすまが開いた。宗達と菅治郎は、うわっと声を上げた。

である。

　ふすまの向こうに狩野永徳が立っていた。紺絣にたすき掛けをして、準備万端である。

「……したくはできたのか？」

「申し訳ござりませぬ！　す、すぐさま、おしたく整えまする！」

　宗達と菅治郎は、あわてて正座するとその場に伏した。

「なんや、菅治郎。したくをするように命じたのは、そちではない。宗達やぞ」

　と、答えたのは菅治郎である。

　永徳が妙な顔をして言った。菅治郎は、「はい……」と消え入りそうな様子だったが、すかさず宗達が割って入った。

「わてはこの家のお作法が何もわからへんよって、失礼があってはいけませぬ。せやから、菅治郎に手伝うてほしいと頼んだのです。それに……」

　宗達は、永徳の目を見上げて言葉を続けた。

「いまからお師匠さまがお描きになる『洛中洛外図』は、きっと、いままでに誰も見たことがないほど『おもしろき絵』になることでしょう。せやけど、上さまに献上したのちは、もう誰も見ることができなくなるでしょう。わては、それを……わてだけやのうて、別の誰かに……菅治郎にも見ておいてほしいのです」

　永徳は黙って聞いていたが、やがて、「よかろう」とうなずいた。

「されど、菅治郎。この画室にて目にしたことのすべては、そちの胸の裡にのみ留めおくのやぞ。決して他言は無用や。もしも、ここで何が描かれたか、よその者が知ることになりしおりには……われら狩野一門はお取り潰しになるやもしれぬ。心しておけ」

永徳は、板の間にひれ伏す菅治郎に向かってそう言った。菅治郎は、はい、と答えた。その声は弾んでいた。宗達は思わず笑みを浮かべた。やはり永徳は菅治郎にことのほか目をかけているのだ。

――上さまからのご推挙がなかったら、わいやのうて菅治郎がお師匠さまのおんために働いたかもしれへんな。

宗達と菅治郎、ふたりともたすき掛けをして、筆硯を整え、大下絵を表すために床に広げられた扇の横に並んで座した。

永徳は、両腕を組んで佇み、白い湖面のような扇全体を見渡した。その胸の中には、京の景色がこと細かに、人々のいとなみが生き生きと立ち上ってきているのだろう。宗達も、何も描かれていない扇をみつめ、ここにいまから都が出現するのだと、胸の高まりが抑えきれない気持ちになった。

どれくらい時が経っただろうか。永徳は、顔は扇に向けたまま、右手を真横にすいと差し出して言った。

「……三の筆」

すぐさま菅治郎が立ち上がり、たっぷりと薄墨を吸わせた太筆を捧げ持って、師匠の手に渡した。

永徳は、扇の上を素足で進んでいくと、右上のほうから、すばやい筆致でもやもやしたかたちを描き始めた。雲のようである。雲は、やがて十二枚の扇を埋め尽くしていった。その間、菅治郎は大硯を捧げ持ち、永徳のそば近くにぴたりとついて、宙を舞う筆が墨を欲すればすぐに吸えるように、動きを合わせ、呼吸を合わせて少しずつ扇の上を移動していった。

その様子に、宗達はすっかり感心してしまった。

――へええ。ああいうふうにして描いていくのか。菅治郎……筆から墨の一滴もこぼれ落ちんように硯を差し出しとる。……すごいな。

雲を描き終えると、永徳は、雲の切れ間、右隻右手の中央に、まずは小高い丘を、そこに城の輪郭を描いた。安土城である。それから神社仏閣、家屋敷のかたちをどんどん描き込んでいった。

むろん、安土城は洛中からは眺めることはできないが、この絵の依頼人はほかならぬ織田信長である。城を描かぬわけにはいかぬ。

いかにも都の一部のようにして安土城を描き込もうとする永徳の意図を、宗達はすかさず読み取った。

――この「洛中洛外図」でいっとう大事なのは、天子さまのおわす御所やあらへん。神仏がましますす神社仏閣でもあらへん。……安土城や。

おおまかに建物を描き込んでから、永徳は宗達に言った。

「どのあたりに南蛮寺を描いたらよいか、そちはわかっておるな。どこや？」

宗達は座したまま、前のめりになって扇を眺めていたが、やがて、

「お師匠さまが描いてはったみたいに、わても南蛮寺を描いてもよろしおすか」

そう尋ねた。永徳はうなずいた。

「そちがここやと思うところに、筆でかたちを描いてみよ」

菅治郎が黙って筆と硯を差し出した。宗達は、筆にたっぷりと墨を吸わせ、手に取って、右隻の六枚の扇のほぼ真ん中をめがけて筆先をおろそうとした。

その瞬間に、ぽたりと水気の多い薄墨が紙の上に垂れ落ちた。

――あ……。

「……これを」

すぐさま、菅治郎が懐から手ぬぐいを取り出し、手渡した。宗達は、手ぬぐいの先を丸めて、紙の上をとんとんと叩いた。

――こりゃあ、おもしろいぞ。

墨を垂らし込んだ上から軽く布で叩くと、滲んで雲のように広がっていく。

偶然そうなったにすぎないが、宗達は、雲のように墨が広がるのがとてつもなくおもしろく感じられた。

こんなふうに墨や顔料をわざと垂らして背景を創れば、ほんとうにそこに雲や霞が立ち上るかのように感じる。筆できっちりと雲の輪郭を描き込んでいくのは屏風絵やふすま絵でよく見られる手法だが、輪郭ではなく墨のぼかしで雲を表現したら、より一層この絵に奥行きが感じられるのではないか。漠然とそう思いついた。

「何をしておるんや。早よう南蛮寺を描かんか」

宗達が紙の上に垂らした墨をしきりに叩いているのを見かねて、永徳が言った。

「はい、ただいま」

と答えたのは宗達ではなく、菅治郎であった。菅治郎は、宗達の耳もとに顔を寄せて、

「さように叩くな。染みが広がるではないか」

小声ですばやく言った。

染みやない、これは「雲」や、と宗達は言いたかったが、永徳の目にも菅治郎の目にも、宗達が墨を垂らして創ったそのかたちは、汚れにしか映っていないだろう。

それは確かに、たまたま墨を垂らしてしまったことによってできた「染み」だった。けれど宗達は、かたちを創るためにきっちりと筆で輪郭をなぞるのではなく、むしろそれを「ぼかす」ことによって、絵に不思議な奥行きが生まれることを、その「染み」によって気づかされた。

どこかで見たことがある。この手業、どこかで……。

とがらせた面相筆の先で南蛮寺の輪郭線を創りながら、あっと突然思い出した。

――まりあさまや。

南蛮寺の祭壇に祀られていた聖母子像。見たこともないような美しい絵。まるでそこに聖母マリアと幼子イエスが佇んでいるかのようにすら見える、西欧から渡来したあの絵。

あの絵の中の聖母子は、はっきりした輪郭で描かれてはいなかった。西欧の特殊な筆か、はたまた顔料の妙がそうさせているのか、その手練の見事さに宗達は釘付けになった。真似をしようとしてもとうていできるものではない。どんな秘密が隠されているのか。何度もなんども南蛮寺に通い、みつめ続けたが、わからなかった。

それが、たったいま、少しだけわかった気がした。

あの絵――わざとぼかすことによって、むしろ「ほんとうにそこにいる」ように見せているのだ。
すごいぞ、と宗達は静かに興奮しながら、筆を動かした。南蛮寺と、その周辺に集う珍しきものたち――黒い肌をした大男、南蛮人を乗せた象、駱駝、猿、鸚鵡などをすばやい筆致で描き込んだ。

永徳と宗達は、その日いちにちかけて、十二枚の扇を京都の名物で埋め尽くしたのだった。

その日、たったいちにちで永徳と宗達が仕上げた大下絵は、これから本格的に作画される「洛中洛外図」の壮大さを物語っていた。

十二枚の扇は、六枚で一隻の屏風となり、それがふたつでひと組、つまり一双になる。右隻の屏風は京の東を表し、左隻は西を表す。そこに洛中洛外の名所名物を集め、浮き雲のまにまにそれらが見え隠れする――という構図になっている。

大下絵では、まずは全体に描き込む事物の配置を見る。それから、細部に何を描き込んでいくかを決める。これらは家元たる永徳の采配による。

しかし、これだけの大画面をひとりで描き上げるのには時間がかかる。おおまかなところは主筆となる家元や職人頭が決め、あとは弟子衆が手分けして描く、というのが通常の作画の運びである。しかし、信長が発注した「洛中洛外図」は、永徳を主とし、宗達に手伝わせる、というのが約束だった。つまり、ふたりで仕上げよ

——というのが、信長の意向だった。

永徳は、かつて、たったひとりで「洛中洛外図」を仕上げ、信長に献上したという。天下一の絵師とはいえ、ほんとうにそんなことができたのだろうか、と宗達は、実のところいぶかっていたのだが、大下絵に取りかかってみて、ふたつのことを思い知った。

ひとつは、「洛中洛外図」が相当手の込んだ極めて難しい絵であること。宗達は、それまでにいくたびか名もない絵師が手がけた「洛中洛外図」のような絵を見たことがあったが、一度として興味をそそられたことはなかった。いままで自分が見たもののすべては「贋物（にせもの）」だったのだと宗達は理解した。大下絵を見ただけでも、構えの大きさ、緻密さは桁外（けたはず）れのものだとわかった。

そしてもうひとつは、永徳の仕事の速さと確かさであった。永徳の筆の動きには無駄がない。それはつまり、自分が向き合っている絵に迷いがないということだ。どこに何をどう描いたらいいのか、彼はすべてをすでにみつけて筆を運んでいるのだ。

その夜、宗達は、夕餉の膳を運んできた菅治郎に向かって、ひと言、「……やられた」と言った。

「お師匠さまがここまですごいお方だとは……正直、思わへんかった」

宗達の目の前に膳を据えて、菅治郎は「ようやくわかったのか」とあきれている。

「おぬしは扇屋の息子のくせに、狩野家のお家元がどれほどすごいお方なのか、知りもせずにここへやって来たのか」

「せや。吹けば飛ぶような小さな扇屋や。描くものといえば扇面ばっかりやし、目にするのはつまらん絵手本ばっかりや。そりゃあ狩野がすごいのはわかっとったけど、六曲一双の屛風を創るところに立ち会ったことなんぞあるわけもなし。せやから……心底、驚かされたんや」

宗達は、ほんものの「狩野絵」を目の当たりにした。そして、知ったのだ。狩野永徳がどれほどすごい絵師であるかを。

宗達は、言葉に表すことができぬほど深く心を動かされた。その様子を見て、菅治郎は「驚くのはまだ早いぞ」と言った。

「おぬしが見たのは下絵にすぎぬ。本絵にかかりしのちにはさらに驚くであろう。見ているがいい」

鼻の穴をぷくりとふくらませて、まるでわがことのように自慢げである。宗達は、悔しいような、うれしいような気持ちになって、

「おう。とくと見せてもらおうやないか」

両腕を組んで、威丈高に構えた。

「えらそうにするでない！　相手をどなたと心得ておるのだ！」

すかさず菅治郎が言った。宗達は、「おお、こわ！」と首を引っ込めて、楽しげに笑った。

翌朝。

夜が明けるまえに、宗達は寝床から抜け出し、身じたくを整えて、筆硯を揃えた。菅治郎が来る頃にはすっかり準備万端になっていた。

「きのうとはずいぶん違うのだな」

菅治郎が感心して言うと、

「なに、とくと見せていただこうと思うてな」

あくまでも威勢を張った。

さて、いよいよ本絵に入るまえの検分である。

永徳は、十二枚の扇を前にして佇み、じっくりと全体を見渡した。少し離れた後ろに、宗達と菅治郎は並んで座していた。

宗達は、床いっぱいに広げられた大下絵を改めて眺めて、気が遠くなってきた。

大下絵をよくよく眺めてみると、単純に右隻が東、左隻が西、という配置になっているわけではない。

右隻の一扇目、つまりいちばん右手下方には東寺とその塔が輪郭線で描かれている。つまり南ということになる。

どこから見て南かといえば、天子がおわす紫宸殿である。紫宸殿は、右隻の六扇目のほぼ真ん中、つまり一双の屏風絵全体の中心になっている、というわけだ。

右から左へ、二扇目、三扇目と北に向かっていく。右隻左手上方は北東の町並みが描かれるようである。

右隻の二扇目だけが特別で、上部中央に安土城らしき輪郭線がくっきりと描かれている。もちろん、そこに安土城があるわけではないが、京のすべてを忠実に再現するのがこの屏風絵を創る目的ではない。第一の目的は、依頼主たる織田信長を満足させることなのである。そこのところは永徳は心得ている。

左隻の六扇目の上方は、西芳寺が描かれるらしい。紫宸殿から見て西に当たる。

右隻は左京、東山方面を西から見た様子。左隻は右京、西山を東から眺めた図となる。

南蛮寺はだいたいこのあたりと決め、宗達は寺のかたちとその周辺に集う人や生き物の輪郭を創った。右隻の三扇目の中央、四条大橋のほど近く、もやもやした雲のかたちのあいだ、つまり「すきま」にこまごまと描く。屋根が雲を突き破ってによっきりと飛び出した感じはよいとして、周囲の人々、生き物をどう描き込むのか。本絵のときにはどの程度細かく表したらいいのか、宗達にはまったく見当がつかなかった。

いままでは扇面を創ってきたのだ、細かい作業には慣れている。しかし、「洛中洛外図」は、都全体という途方もない大きさの背景に、そこに生きる人々の様子をこと細かに描き込んでいくという、極大と極小の両方をとらえ、表していかなければならない。いってみれば、鳥の目で見渡し、虫の目で凝視しなければならないのだ。

――お師匠さまは、いったいどんな目を持ったお人なんや……！

宗達は、改めて永徳の達人ぶりに舌を巻いた。

「だいたいの図は決まった。これをもとに、これより本絵に取りかかる。ええな？」

じっくりと大下絵を検分したのち、永徳が宗達に向かって言った。

宗達は、「はい」と答えた。ぶるっと背筋に震えが走る。またもや武者震いである。

廊下をきしませて、複数の足音が近づいてくる。弟子たちが本絵の扇を運んできたのだ。

大下絵がいったん片付けられ、扇が次々に床にのべられていく。「うわあ……」と宗達は、ぽかんと口を開けてその様子を見守った。

まばゆいばかりの黄金が床を埋め尽くした。扇には、隅々まで金箔が貼られてあったのだ。

永徳と宗達は、並んで金色の十二枚の扇の前に佇んだ。

「よう見てみい。それぞれの扇に、横棒が見えるやろ。上から、一、二、三、四……五枚の料紙をはぎ合わせて、一枚の扇を創っておるのや。わかるか?」

宗達はじっと目を凝らした。なるほど、金箔の上にかすかに横線が見える。

「はい、わかります」宗達は答えた。

「十二枚の扇、それぞれを五分して、そこに名所名物を細やかに描き込んでいく。つまり、六十枚の絵を描いて、最後には大きなひとつの絵を創っていく、と考えるのや」

永徳は続けて言った。

「全体の図から離れずに、一枚いちまいの絵に執着して描く。執着し尽くす。……わしは、ひとりで『洛中洛外図』を仕上げたときに、そうすることがこの絵をきっちりと仕上げるただひとつの方法なんやと気がついたんや」

一枚いちまいの絵に……執着し尽くす。

永徳の言葉は宗達の胸にまっすぐに届いた。宗達は体が芯からしびれるのを感じた。

おもしろき絵を描くためには、誰も見たこともないものを描くこと、あるいは奇をてらった手法を用いること。宗達は、それぱかりを追いかけようとしていた。しかし、作画へのしびれるほどの執着を持たなければ、しょせん、小手先ばかりの絵になってしまうだろう。

よし。宗達は、永徳とともにこの壮大な絵を極めようと心に決めた。

――やったろうやないか。

永徳は、大下絵に放っていたまなざしを宗達に向けると、

「まずはこの大下絵の骨描きを仕上げ、そののち、金箔を敷いた本紙の扇の上に念紙を挟んで写し取る。よって、大下絵の骨描きは、本絵さながらに仕上げねばならぬ」

と言った。念紙とは、下絵を本紙に転写するために用いる顔料を塗った紙のことである。

宗達は、念紙を用いて下絵を転写するほど緻密な作画を手がけたことがなかった。が、実家の扇屋で職人衆が使うこともあったので、念紙作りを手伝ったこともあるし、用い方も心得ていた。

念紙は極薄の美濃紙に朱土または木炭と酒、水を練り合わせた顔料を塗布し、乾かして表面を粉状にしたものである。

この薄紙を、顔料がついている面を下にして本紙の上に敷く。その上に大下絵を重ね、先が硬くとがった竹筆または鉄筆で骨描き（線描）をなぞっていく。すると、下絵の線描が、本紙に転写される――というわけだ。

本紙にいきなり顔料で描き込んでしまうと、消したり描き直したりの修正がきかない。ゆえに、大下絵を本絵そのままに描き上げて、本紙に転写し、骨描きをもとに筆で緻密に描き込んでいくのである。

宗達がそれまでにただ一度だけ手がけた大判の絵は、杉戸に描いた白象図であった。

織田信長の御前で披露したその絵は、構図も下絵もなかった。失敗は許されない状況の中で、心に浮かぶままにさっさと描き込んだのだから、よく考えてみると恐ろしいことをしたものだ。

こうして構図を決め、下絵をもとに大下絵を創り、本紙に転写して本絵を仕上げていく。緻密な下調べと考察、ていねいな検分、いくたびもの作業の積み重ねがあってこそ、傑作は生み出されるものなのだ。

永徳の説明を聞きながら、自分がいかに向こう見ずであったかをいまさらながらに知って、宗達はまた背筋をぞくっとさせた。

　大下絵の骨描きを緻密に描き込んでいくに当たり、弟子たちが大下絵の扇、まずは右隻の六枚を、間隔を置かずにぴっちりと合わせて床に並べ直した。第一扇の底辺の長さより少し長い糸を下から上へと斜めに張り、小釘で留めていく。

　大下絵の扇の上に、一定間隔で斜めに糸を張り、横にも糸を張って全体を五等分する。

　斜めの糸は、建物の屋根の向きを合わせるためのものである。糸の方向に沿ってすべての建物を描き込んでいけば、構図に秩序がもたらされ、大画面を創っていく上でも、建物の大きさや向きがばらばらに乱れることはない。

　弟子たちが糸を張り終わると、永徳は宗達に向かって言った。

「では、これより、大下絵に家屋敷のかたちを創っていく。おおよその骨描きはわしがすでに描き込んでおる。ここに絵手本帳があるから、これを見ながら、まずは右隻、第六扇、第三紙の内裏さま（紫宸殿）のかたちを創ってみよ」

　弟子のひとりが分厚い絵手本帳「洛中洛外絵手本　其ノ壱」を持ってきた。手に取ると、ずっしりと重い。

「初めて『洛中洛外図』を描いたとき、わしが都じゅうを歩き回って集めてきた下絵や」

永徳が言った。麻紐で綴じられた紙に、京じゅうの名所建物がびっしりと描かれてある。「くらま」「石不動」「金かく」など、それぞれの名称も書いてあり、まるで京の名所の見本帳のようだ。

一枚いちまいめくってみて、宗達は言葉を失った。

画材を集めるだけでも大変な労力である。それをさらに下絵に写し、本絵を描かねばならない。そのすべてをたったひとりで成し遂げたとは、やはり狩野永徳は常人ではない。

宗達は、自分がいまから向かう絵の大きさ、奥深さをようやく理解して、にわかに緊張してきた。

菅治郎が、長い竹の物差しと箸のような細い棒を宗達に手渡して言った。

「この物差しと支え棒を使って、糸に沿って御殿の屋根の骨描きをするのだ。やったことはあるか？」

竹の物差しには溝がつけられている。支え棒は先が丸く研いである。箸を持つ要領で、面相筆とこの支え棒の両方を右手に持ち、支え棒を物差しの溝に滑らせる。すると、同時に筆が物差しと平行に動くので、まっすぐな線を引くことができる。

この直線を引く手法は、宗達も父に教えられて習得していた。しかし、いざ始めようとすると、手が震えて、筆と細い棒を持つことができない。

面相筆と支え棒を持った宗達の右手は、ぶるぶると揺れて、紙の上にたちまち波線を創った。

「あ、わ、わ、わっ」

宗達はあせった。まっすぐな線を引こうと意識すればするほど、いっそう波線になってしまう。

大下絵を囲んでいる弟子たちから失笑が漏れた。上さま御自らのご指名により、家元を手伝うのを許された少年絵師と聞いていたが、たいしたことはないではないか。線のひとつも描けぬとは……と、冷ややかなまなざしが向けられる。宗達は顔を真っ赤にほてらせた。

その様子をちらりと横目で見た永徳は、

「菅治郎。手伝うてやれ」

と言った。宗達の背後に控えていた菅治郎は、「はい」とすぐさま答えた。宗達のそばに行くと、その耳もと近くで菅治郎はささやいた。

「これは下絵だ、失敗してもかまわぬ。思い切って、ひと息に筆を滑らせろ」

そして、自分も右手に面相筆と支え棒を持ち、屋根のひとつをまっすぐな線で描いてみせた。きれいなすんなりとした線であった。

宗達は、そうか、と心を落ち着かせた。

きた。

――失敗してもええから、思い切って……。

息を止めて、筆先を紙面に軽く触れ、一気に引いた。美しい、まっすぐな線ができた。

「……っしゃ、できた！」

思わず声に出すと、またもや周囲から失笑が漏れた。菅治郎は何も言わずに、微笑してうなずいた。

ただ一本の線を引いただけであった。が、宗達はすなおにうれしかった。

それは、しばらくのあいだ、忘れていた感覚だった。

幼い頃から絵をよくし、どんなものでもすいすいと自由自在に描いていた。大人たちは驚嘆したが、しだいにそれがあたりまえになって、誰も褒めてくれなくなった。自分自身も、絵を描くことが呼吸をするのと同じくらい自然なことだったから、どんなに巧く描けても、いちいち感動することはなかった。

それなのに、線一本描けてこんなにうれしいとは。――この絵が仕上がったとき、どれほど大きな喜びがもたらされるだろう。その瞬間を心待ちにして、この絵と向き合っていこうではないか。

それからの三日三晩、宗達はひたすら建物の骨描きを続けた。それが終わると、建物の細かい描写を、次には人々やその周辺を、絵手本帳を見ながら丹念に描き込んでいった。
永徳の許しが出たので、菅治郎もまた宗達を手伝って懸命に線を描き続けた。直線の部分や雲のかたちのみではあったが、菅治郎も真剣に与えられた仕事に打ち込んだ。

絵を描き始めると、ずっぷりとのめり込むのが宗達である。それまでは、長期間にわたってひとつの絵に取り組んだことはなかった。いつも描いていた扇面ならば、一刻も経たぬうちに描き上げてしまう。が、短いあいだであっても、自分が創り出す絵の世界にごく自然にすうっと入っていき、そこに居場所をみつけるのだった。

花を描けばその花弁に留まる蝶になり、蝶を描くならそれに蜜（みつ）を与える花になる。風を起こし、雷鳴を轟かせ、渦巻く水になり、泳ぐ魚になる。そんな気持ちで絵を描いていた。幼い頃から、ずっとそうだった。

三月（みつき）のあいだ——宗達にとっては、三月「も」のあいだ——、ただひとつの画題に取り組み、大きな紙面の隅々（すみずみ）までを細密画で埋め尽くす。そんなに長い時間、はたして絵と向き合えるのかどうか、最初は自分で自分を疑っていたが、一本の線をまっすぐに描くことに始まり、扇の画面をこまごまときっちり埋めていくことに、宗達は全身全霊でかかわった。

描いて、描いて、描き続ける。それ以外にできぬ、考えられぬ。寝ても覚めても、朝餉と夕餉、日に二度の食事のあいだも、「描き続けている感じ」で、気もそぞろ、菅治郎と言葉も交わさぬ状態である。

菅治郎は、黙って食事の膳を運び、黙々と描き続ける宗達を支えた。話しかける代わりに、筆を揃え、墨が途切れることのないように磨り置いてくれる。何か困ったことがあれば、助言し、手を貸してくれる。菅治郎がいてくれると、宗達はそれだけで安心できた。

永徳は、宗達の仕事ぶりに対して、不思議なほど何も意見しなかった。彼は彼で主要な建物や中心になる人物の描写に没頭していた。最初のうちこそ宗達の筆運びを凝視していたが、そのうちに、宗達の描くがまま、任せるようになった。

右隻と左隻、各六扇、全部で十二扇に描かれる洛中洛外のすべては、どこに何をどう配置するか、永徳によって細かく決められていた。

右隻、第一扇。清水寺(きよみずでら)、三十三間堂(さんじゅうさんげんどう)、東寺。雲の切れ間に見え隠れする鴨川の流れ。

第二扇。堂々たる城郭は、上さまがましますす安土城、琵琶湖のほとり。因幡堂(いなばどう)の盂蘭盆会(うらぼんえ)。五条橋のあたりを巡る鉦(かね)叩きの一群。祇園祭の長刀鉾(なぎなたぼこ)、笠を被った風流踊り。

第三扇。四条通りを渡りゆくのは祇園会の神輿。白楽天山、蟷螂山、船鉾などの華麗な巡行。牛を引く牛飼い、相撲に興じる人々、都に下りきたる山伏。

第四扇。僧が読経する永観堂。弁慶石で力比べ。端午の節句の軒菖蒲。米屋の軒先へ馬が俵を運ぶ。梯子をかけて屋根に上がる屋根葺き職人たち。看板に鋏、剃刀の絵が掲げられた髪結床。

第五扇。銀閣寺。鴨川で鷺を捕る鷹匠。畑の畝に種まく夫婦。薪を背負った牛と薪の束を頭に載せた大原女。天秤棒を担いで売り歩く振売り。

第六扇。天子さまのおわす紫宸殿では、元旦の節会の真っ最中。比叡山、高野聖。二羽の雄鶏を闘わせる鶏合わせの遊び。染物屋の軒先に干された更紗。

左隻、第一扇。洛北の鞍馬の桜。御霊会の船岡山。深泥池では鴨捕り。鳥もちのついた鳥刺しで小鳥を捕る人々。

第二扇。雪景色の高雄、金閣寺。椿の赤が雪中に灯る。千本閻魔堂での念仏狂言、赤ら顔の閻魔さまを演じる役者。綱引き、振々毬杖、楽しい正月の遊び。

第三扇。梅ほころびる北野天満宮。二羽の鷺の鳴き合いを競う鷺合わせ。細川殿のお屋敷の松の緑が鮮やかな庭。良縁の札を売る懸想文売り、正月の祝辞を述べて回る桂女。人形使いの手傀儡の後を追いかける女の子たち。

第四扇。桜御所と呼ばれる近衛殿の屋敷。にぎやかな読経の声は法華経一万部千僧供養。餅つき、門松の用意、忙しい師走。お火焚きに集う童たち。

第五扇。秋の嵐山、紅葉狩りから帰る人々が渡る渡月橋。天龍寺、革堂。一条風呂で背中を流す湯女。結桶師、猿回し。

第六扇。名庭を眺める西芳寺。御霊会の神輿。黄金の稲刈り、豊かな実り。

一扇、二扇、三扇と描き込むほどに、宗達の心は躍った。

大路小路に迷い込み、四季折々の景色に心奪われ、桜を、青葉を、紅葉を、雪を追いかけていく。童たちと戯れ、山鉾巡行を見物し、祭りに興じ、年を送り、新たな年を迎える。種をまき、実りを喜び、笑い合う。

苦しいことも、悲しいことも、もちろんある。けれど、それでも、季節は巡る。生きている限り、新しい朝が、誰のところにも必ず訪れるのだ。

都に暮らす喜び。生きる喜び。

——ああ、生きている。

懸命に筆を動かしながら、宗達は、胸に熱いものが込み上げてくるのを感じていた。

——生きているんや。誰もかれもが、この都で、この絵の真ん中で。

いま、わかった。

わいは、絵に生かされているんや。絵を描くことは、生きることなんや。

せやから、わいは……わいは、この絵を生かしてやりたい。命を吹き込んでやりたい。

そのためにこそ、わいは絵を描く。描き続けるんや。

右隻の第三扇に、全画中でただひとつ、絵手本帳を頼らずに宗達が骨描きしたものがあった。

南蛮寺。珍しいもの見たさに通いつめた場所。見たこともないほど美しい絵、聖母子像に酔いしれた。象、駱駝、鸚鵡、孔雀をふすま絵の中にみつけ、南蛮人たちの衣装に目を見張った。

しっかりと描き込んでみよと、永徳が言った。その一紙だけは、そっくり任されたのだ。

おもしろく描いてやろうと、最初は意気込んでいた。心のどこかで、お師匠さまよりおもしろいものが描けると自負していた。けれど、永徳が創った絵手本帳を忠実に写し取るうちに、どれほど自分がおごっていたかを思い知った。

狩野永徳の技量、懐の深さ、まなざしの鋭さ、絵に向き合う厳しさ。どれひとつとして、自分は足もとにも及ばない。

自分がいま、描かねばならぬもの。それは、おもしろいものではない。命ある絵だ。

それを成し遂げなければ、この絵にかかわる意義はないのだ。

大下絵を完成させるために、宗達は昼夜を分かたず作画に没頭し、丸四十日を費やした。

唯一手助けを認められた菅治郎も、よく働いた。永徳と宗達、両人がすばやく的確に仕事を進められるよう、準備を整え、気を配り、ところどころ筆を動かした。菅治郎がいてくれて、どれほど心強かったことだろう。ひとりだったら、とうにくじけていたかもしれない。黙々と絵に向かうことは、途方もなく孤独な作業でもある。が、言葉を交わさずとも同じ作業に向き合う「同志」がいる、そのことに宗達は静かに励まされた。

ふたりは、ひと休み入れるとき、食事のとき、さまざまな話をした。仕事のこと、家族のこと、故郷のこと……。話は尽きなかったが、ひとたび作業を再開すれば、冴え渡った沈黙の中でひたすら筆を動かす。心地よい緊張感がみなぎっていた。

家元の許しを得、たまには連れ立って湯屋へ出かけた。湯に浸かりながら、「この湯屋も絵の中にあったな」「ほな、わいらは絵の中に入ってしもうたんやろか」などと、たあいないことを言い合って笑った。

父母と最後に会ったのは、もはや遠い昔のような気がする。必ずこの大作を仕上げて、上さまに献上奉り、大手（おおで）を振って俵屋（じっか）へ帰ろうと、宗達は気持ちを引き締めていた。天下一の絵師、狩野永徳に弟子入りさせようと画策してくれた父に、喜んでもらえるように。

四十一日目。ついに本絵に取りかかる日がきた。

本絵のために準備された総金箔貼りの扇。その上に朱土を定着させた念紙を敷く。さらにその上に大下絵を載せる。そして、大下絵の骨描きの上から、竹を削って先をとがらせた箸のような筆で、ていねいになぞっていく。そうすることで、大下絵の骨描きが金箔貼りの扇に転写されるのだ。

転写された骨描きに、今度は細部にわたって色を入れていく。髪結の看板に描かれてある剃刀や鋏の絵、笑い転げる童の顔、鷺を狙う鷹の鋭い目、咲きほころぶ梅の花弁まで描き込んでいかねばならぬ。淡々と、切々と、連綿と描かねばならぬ。途方もない作業である。

まずは転写のためにたくさんの竹筆が用意され、こればかりはほかの弟子たちも総出で手伝った。全員が息を殺し、張り詰めながら作業を進めた。

十日ほどかかって、ひとまず大下絵の転写が完了した。

大下絵の骨描きの、いかなる線のひとつも写し漏らしてはならぬ。たとえ松葉のひと筋とて、狩野永徳が描いたひと筋なのである。絶対に描きこぼすわけにはいかぬ。転写を手がけた弟子たちのあいだには、鬼気迫るほどの緊張感がみなぎっていた。宗達もまた、その思いを共有していた。

ゆっくりゆっくり、慎重に、念紙を外すと、弟子たちの意気込みがそっくりそのまま写されたように、実にきれいに、くっきりと骨描きが金箔の上に転写されていた。それをまた弟子たちが、本絵と大下絵のそれぞれをていねいに見比べて、写しこぼしがないか確認する。

「ただいま写し終わりましてござります」

転写のあいだは別の仕事に当たっていた永徳のところへ、一番弟子が伝えに行った。永徳はうなずいて、画室へと足を運んだ。

赤茶けた骨描きが金箔の上にしっかりと載っているのを確かめて、「うむ。ええやろう」と永徳は満足げに言った。

「しからば、これより本絵、彩色に入る」

永徳の言葉に、板の間に正座していた宗達は、「はい」と清々しく答えた。

金泥（こんでい）、紅、緑青、群青、藍、黒、黄土、紫等々、多彩な顔料がすでに整えられてある。

「まず、わしが一紙を彩ってみせる。それになろうて、そちもまずは一紙、彩ってみよ」

そう言って、永徳は面相筆を二本、手に取り、右隻第二扇第二紙の安土城の彩色を始めた。

金泥で塗られた雲のあいだからすっくと立ち上がる城を彩るのは白と黒と鼠（ねずみ）。輝く白い壁、日に照らされる瓦、その周辺の常緑の松。木の幹は鼠色に鈍く光っている。

金雲を隔てて、洛中に集う人々の姿かたちにも、永徳は筆を入れていった。男、女、翁（おきな）、媼（おうな）、童子、童女。話し、興じ、笑い、遊ぶ、京に暮らすひとりひとりの豊かな顔を。

迷いのない筆運び。巧みな筆使い。まるで筆が体の一部になって、呼吸をしているかのように見える――。

すぐ近くで永徳の作画の様子を息を殺してみつめていた宗達は、うわあ……と声を出さずに胸の裡で叫んだ。

――すごい、すごい、ものすごい。

お師匠さまの筆が、あんなにちょこまかと動いて……きっちり、かっちりと描いてはる。かたちも、色も。

宗達は目を見開き、食い入るように永徳の手もとをみつめていた。

永徳は、黄金の扇の上に渡した板に乗り、体を大きく前屈させて、扇に吸い付くようにして筆を運んでいた。

渡し板は幅二尺、厚さ一寸。紙面の上に密着しないように、板と扇のあいだに一寸ほどのすきまを作って、左右に渡されている。板の両端は一寸の厚みのある台を下に嚙ませてある。この台ごと渡し板を少しずつ扇の下方へ動かしながら、画面の上方から下方へと描き込んでいくのである。

大型の画面を描き込むさいには、この渡し板が必要になってくるのだが、これほどまでに細かい描写を渡し板の上に正座して前屈で描き続けるのは、かなり無理がある。

それでも永徳は、長時間にわたって、一度も呼吸を乱さず、筆の運びも乱さずに、渡し板の上から洛中洛外の風景とそこに暮らす人々の様子を描き続けた。

宗達は、一心不乱にみつめているうちに、頭がくらくらしてきてしまった。

お師匠さまは技巧もすぐれているが、何よりもすごいのは集中力なのだ、と思い知らされた。

その日の夕方までかかって、右隻第二扇の第二紙が描き上げられた。その間、宗達は、永徳の筆運びと彩色を学び取ろうと、その手もとをみつめ続けた。

描いているあいだ、永徳は食事にも行かず、厠（かわや）にも行かなかった。そばで筆や顔料の準備をし続けていた菅治郎も同様だった。となれば、自分も席を立つわけにはゆかぬ。

が、寝起きに水をしたたか飲んだせいか、途中、どうしても我慢できなくなり、大あわてで厠へ飛んでいった。また大急ぎで画室へ戻ると、さっきとまったく同じ姿勢で永徳は筆先だけをていねいに動かし続けている。

――お師匠さまは、きっと朝から水も飲まぬよう心得てはったのと違うやろか。

宗達は、明日からは自分も極力水を飲むのも控えようと決めた。――こうなったら根比べや。

さて、いよいよ宗達が彩色に挑む瞬間がきた。

「まずは、そちが骨描きした南蛮寺と、そこに集う珍しき人や生き物を彩色してみよ」

永徳に言われ、宗達は、筆を手にして渡し板の上に正座をした。上から下をまっすぐに見下ろしてみて、驚いた。

――うひゃあ……と……遠いわ。

渡し板に乗ったのはこれが初めてではない。大下絵に骨描きするときも渡し板に乗って描き込みを進めた。が、改めて渡し板の上から黄金の画面を見下ろしてみると、信じられないほど遠く感じられる。まるで山のてっぺんから金色の海を見下ろしているようだ。

より細かく多彩に描き込んでいく本絵では、できる限り画面に接近して、密に描いてゆかねばならぬ。が、渡し板に乗ると画面とのあいだには、二寸ほどの距離がある。この二寸がいかにも遠いのだ。

総金箔貼りの画面には、雲のもやもやしたかたちが広がっており、そのかたちのあいだに下絵から転写された建物や人々の赤茶色の骨描きが載っている。これを極細の面相筆で、ていねいに、微細に彩色していくのである。

宗達は、両手を膝について、しばし黄金の画面をにらんでいた。崖の上から、つま先もつかぬ深い海に飛び込む気分である。

幼い頃から鴨川で水遊びをしていたから、泳げなくはない。しかし、海で泳いだことはない。それも、こんなに深そうな海で……おぼれてしまうんやないか、もしかして。

「おい、どうした。始めないのか」

かたわらに座していた菅治郎が小声で言った。宗達は、「わかっとるわい」と小さく返した。

筆を持ち直して、思い切り前屈する。黄金の海面がぐっと近づく。手首が安定しない。震えている。ぶるぶると……。

「大丈夫か？」と菅治郎の心配そうな声。

「だ、大丈夫やない……」と正直に答える宗達。

「案ずるでない、思い切っていけ」

　大下絵の骨描きを始めたときと同様に、菅治郎が助言した。

「失敗してもかまわぬ。……あ、いや、それはだめだ。絶対に失敗はできぬ。失敗は許されぬ……」

　宗達は、呼吸を止めて、金色の海に飛び込んだ。

　胡粉の白を含ませた細い筆先が、思い切りよく画面に吸い付いた。

　あっ、と菅治郎が息をのむのが聞こえた。が、宗達は、一瞬にして金色の海に深々と潜り込んでしまった。

　ぐっと息を詰める。深く、深く。そこから一気に海面へ、細かく手を動かして、水を掻いて、掻いて――描いて、描いて。

　ザブリ、と海面に頭を出した。はあっ、と大きく息をつく。そこへまた、ザブン、と大波をかぶる。――なんの、これしき、ここからさきは波に乗ってやるで。ザザ、ザザザ、ザザザザザ。次々に波が押し寄せる。息を詰める。――堪えるんや、ここを一気に泳いだれ。

　最初はおぼれてもがくかのように見えた宗達の筆は、瞬く間に色とりどりの鱗（うろこ）を持つ魚となった。

西日に染まったきらめく海面を、すいすいと、すばやく、ときにゆるやかに、どこまでも泳いでいく。深く、浅く。北へ、南へ、東へ、西へと。

黄金の雲を突き破りて天高くそびえ立つは南蛮寺。洛中も洛中、蛸薬師室町に威風堂々、この世の果ての国々より集まりきたる不思議なる人々、珍奇なる生き物たち。さあご覧じろ、ご覧じろ。

金の毛皮に包まれし樽のごときこぶを背負いたるは、千里の道を水一滴も口にせずして歩き尽くすという駱駝。注連縄のごとき長鼻を振り振り、赤毛の南蛮人を乗せてのっしのっしと進むは象。念仏踊りのお囃子もそっくりそのまま声色真似るは七色の羽根を持つ鸚鵡。

瑠璃色に輝く羽根飾りの烏帽子を頭に載せて、黒絹のふくらみたる袖の妙なる着物を身に着けし碧眼の男。袈裟の代わりに腰に縄を結わえしキリシタンの僧。朱色の傘を差し出すは黒き肌の従者。

遠き西域より帆船に乗りて、大海の荒波をくぐり、日照りにも嵐にも神に祈りを捧げつつ、日の本へとやって来た勇ましき者たち。

さあ集え。歌え。踊れ。この世の果てから遣わされし者たちとともに。

京の四季を、都の暮らしを、ともに分かち合い、喜び、讃えよ。

諸人よ、集え。いまこそ、この地、この場所に。

実際に、宗達が居るのは、幅わずか二尺の渡し板の上。

そこに、いかに荒波を被っても決して動じぬ岩のようになって、座したまま、一寸たりとも動いてはいない。

それでも、宗達の手は、握った筆は、そして心は自由闊達に動いた。

飛んだ。跳ねた。泳いだ。

黄金の画面は、瞬く間に生き生きと彩色されていった。

そばにいた菅治郎は、宗達の筆がまさしく水を得た魚のようにすいすいと画面を泳ぎ、顔料の入った色皿と扇の上とを飛魚のように行き交うのを、あぜんとして眺めていた。

あっというまに南蛮寺とその周辺に集う人々、不思議な生き物たちの様子が、金雲のあいだに浮かび上がった。

川に放たれた若鮎のごとく、宗達の筆はもはや勢いを止められない。続いて、祇園祭の白楽天山を描き出した。

菅治郎は、はっとして立ち上がり、宗達とは背中合わせの位置で彩色を続けている永徳のもとへ行くと、

「お師匠さま。宗達が……」

と、小声で告げた。

「どうした」

手を止めずに永徳が訊くと、

「いえ、あの……大変なことに……」

菅治郎は、はっきりとは答えなかった。しかし、その声は興奮で震えていた。

永徳は筆を置くと、渡し板から下り、振り返った。

宗達が板の上にはいつくばって筆を動かしている。すでに第三扇の第二紙、第三紙は、目にもあでやかな色で埋め尽くされつつあった。

永徳は宗達のすぐ近くに佇んだ。そして、色とりどりの美しい魚、珊瑚礁、珍しい船々で彩られている豊かな黄金の海のごとき画面を見渡した。

永徳の顔にみるみる驚きが広がった。稀代の絵師は、言葉をなくして立ち尽くした。

永徳と宗達、ふたりを交互にみつめて、菅治郎の顔は喜びに輝いた。

宗達は、ふたりに見守られていることにも気づかずに、ただ一心に筆を動かし続けていた。

「洛中洛外図」が描き始められて、三月ののち。

「宗達。……父君とご母堂が到着されたぞ」

狩野家の画室に隣接した道具部屋。そこで身じたく中の宗達のもとへ、菅治郎が告げに来た。

「え、お父とお母が……？」

足袋を履きかけていた手を止めて、宗達が訊き返した。菅治郎はうなずいて、

「これを……おぬしにということで、ご母堂からお預かりして参った」

菅治郎は、両手に捧げ持った畳紙を差し出した。開けてみると、藍染の麻の裃が入っていた。

「うわっ、なんやこれは……？」

宗達が驚きの声を上げた。

「裃だ。そんなことも知らぬのか」

菅治郎があきれた声を出した。宗達は「知っとるわい」と言い返した。

「『洛中洛外図』の中でお武家さまが着とったし、肩衣のひだまで描いたわ」

驚いたのは、武人の正装である裃を母が自分のために用意し、こうして届けてくれたことだ。

「お師匠さまが裃を着けられるのはわかるけど、わいが着けるのはちょっと……ヘンなのと違うか」

宗達は戸惑ったが、菅治郎は「よいではないか」と言った。

「ほかならぬ上さまに謁見するのだ。お師匠さま同様、おぬしも正しき装いで参上するのが礼儀というものだろう」

「せやけど……初めて上さまにお目通りしたときには、こんなもん、着けへんかったぞ」

「なに、それはまことか？　それでは、何を着て参上したのだ？」

「いや、何って別に……普段通りの絣と袴やけど……裸足で……」

「ええ、裸足？　おぬし、安土城の廊下を裸足で歩いたのか？　なんという無礼な……素っ裸で歩いたも同然ではないか」

「なっ……素っ裸やないで、ちゃんとふんどしも着けとったわい！」

裃をあいだに挟んで言い合いをしていると、

「お早くなされませ！　お師匠さまがお待ちでございます」

ふたりよりも年若い弟子にそう言われてしまった。菅治郎に手伝ってもらって、宗達は急いで裃を身に着けた。

庭に面した南向きの客間へと、宗達は菅治郎とともに急いだ。

父とともに初めて狩野家を訪れたとき、永徳と対面した部屋である。

花鳥画が描かれたふすまを開けて入ると、上座に裃を身に着けた狩野永徳が座し、下座に宗達の父、秀蔵が座っていた。

畳の上にぴたりと正座して、宗達は、まず永徳に向かって言った。

「『洛中洛外図』屛風完成、まことにおめでとうございます。これより、安土城へ、上さまのお目通りに、謹んでお供つかまつります」

それから、秀蔵のほうを向き、続けて言った。

「しばしご無沙汰をいたしました。お師匠さま畢竟の一作、作画のお手伝いを、無事終えました」

両手をつき、頭を下げた。

秀蔵はうるんだ目で息子をみつめ、小さくうなずいた。

「三月のあいだ、ご子息をお預かりいたしましたが、まことによき働きをしてくれました」

永徳も、秀蔵に向かって朗らかに言った。

「上さまよりご依頼いただいた屛風絵を献上奉るさいには、是非にも宗達を伴って祗候せよとのご下命あり。本日、そのときを迎えました」

丸三月を費やして、「洛中洛外図」が完成した。

主筆は狩野永徳、宗達はその助手を務めた。

実際、全図の構成、主要な骨描き、配色を決めたのは永徳である。宗達は、永徳の指示と手法を誠実に踏襲しながら、南蛮寺やいくつかの場面は自らの采配で描いてもよし、と任され、筆をふるった。

扇面を中心に小さな画面を自在に描いてきた宗達にとって、大画面に挑みつつ、手本を見ながら忠実にそれを写し、繊細に彩色していくのは、まったく初めての体験であった。

この三月の作画を通して、宗達は多くのことを学び取った。

それまでは、誰も見たことのない珍しきものを追いかけ、それを写し取ることばかりに気持ちが向かっていた。

しかし、狩野永徳の懐に入り、大絵師のまなざしを通してみつめた世界の広さ、すばらしさを知った宗達は、同時に、絵を描くことの不可思議さ、果てしないおもしろさにのめり込んだのだった。

狩野永徳とその一行が安土城に向けて出発した。

狩野家の門前で、宗達の父と母が、いまひとたびの息子の晴れの旅立ちを見送った。

永徳は、安土城より差し向けられた駕籠に乗った。宗達は徒歩で、そのすぐ後についていった。そのまた後から弟子たちが数人ついてゆく。いちばん後ろには菅治郎がいた。

完成した〈洛中洛外図屛風〉は、薄紙で包まれ、その上からさらに晒し木綿で巻いて、ふたつの漆の葛籠に一隻ずつ、ていねいに入れられた。葛籠は、これも安土城より差し向けられた牛車の荷台に載せられ、四人の武士が四方を囲んで守衛した。都の周辺には物盗りが多い。いざというときのために、一行には武士が十人以上同行した。すべて信長の采配である。

都を出立して四刻半ののち、一行は安土城に到着した。

ひと息つくまもなく、永徳と宗達は、信長との謁見に赴いた。

このたびの謁見は、宗達が初めて信長にまみえた部屋とは違い、西向きの「唐獅子の間」で行われることになっていた。

安土城のほぼすべての障壁画を一手に受けて制作した永徳は、どの間にどのような絵があり、いつ光が射し込むかを熟知していた。「唐獅子の間」は、その名の通り、大ぶりの獅子が描かれたふすまに囲まれた部屋である。夕刻の謁見となるので、なるべく明るい光の入る西向きの部屋を選んだのも、信長の采配であろうか。

ずらりと家臣たちが両脇に居並ぶ中央に、永徳と宗達は歩み入った。

初めてのときとは違って、宗達は堂々と胸を張っていた。最初の謁見はひとりきりで心細かったが、いまは狩野永徳とともにいる。ぴんと肩の張った裃の背中をみつめて、このさきもこのお方についていきたい……というかすかな思いが、宗達の胸をよぎった。

畳の上を、足袋を履いた足で進んでゆく。それもまた、前回とは違っていた。が、家臣たちのまなざしがいっせいに注がれるのは同様だ。

広間の中ほどあたりで、永徳が歩みを止め、正座した。一歩下がったあたりで、宗達も正座した。ふたりは、あるじの到着を待つ空の椅子に向かって平伏した。

ドン、ドン、ドン。太鼓が打ち鳴らされ、天上人、織田信長の「お成り」を告げる。

謁見の間の中央で平伏していた永徳と宗達は、さらに頭を下げ、畳に額をすりつけた。

宗達の胸は早鐘のように高鳴った。もちろん緊張していたが、それよりも喜びが勝っていた。もう一度上さまにお目通りがかなう、そのうれしさに舞い上がりそうだった。

宗達は、初めてまみえたときから、織田信長というとてつもない大人物がたまらなく好きになった。

若い頃は「尾張の大うつけ」と呼ばれていたとのうわさを聞いたことがある。いつの日か天下統一をするのだと夢を語れば、「うつけ者が何を言う」と笑われていたとも。

ところが、その大うつけと呼ばれた男が、ついに天下を統べんとしているのだ。破天荒で、大胆で、走り出したら止まらない、誰にも止めることができない。そんな信長に、宗達は、畏怖を超えて強い憧れを抱いていた。

そしていまは、その信長の愛顧を一身に受けた絵師、狩野永徳にも強く惹きつけられていた。

そもそも宗達は、狩野派の絵がどのようなものなのか、よくわかっていなかった。狩野永徳がどんなに巧みに絵を描こうとも、扇絵職人と何が違うものかと、生意気にも思っていた。すべては、狩野永徳という真実すぐれた絵師を知らなかったからである。

けれど、いまは違う。宗達は狩野永徳がいかなる絵師かを知った。狩野永徳の絵を、目で、筆で、体で、心で知った。知り尽くしたのだ。

織田信長がふたたび依頼し、それに応えて狩野永徳が筆を取って描き上げた〈洛中洛外図屏風〉。

その作画にかかわれたことが、宗達は誇らしかった。

狩野永徳、そして俵屋宗達。天下一の絵師と、駆け出しの少年絵師。ふたりが力を合わせ、完成させた六曲一双を、これより、織田信長の御前で披露する。夢のような現実に、宗達の心は躍った。

　ずたっ、ずたっ、勢いのある足音が近づいてくる。これは上さまの御足音だ、と宗達の胸の鼓動がいっそう速くなる。信長に付き従って、しずしずとした複数の足音がついてくる。

　上座の椅子に、ずしっと体を収め、信長が着席したようだ。同時に、複数の従者もかたわらの椅子にしずしずと腰掛ける気配が伝わってくる。

「――面（おもて）を上げよ」

　凄みのある高い声が響いた。忘れもしない信長の声である。

　すぐにも上さまのご尊顔を拝したい気持ちを抑え、宗達は、永徳がまず応じるのを待った。

「はっ」と短く答え、永徳が顔を上げた。一拍置いて、宗達もそろりと顔を上げ、正面を見た。

　上座に敷かれた波斯絨毯（ペルシャじゅうたん）の上、象牙（ぞうげ）の彫り物が施された肘掛（ひじかけ）付きの立派な玉座（ぎょくざ）に、織田信長が座していた。

　ひだが細かく寄った輪っかを首周りに着け、袖のふくらんだ黒絹の上衣を着ている。その上に房飾りが付いた真っ赤な毛織の陣羽織（マント）をはおっている。南蛮風のいでたちは、すっかり板についた感じである。

が、以前と違っていたのは、信長とともに現れた四人の従者たちである。彼らは全員、南蛮人だったのだ。

いや、従者ではない。彼らは――神父（パードレ）だ。

信長とは対照的に、黒一色の地味な服を着込んだ彼らの胸元には、十字架（クルス）が鈍い光を放っている。

信長にいちばん近い椅子に座したパードレは、年の頃は四十を少し超えたくらいであろう。豊かなひげに包まれた顔を宗達のほうに向け、慈父のごとき深いまなざしでみつめていた。

その隣に三名のパードレが並んでいた。いちばん末席のパードレと目が合って、宗達は、思わずあっと声を上げそうになった。

――オルガンティーノさまやないか！

南蛮寺に日参し、その周辺に集う人やものを帳面に描き写していた少年の宗達に、中に入ってみないかと声をかけたパードレである。

キリシタン信者のための礼拝の場所へ、好奇心の旺盛な少年を招き入れ、西欧の珍しきものを見せ、おもしろきことの数々を教えてくれた人である。

海の向こうにはさまざまな国があり、さまざまな人々が生きていること。ほんものとみまごうような生き写しの絵を描く絵描きがいることを教えてくれたのも彼だった。

宗達が南蛮寺に日参していた頃には、毎日のように顔を合わせていたオルガンティーノであったが、ここ三月あまりは会っていなかった。

信長の御前で象の絵を披露し、「宗達」という名前を下賜されて帰ってきたあと、オルガンティーノに知らせようと南蛮寺に出向いたが、長らく出かけていたようで、会うことができなかったのだ。

まさか、信長との謁見の場で再会するとは、夢にも思っていなかった。宗達は驚いたが、同時に、喜びが込み上げた。

自分が手伝った〈洛中洛外図屛風〉を――しかも南蛮寺周辺の作画は、偽りなく自分自身が手がけたのだ――オルガンティーノさまに見てほしい、そんな気持ちがどこかにあった。しかしこの絵は上さまへの献上品である。献上するまでは上さま以外の何人（なんぴと）たりとも見ることはできない。それがこの絵の命運だとあきらめていた。

宗達をみつめるオルガンティーノの青い瞳に微笑が浮かんだ。宗達は喜びを隠しきれずに顔をほころばせた。

それにしても、パードレ四人を従えて南蛮ふうのいでたちで現れた信長は、異様な雰囲気であった。

信長の胸にクルスはない。すなわち、彼はキリシタンではない。

むしろ、パードレたちに崇め奉られている「神」そのものの光を放っているように、宗達の目には映った。

信長は、永徳を見据えると、

「こたびの作画はいかがであったか」

前置きなしに問うた。

はっ、と永徳は短く呼応してから、

「まことにありがたきご依頼、謹んでお受け奉り、三月のあいだ、昼も夜も、ただひたすら心血を注ぎて、完成いたしました」

と答えた。そして、

「上さまのありがたきご進言をいただき、本作に筆を添えたる俵屋宗達は、まことによき働きをしてくれました。上さまのご慧眼がいかにすぐれたるかを、宗達の働きぶりを通して、改めまして思い知ったしだいでござります」

と申し述べた。

名もなき少年絵師を推挙した信長の慧眼を褒め讃えつつも、宗達への最上級の褒め言葉であった。永徳が自分の仕事を高く評価し、ほかならぬ信長にそれを伝えてくれたことが、宗達は誇らしかった。だらしなく頬がゆるみそうになったが、ぐっと堪えて、思い切り顔を引き締めた。

信長は、じいっと宗達をみつめていたが、

「おい宗達。なんだ、そのへんちくりんな顔は。屁を堪えておるのか」

と、言った。

とたんに家臣たちから笑い声が漏れた。パードレたちもなごやかに笑っている。永徳の背中は、笑いを堪えて震えている。宗達は、思わず吹き出してしまった。

張り詰めた場の空気が一気にほぐれた。宗達は笑いをおさめると、

「はい。ずっと緊張しておりましたが、ようやくここまできたと、つい力が抜けそうになってしまいまして……されど、いまは全身の穴をぎゅっと引き締めております」

はきはきと言った。

それでまた、一同が笑った。信長も笑った。永徳も、後ろを振り向いて笑みをこぼした。

「余も、今日のこの日を楽しみに待ち構えておった」

信長は楽しげに言った。

「まずは、とくと見せてもらうぞ」

はっ、と永徳がまた平伏した。宗達もあわてて頭を下げた。

「屏風絵を、これへ」と家臣のひとりが、信長のそば近くに控えている従者に告げた。従者はすぐさま立ち上がり、廊下を急いで行った。

いよいよ、〈洛中洛外図屏風〉を御前にて披露するときがきた。宗達の胸は、信長にまみえる直前よりも激しく鼓動を打った。

この一作は、絶対に狩野永徳の傑作であるとの確信があった。

永徳が完成作を最後に検分したとき、何も言いはしなかったが、その顔にきらめくような自信の色と満足感が浮かんでいるのを宗達は確かに見た。

〈洛中洛外図屏風〉は、「狩野永徳筆」であり、自分はそれを手伝ったにすぎない、と宗達は心得ていた。

この絵が傑作として織田信長の礼讃（らいさん）を得ても、それはすべて狩野永徳ただひとりのものである。それでも、宗達は、この絵にかかわれたことを心底うれしく、ありがたく感じていた。

ただ、ほんの少しさびしい気がした。

この絵がここ安土城に納められれば、このさき、もう二度と「会う」ことはない。

宗達には、まるで「洛中洛外図」が、苦しみも喜びも一緒に味わった「同胞（どうほう）」のように感じられたのだ。

それでも、「同胞」の晴れの出立をしっかり見届けようと、宗達は前を向いた。

やがて、閉じられた状態の屏風が二隻、四人の狩野家の弟子たちに掲げられて、しずしずと謁見の間に運ばれてきた。

その中のひとりに菅治郎がいた。裃を着けて、緊張の面持ちである。彼にとっては、これが初めての信長の御前であった。

四人は、二隻の屏風を、信長の手前五尺あたりに、合掌椽を閉じたままで据え置いた。それを待ってから、

「屏風を拡げよ」

信長が、厳かな声で言った。

弟子たち四人は、合掌椽に指をかけて、そろり、と合わせられていた扇を開いた。

心の臓が激しく高鳴る。体じゅうにその音が響き渡って、しびれるようだ。

宗達は、二隻の屏風が拡げられるその向こうで、信長の顔がみるみる輝きに満ちあふれるのをみつめていた。

ほう……とため息を漏らしたのは、信長ではない。その横に控えているパードレたちだ。四人の西欧人の鳶色の瞳、青い瞳が、それぞれ、夕陽にさんざめく海を眺めるようにきらめいた。

信長にいちばん近い椅子に座っているパードレは、何を意味する仕草なのか、しきりに頭を横に振っている。その目には涙すら浮かんでいるように見えた。

信長は、ため息を漏らすことすら忘れたかのように、口を半開きにして、ただただ屏風絵をみつめていた。

――上さまが……上さまのご尊顔が……喜びの色に染められている……！

驚きのあまり言葉をなくしている信長の様子を窺って、宗達は躍り上がりそうな気持ちになった。

一方、謁見の間に居並ぶ家臣たちは、いったい何が描いてあるのかと、見たくて気もそぞろだ。が、信長が何も言わないうちは、口を開くことは許されないし、ましてや、屏風をのぞき見ることもできない。ひたすらそわそわするばかりである。

それにしても、家臣よりもさきに、パードレたちに――しかも自分とほぼ同位置の上座で――屏風絵を見せるとは、いったい上さまはどういう魂胆なのだろうか。

「……これは……」

ようやく信長が口を開いた。ため息とともに、彼は言った。

「……見事じゃ」

ただひと言であったが、これ以上の賛辞はなかった。息を詰めて信長のひと言を待っていた永徳は、ほっと静かに息を放って、両手を畳につき、

「恐悦至極に存じます」

深々と頭を下げた。宗達も、同様に平伏した。

信長は立ち上がると、ずかずかと屏風の近くへ歩み寄った。その足は先が反り返ったなめし革の沓を履いていた。

信長は、両手を腰に据え、ぐっと近寄ったり、少し離れて全体を眺めたり、しばらくのあいだ、忙しく屏風の前で動き回った。目がらんらんと光り、鼻息が荒い。落ち着きなくうろうろしながら、おお、とか、うむ、とか、ああ、とか、言葉にならない声を発している。

やがて、二隻の屏風のあいだにぴたりと立つと、その向こう側で正座している永徳に向かって言った。

「永徳。これは……さきにきさまが届けたあのものより、よいではないか。これのほうが、ずっとよいぞ。うむ、そうじゃ。確かに、そうじゃ」

永徳は、思わず顔をほころばせ、

「過分なるお言葉、まことにありがたく存じます」

と返した。信長は、右隻第二扇を指差して、

「ここにあるは、安土城か？」

と、興奮気味に問うた。

「左様にございます」即座に永徳が答えた。

「鳰の海（琵琶湖）のほとりの威風堂々とした安土城の佇まいは、まさしく城主であらせられます上さまそのもの。いと高きところより天下を眺め渡し、美しき都、洛中洛外のいっさいを、御懐に召されまするを、この屏風の右上に据え奉りましてございます」

永徳の説明に、信長はしきりにうなずいた。

本来、洛中から安土城は見ることができない。しかし、この「洛中洛外図」においては、右隻第二扇の上部中央に城を据え置いた。

屏風に向き合えば、まずはこの城に目がいく。実にさまざまな事物が描き込まれている屏風絵であったが、安土城はどの建物よりも大きく堂々と描かれているので、ごく自然に視線がそこに誘われるのだ。

もちろん、そうしたのには、依頼主たる信長がひと目で気に入るようにとの永徳の計らいである。

信長は、もう一度全体を見渡してから、右隻の第三扇に近づいた。顔をぐっと近寄らせ、なめるようにして画面に見入ると、

「おい、パードレ、ここを見よ。ここに南蛮寺があるぞ」

振り向かずに言った。

豊かなひげをたくわえたパードレが立ち上がり、

「織田信長さま。もったいなくも、おそば近くで拝見してもよろしゅうございますか」

よどみないやまと言葉で問うた。

宗達の知己（ちき）であるオルガンティーノも、やまと言葉がうまい。この国にやって来るパードレは皆、やまと言葉を巧みに話せるようである。

「近（ちこ）う寄れ」

信長がパードレを招き寄せた。

パードレは、しずしずと屏風の前へと歩み寄り、信長の一歩後ろから右隻の南蛮寺付近が描かれてある扇に顔を寄せた。そのまま、口を結んで視線を泳がせている。

宗達は再び体を強ばらせた。額に汗が噴き出し、したたって膝の上に落ちた。

近づけていた顔を画面から離すと、パードレは永徳に向かって言った。

「私たちの寺をこれほどまでに知り尽くしているとは……まことに驚きです」

パードレに賞賛されて、永徳は「ありがとうございます」と礼を述べた。

「南蛮寺は、いまや誰もが知ったる洛中の名所でござります。描かぬわけには参りませぬ」

そう述べてから、永徳は、背後で縮こまっている宗達のほうをごく控えめに振り返り、

「パードレさまたちの御殿たる南蛮寺を描き上げましたるは、この若者……俵屋宗達でござります」

はっきりと言った。

とたんに、家臣たちのあいだからどよめきが起こった。パードレたちの顔にも驚きが浮かんだ。信長は、かたちよくとがらせた口ひげをかすかにぴくりと動かした。

いちばん驚いたのは宗達である。

確かにこの屛風絵の中で南蛮寺周辺の作画は宗達に任された。しかし、あくまでも本作の作者は狩野永徳ただひとりである。言ってみれば、宗達は永徳の「道具」であったにすぎない。筆のひとつのようなものだ。

ゆえに、たとえ信長とパードレが南蛮寺周辺を永徳が描いたと思い込んだとしても、それは正しいことであり、また当然のことだと、宗達は承知していた。

永徳自らが、南蛮寺を実際に描いたのが誰かを口にするなどということは、まったく尋常ならざることであった。

信長は、もう一度、検分するように南蛮寺の周辺に視線をはわせると、

「そうか。……そうではないかと思うたわ」

と、満足げに言った。

「この長き鼻の獣は、象であろう。これを描けるはこやつのほかにはおらぬと、余は思うたのじゃ。のう、宗達、そうであろう？」

宗達は、あわてて低頭した。が、なんと返したらよいのかわからない。

その通りでござります、と言えば、永徳が描けないから自分が描いたのだ、といかにも自慢しているように聞こえるだろう。しかし、信長が持ち上げてくれているのをむげにもできぬ。宗達はなんとも答えられずに、何度もつばを飲み込んだ。

すると、永徳がおだやかな声で言った。

「お言葉の通りにござります。珍しきものを描かせれば、まことにこの若者の筆は比類なきものと言えましょう」

思いがけない永徳の言葉であった。

宗達の胸の中に、熱いものが高潮のごとく込み上げてきた。

——お師匠さま……！

声にならぬ声で、宗達は永徳のまっすぐに伸びた背中に呼びかけた。

——なんという、大きなお方や。

ついていきたい。

わいは、このお方についていきたい。

このお方に、作画のいっさいを、絵のすべてを教えていただきたい。

宗達は、生まれて初めて、先達に絵を教授してもらいたいと心の底から願った。

幼い頃から誰よりも絵が巧く、誰よりもおもしろく描くことができた。神仏に絵を描く力を与えられた童子だと周りに褒めそやされ、一目置かれるのを当然のように感じていた。

けれど、この堂々と晴れ渡った青峰のような人物、狩野永徳の前では、自分は芥子粒ほどの小さな存在であるとようやく悟った。

許されることならば、狩野一門に正式に弟子入りしたい。そして、目の前に晴れ晴れとそびえ立つ永徳という山を目指して歩んでいきたい。

都へ帰ったら、まず、実家に戻ろう。

そして、父に告げよう。自分は狩野家に弟子入りしたいのだと――。

信長は、六曲一双の屏風絵をいま一度ゆっくりと眺め渡して、

「あっぱれじゃ」

改めて言った。そのひと言は、屏風絵の出来映えを賛美すると同時に、永徳の懐の深さを讃えているに違いなかった。

信長は椅子に座り直すと、永徳に向かって言った。

「褒美をとらそう。ほしいものはあるか。なんなりと申せ」

永徳は平伏した。そして、しばらくのあいだ、そのままじっと黙り込んでいた。

「どうした。何を黙っておる。ほしいものがないのか」

信長が少しいらついた声色で尋ねた。すると、永徳は顔を上げ、「ほしいものが、ただひとつございます」と覚悟を決めたように言った。

「宗達を、当家の養子にいただきとう存じます」

思いがけない永徳の願い出であった。

家臣たちも、パードレたちも、いっせいにどよめいた。

屏風の脇に侍していた菅治郎は、はっとしたように顔を上げた。

さすがに驚きを隠せなかったのだろう、信長も目を見開いて永徳を見据えた。

そして、やはりいちばん驚いたのは宗達であった。

——え……よ、養子？

いま、確かにお師匠さまは、養子……と言わはった……？

「かようなことを上さまに申し出奉りまするは、まことに畏れ多きことと存じまする。されど……」

ざわめきが収まらぬ中、永徳は、信長をまっすぐに見上げて言った。

「わたくしは、もったいなくも、いまひとたび、上さまのご下命にて『洛中洛外図』の作画を始めるに当たり、正直に申し上げますれば、さきに献上奉りました一作同様、わたくしがひとりで務め奉る所存でござりました。これを描けるはこの狩野永徳のほかにはない、何人たりとも本作に筆を加えるは許されぬことと、心中密かに思っておりました」

ところが、信長は、もうひとりの「絵師」に作画を手伝わせよと命じた。

俵屋宗達。――聞いたことのない名前だった。

それもそのはず、信長の御前で絵を披露した名もなき少年絵師である。しかし、絵の才にはただならぬものがある。信長は、その将来を見込んで、少年に「宗達」という名を与えた。そして「洛中洛外図」に筆を加える機会を与えたのだ。狩野永徳という稀代の大絵師にまみえるきっかけも。

「戸惑いがなかったと申し上げますれば、偽りとなりましょう。かような童っぱに何ができる、との思いがござりました。されど、すべてが杞憂に終わりました。宗達の働きぶりは、わたくしの思っていた以上……いえ、思いもよらぬほどの見事なものでござりました」

昨日よりは今日、今日よりは明日、宗達の筆の進歩はめざましかった。

永徳は画室に足を向けるのが楽しみでならなかった。さあ、今日もいい仕事をしよう、宗達とともに。そんな気持ちが胸を明るく照らしていた。

狩野永徳にはふたりの子息があった。

長男、右京（光信）、次男、右近（孝信）。ふたりとも作画の道を極めんと、父とともにすでに数多くの障壁画を手がけていた。

当然、家督は光信が継ぐ。そのあとは、光信の子が継ぐであろう。多くの弟子を門下に抱え、その中には、骨描き、彩色、それぞれに秀でた能力を持つ者も少なくない。

かつては将軍家に取り立てられ、いまは織田信長の寵愛を受け、狩野一門は名実ともに天下一の絵師集団となった。お家は安泰、憂えることは何もない。

しかし――。

「わたくしは、俵屋宗達という、まことにまれなる才を持ちたる絵師の将来を、我が目で見届けとうございまする。そして、願わくは、いっそう上さまのご要望にお応え奉るがために、当門とともに作画に精を出してほしいと願っておりまする」

永徳は、熱のこもった声で信長に訴えた。

「そのためには、弟子に取るのではこと足りませぬ。この上は、養子に……光信、孝信に続き、当家を率いる立場に、宗達を迎え入れたく存じまする」

そこでまた、座がどよめいた。信長は、黙って永徳の言葉に耳を傾けている。菅治郎は、頬を紅潮させて口を一文字に結び、下を向いている。

宗達は、永徳が何を言っているのか、もうよくわからなくなっていた。とても自分のことを話しているとは思えなかった。あの織田信長に、あの狩野永徳が、このちっぽけな自分のことを……とても信じられなかった。

「本来ならば、まずは宗達の父に願い入れるのが筋でござりましょう。されど、俵屋どのにとっても、宗達は大切な後継ぎ。そうやすやすと許してはもらえぬやもしれませぬ。しからば、まずは、上さまのご許諾を。……宗達を狩野に養子に取らせよと、俵屋どのに……もったいなくも上さまの尊きお口添えをたまわりますれば、これに勝る褒美はござりませぬ。どうか……」

永徳は、改めて畳に両手をつき、言葉を続けた。

「どうか宗達を、狩野家に。お力添えくださりませ」

永徳は、畳に沈み込むようにして平伏し、信長に向かって頭を下げた。

その後ろに控えている宗達も、永徳につられるようにして平伏した。

家臣たちは口々にひそひそとささやき合っていた。パードレたちは、どこか戸惑ったような表情を浮かべている。

六曲一双の屛風の脇に侍している弟子たちは、皆、顔から血の気が失せていた。どうしたらいいのかわからないのだろう、ただ、石のように固まっていた。

唯一、菅治郎だけが違っていた。彼は、永徳が平伏すると、自分も両手を畳について、深々と頭を下げたのだった。

信長は椅子に座したまま、何も言わずに永徳とその後ろの宗達の平らになった背中をみつめていた。

宗達の胸中では、さまざまな思いがつばめのように飛び交っていた。

三月のあいだと限りを設けて狩野家に留まった。けれど、もしや自分は、あの家で永徳にまみえたそのときから、こうなる命運をわかっていたのかもしれぬ。

なんとか狩野家に弟子入りさせようと奔走してくれた父。晴れの日に裃を準備してくれた母。

父と母に、好きなように絵を描かせてもらったからこそ、いまの自分がある。

自分がもし、ほんとうに俵屋を永遠に出ていくとなれば……父は、母は、どう思うだろうか。

いや……きっと喜んでくれるはずだ。立派な絵師になるんやぞと背中を押してくれるだろう。

かくなるうえは、自分も心を定めよう。

織田信長の後押しを得て、俵屋宗達ではなく、狩野宗達になるのだ……！

「――ならぬ」

低く厳かな信長の声が響いた。

宗達は頭を下げたままでその声を聞いた。はっとして、顔を上げてしまった。ややあって、目の前の永徳はぴくりとも動いていない。あわてて、また頭を下げた。ややあって、永徳の声がした。

「……ほかには何も褒美はいただきませぬ。ただ上さまのお口添えを……」

「ならぬ。断じてならぬ。ならぬと言ったら、ならぬのじゃ」

永徳の言葉をさえぎって、信長が言った。その声はかすかにいら立っていた。

水を打ったように場が静まり返った。永徳が体を起こす気配があった。宗達も、そろりと上体を起こし、前を向いた。

目の前にけわしい表情の信長がいた。鷹の目のようなそのまなざしが宗達を射抜いた。その瞬間、背筋がぞくりとした。

一度こうだと言い出したら絶対に後には引かぬ。それが織田信長なのだということは、洛中の童すらも知っていることだった。

永徳は、ほんの一瞬、何事かを口にしようとしたが、ぐっと堪えて、ひと言、言った。

「……御意」

宗達は、胸いっぱいにふくれ上がっていた期待が、潮が引くようにすうっと去った。

ていくのを感じた。

狩野宗達。……あっけなく夢と消えてしまった。なんという短い夢だったのだろうか。

信長は、永徳が引き下がったのを受けて、

「案ずるな。褒美はじゅうぶんに取らす」

と、声色をやわらげて言った。

「もう退がってよい。屏風も下げよ」

命じられて、屏風は即座に閉じられ、部屋から運び出された。菅治郎は終始硬い表情を崩さぬまま、屏風とともに出ていった。

永徳は、いま一度平伏してから、静かに立ち上がった。宗達は、全身の力が抜けてしまっていたが、永徳に続いてどうにか立ち上がろうとした。すると、

「宗達。きさまはそのまま、そこにおれ」

信長が命じた。

宗達は戸惑ったが、すぐに改めて座り直した。永徳は、宗達を一瞥すると、屏風に続いてその場を辞した。

上座の信長、パードレたち、ずらりと居並んだ家臣たちに囲まれて、広間のただ真ん中に、ぽつんとただひとり、宗達は取り残された。

——わいはどうなってしまうんや。

不安が激しく渦巻いて、おぼれてしまいそうだ。まるでお沙汰を受ける罪人のような気分になって、宗達はうなだれた。

しばし沈黙が続いたあと、

「おい、宗達」

信長に呼びかけられて、宗達は、「は、はいっ」とあわてて返事をした。驚いて声がひっくり返ってしまった。信長は、くっくっとのどを鳴らして笑った。

「そう怖がるでない。きさまにも褒美をつかわそう。とっておきの褒美じゃ」

宗達は、はあ、と思わず気の抜けた声を出した。

自分が褒美を与えられるとは、露ほども思っていなかったのだ。

——いったい、何を……？

「きさまは、さきに象の絵を描いたとき、申しておったな。誰も行ったことのないところへ行き、誰も見たこともないものを見て、それを絵にしてみたいと。……違うか？」

信長の突然の問いに、宗達は、「は？　いえ、いや、あ、あの……」と、あたふたしたが、

「は、はい。お言葉の通りにござります」

と答えた。

はっきり覚えていた。南蛮寺のふすま絵にあった象の絵を思い出しながら、御前で二頭の白い象の絵を描いた。信長が見たことのない、もちろん自分も見たことのない生き物の絵。それを、まるで見たことがあるかのように描き上げた。

この世には自分が見たことのないおもしろきものがまだまだたくさんある。海の向こうからやって来た南蛮寺のパードレ、オルガンティーノが教えてくれた。南蛮人の衣服や家具、持ち物、建物、珍しい生き物、そしてほんものとみまごうような美しい西欧の絵。まるでそこにおわすかのごとくに見える聖母子像。

ああ、自分はいつの日か、この足で行ったことのない場所へ行き、見たこともないものを見、そのすべてを絵に写してみたい。強く強く、そう願った。

信長の前で象を描き上げたとき、そんな思いを正直に語った。畏れ多いとわかってはいたが、好奇心のかたまりのようなこの天下人に、どうしても正直に打ち明けたい気持ちになったのだ。

信長は宗達を見据えながら言った。

「その夢をかなえてやろう。……それが、こたびの絵の褒美じゃ」

信長の言葉に、宗達は目を瞬（しばた）かせた。

――夢をかなえる？　……とは、なんのことを仰せなんや……？

宗達がいっそう戸惑っているのを見て、信長はさもおかしそうに、また、くっくっとのどを鳴らして笑った。

「きさまは、うつけじゃのう。絵を描くこと以外には能のない、大うつけじゃ」

そう言って笑うので、居並ぶ家臣たちも、信長に追従するようにくすくすと笑い声を立てている。パードレたちはいずれも神妙な顔つきで、苦笑いを浮かべている。

宗達だけがまったく状況が読めない。うつけと呼ばれ、顔を上気させて縮こまるほかはなかった。

「宗達。きさま、パードレたちがなにゆえ余とともにここにおるのか、わからんのか」

笑いをおさめて、信長が問うた。

宗達は、恥ずかしさにうつむけていた顔を上げて、前を見た。

四人のパードレが、こちらにまなざしを向けている。南蛮寺で何くれとなくよくしてくれたオルガンティーノは、どこか楽しげな目をしている。信長のいちばん近くに座した豊かなひげのパードレは、凪いだ海のようにおだやかな青い瞳で宗達をみつめている。

四人のパードレは、海の彼方の異国からはるばるこの国へやって来た。この国の誰もが、一度たりとも行ったことも見たこともない遠いとおい異国から。

そしていま、信長とともに、仕上がったばかりの〈洛中洛外図屛風〉を検分した。

それは、つまり――。

「宗達。きさま、パードレたちとともに、『きりしたんの王』のもとへ行ってこい」

朗々とした声で、信長が言った。

「この屛風絵は、王への貢ぎ物じゃ。パードレとともに海を渡り、きさまが届けるのじゃ。よいな」

宗達は、こぼれ落ちんばかりに目を見開いた。一緒に、口もぽかんと開いてしまった。

――え……えええ――っ?!

叫びかけたが、驚きのあまりあごが抜けてしまい、声が出せない。腰も抜けて、立ち上がることもできない。

――な、なんやて？　う、海を渡る、って……？

そのとき、豊かなひげをたくわえたパードレが、なめらかな日本語で信長に語りかけた。

「畏れながら、織田信長さま。わたくしより、この若者に話をしてもよろしゅうござりますか」

信長は即座にうなずいた。パードレは、椅子に座したまま、驚きのあまりすっかり固まってしまっている宗達に向かって、やわらかに話しかけた。

「私の名前は、アレッサンドロ・ヴァリニャーノといいます。この国の人々が『西欧』と呼んでいる国々のひとつ、ローマからやって来ました」

宗達は、はっとして、パードレ、ヴァリニャーノの青い瞳をみつめ返した。

——ローマ。

南蛮寺に足しげく通っていた頃、西欧のさまざまな事物について教えてくれたオルガンティーノに聞かされたことがある都の名前だった。

ローマは、キリシタンたちの王たる「教皇」がおわす場所。自分たちパードレは「教皇」の許しを得て、日の本にやって来た。キリストの教えをこの世のありとあらゆるところに住む人々に伝え、彼らを神の国、パライソへ導くために——そんなふうに言っていたことを、宗達ははっきりと覚えていた。

「ローマには『ヴァチカン』というキリシタンの城があり、そこには教皇、グレゴリウス十三世がおわします。教皇は、私たちキリシタンの王たるお方です」

ヴァリニャーノは、おだやかな口調で話し続けた。

「そなたが生まれるよりもずっとまえ、私たち『イエズス会』のパードレ、フランシスコ・ザビエルさまが、初めてこの国にやって来ました。それよりこんにちまで、私たちは、この国の人々にキリストの教えを伝え続けてきたのです。

私は、二年まえよりこの国に留まり、さまざまな場所を訪いました。そして、もったいなくも、日の本の大殿であらせられます織田信長さまに謁見たまわり、この安土の地はもとより、有馬、豊後に、キリシタンの若者たちの学びの場、『セミナリオ』『コレジオ』を築くことをお許したまわりました。そして、いま、織田信長さまのご寛容なお取り計らいで、あのすばらしい屏風絵を、吾らが教皇にご下賜いただいたのです」

ヴァリニャーノの話は、にわかには信じがたいものであった。

――あの〈洛中洛外図屏風〉が……海を渡って「ローマ」のきりしたんの王のもとに？

どのくらい遠いのか思いもよらぬ。はるかな異国へ、あの絵が――狩野永徳が筆をふるい、宗達が色を添えたあの六曲一双が渡っていくとは。

永徳が若い頃に信長に依頼され、初めて手がけた〈洛中洛外図屏風〉は、その後、「越後の虎」と呼ばれて恐れられていた武将、上杉謙信に贈られた――と、宗達は永徳から聞かされた。技巧を凝らし、贅を尽くしたこの屏風は、一城にも匹敵するほどの価値ある宝物なのだ。

その宝物が、今度は武将にではなく、キリシタンの王に与えられるという。なんということだろう。……このことを永徳は知っているのだろうか。

いや、知るはずもない。先刻、退がれと命じられて、永徳は弟子たちとともに退出した。そして、自分だけがここに残されたのだ。

〈洛中洛外図屛風〉の命運を聞かされるために――。

宗達は、ただただ言葉をなくして、ヴァリニャーノの青い瞳をみつめ返すことしかできなかった。

ヴァリニャーノは、おだやかな声色を乱さずに、淡々と語り続けた。

「私は、この国に留まるうちに、この国の人々が大変よく学び、心やさしく、ていねいであることを知りました。されど、ローマにおわす教皇のもとには、事実(まこと)ではない話、聞くに耐えない話が伝わっています。教皇も、ローマの人々も、日の本へ行ったこともなければ、この国の人に会ったこともない。しからば、誰かが見聞してきたことを信じるほかはないのです。……私は、それを悔しく思います」

この国のキリシタンは、実に熱心にキリストの教えに耳を傾け、一生懸命学んでくれた。また、キリシタンでない人々も、自分たち南蛮人に親切であり、自分たちの話を熱心に聴いてくれた。

「私は、ローマのほかにも、ゴア、マカオ……さまざまな国々を訪い、さまざまな人々に会ってきました。されど、この国で出会った人々ほどすぐれた人々はいなかった。私は、日の本のまことを、教皇さまへ直々にお伝えしたいと願っているのです」

日本という国がいったいどのような国なのか。そして、そこで暮らす日本人たちがどれほどすぐれた民であるか。

そしてまた、この国を統べる天下人、織田信長という人物が、いかに偉大で、またどれほど深く民草から敬われているか。

ヴァリニャーノは、日本のまことの姿を、ローマ教皇に、そして西欧の中心たる都、ローマの人々に正しく伝えたいと願った。

なんとかして、この国のすばらしさをそっくりそのまま教皇にお伝えするすべはないだろうか。

ヴァリニャーノは、日夜神に祈りを捧げ、考え続けた。神よ、私たちに妙案をお授けください。どのような方法で、この国のまことの姿を教皇さまにお知らせできるのか——。

「さように思案しながら、私は、織田信長さまとの謁見のために安土城へ参上いたしました。そして、私の思うところを、包み隠さず信長さまにお話し申し上げました」

信長との謁見に臨んだヴァリニャーノは、胸に浮かんでいたある考えを思い切って打ち明けた。

――キリシタンの少年たちの学び舎、セミナリオの生徒を何人か、ローマへ連れていくことはできませぬでしょうか。

日本での巡察を終え、自分はまもなく西欧への帰途につく。そのさいに、この国の文物を運ぶだけではなく、この国の民草たる少年たちを連れていくことができまいか。

各地のセミナリオで神学やラテン語を熱心に学ぶ少年信徒と交流するうちに、ヴァリニャーノは、彼らの能力の高さ、礼儀正しさ、まっすぐな信仰心に深い感銘を受けた。

優秀な少年たちは、ラテン語を難なく話すことができる。彼らをローマへ連れ帰り、教皇に謁見させて、自国のすばらしさについて話をさせれば、教皇はもとより、ローマの人々も感激するに違いない。

ローマへたどり着くまでには長い時間を要する。途中、いくつかの国々に立ち寄って交易をしながら、季節風を待ち、少しずつ前進するほかはない。並々ならぬ体力と忍耐が必要だ。

が、信仰心と活力にあふれる少年たちならば、いかに険しい航海でも耐え抜いてくれるはずだ。

信長は、イエズス会の布教活動に寛容であり、自身はキリシタンにはならなかったが、西欧からもたらされたさまざまな学問——地学、天文学、数学などに大いに興味を持った。

また、パードレたちから献上される宝物や品々を大変喜んで、南蛮人の服、陣羽織(マント)、沓(くつ)を身に着け、畳に絨毯を敷き、卓と椅子を置いて、南蛮人の暮らしを体感し、楽しんでいた。

パードレの従者であった肌の黒い大男をすっかり気に入り、自分の従者にしたいと言って引き取った。「弥助(やすけ)」と名付けられたこの大男は、信長が出城するさいには影のように付き従って、周囲を驚かせた。

パードレが献上した世界地図を広げ、海の彼方の国々について、あれこれ質問攻めにした。西欧の都、ローマのこと、キリシタンの王たる教皇のこと、教皇がおわす城、ヴァチカンのこと。そこに暮らす人々、建物、文物、音楽、絵画——。

西欧の国々、特に「ローマ」に信長は強い関心を示した。好奇心のかたまりのようなこの天下人は、ローマの話を聞けば聞くほど、のめり込んでいくようだった。

ヴァリニャーノが「キリシタンの少年たちをローマへ連れていきたい」と申し出たときも、異様なほど目を光らせて、その計画についてもっと詳しく聞かせよと前のめりになった。

ヴァリニャーノは、心中、驚きを隠せなかった。何を馬鹿なことを申す、と一笑に付されても仕方があるまいと思いながらの提案だった。しかし、信長はむしろこの突拍子もない計画に大いにのってきたのである。

ヴァリニャーノは自らの計画の詳細を語った。

ローマへの航海は長崎から出航することになる。ゆえに、長崎に近い有馬のセミナリオの神学生を連れていくのがよいと思う。

有馬のセミナリオでは、キリシタン大名やキリシタン武家の子息たちが学んでいる。大友、大村、有馬の諸大名の名代として、四、五名ほどを選抜したい。

教皇には、表向きはキリシタン大名の名代ということで少年たちを引き合わせるが、真の目的は、少年たちの派遣を許諾したこの国を統べる唯一の存在、織田信長の威光を、教皇を頂点とする西欧の人々に正しく伝えることである。

ヴァリニャーノの計画に、信長は大いに興味を示し、熱心に耳を傾けた。そして、「少年使節団」をローマに送り出すという提案に、事実上この国を統べる者として同意した。

その上で、信長は、ヴァリニャーノにいくつかの条件を提示したのである。

――教皇の謁見を目的とする以上は、使節団をきりしたんの少年たちで構成するのはもっともであろう。

少年たちにはこの国の姿を正しく教皇に伝えることを第一の使命とし、また、西欧で得た知識や文物をこの国に持ち帰り、必ず余がもとに届けるように。

そして、いまだこの国にもたらされていない、特殊なる西欧の「技術」を習得させるために、非きりしたんの少年を使節に随行させるべし。

信長は、かつて鉄砲が伝来したように、なんらかの新しい「技術」を使節によってこの国に持ち帰らせたいと考えたようだ。

そのためには、キリシタンの神学生ではなく、特殊な技能を持った非キリシタンの少年を使節に加え、その者に「技術」を学ばせようと思いついた。

ただし、持ち帰るべき「技術」とはいったいどういうものか、見当がつかぬ。

すると、ヴァリニャーノの口から「タイポグラフィア（印刷）」という言葉が飛び出した。

「活版印刷」の技術をこの国に定着させるべきではないか、とヴァリニャーノは言った。もともと、宣教活動を行っていく上で、日本語の聖書や神学の教科書を大量に作りたいと考えていたのだ。そのためにも、西欧で広く用いられている活版印刷がこの国に本格的にもたらされるべきである。アルファベットに比べると、日本語ははるかに複雑であるため、活版印刷の技術が適応するかどうかは未知数だった。

それでもやってみる価値はあると、ヴァリニャーノは踏んでいた。
「印刷」の技術がこの国にもたらされれば、たとえば信長の命をあまねく全国に流布することもできる。遠国の武将たちに同一の伝令をいっせいに送り届けることもできよう。

ヴァリニャーノは、信長がいっそうの興味を傾けるようにと、彼にとっての利を盛り込みつつ、印刷の重要性を説いた。

ヴァリニャーノが説く活版印刷の必要性について、信長は注意深く考えを巡らせた。

それがどういうものなのか、にわかには想像できなかったが、この国にも「版」というものは存在した。

木版は、はるかな昔に唐の国から伝来していた。しかし、複雑な日本の文字を版木に彫って紙に刷るのは大変な作業である。そのため、仏教の経典や権力者の伝令などのために木版が用いられることはほとんどなかった。

ヴァリニャーノの話によると、活版印刷とは、鋼で「字」の型をひとつひとつ作り、そこに鉛を流し込んで活字を作り、それを組み合わせて「文」を成し、「版」とする。その版に墨を塗り、紙を載せ、重い樽のようなもので圧をかけて写し取る。西欧では、この技術が広まっており、活版印刷で刷られた絵や文が多くの人々の手元にもたらされる――ということである。

実際に、ヴァリニャーノは信長にヴァチカン発行の印刷物を見せた。ラテン語の文章と美しい絵が載せられたそれが、なんと千枚もまったく同じように刷られたと聞いて、信長は驚嘆した。

この国では、公文書ならば右筆（ゆうひつ）が書くものと決まっている。急ぎの伝令を出すこともあるから、右筆はあるじとともに戦にも出かけていた。

それを、活版印刷とやらを使えば、一度に千枚も同じ文書を作れるというのだ。

信長の心は決まった。

ローマへ送り出す少年使節に、非キリシタンの少年を随行させる。その者に活版印刷を習得させるのだ。

――となれば、ちょうどいい童っぱがおる。

思いがけず使節の話がとんとん拍子に進み、喜色満面のヴァリニャーノに向かって、信長は告げた。

――実におもしろき若絵師がおる。そやつは、余の目の前で、白象の絵を見事に描きよった。南蛮寺のふすま絵にあったと申して、それを覚えておったのじゃ。

そやつは、行ったことのないところへ行き、見たことのないものを描いてみたいと言いよった。

世にもおもしろき童っぱゆえ、余はそやつを気に入った。褒美に名を与え、絵師として認めたのじゃ。……その名を、俵屋宗達と申す。

ヴァリニャーノは、慈父のごときおだやかなまなざしを、信長の御前で石のように固まってしまっている宗達に向けながら、

「織田信長さまより直々にご推挙たまわりました、天賦の才を持ちたる若絵師。……宗達、私は、ようやく信長さまの御前にてそなたに会うことができて、まことにうれしく思います」

そう言って、それまでのいきさつを語り終えた。

ヴァリニャーノのかたわらに座していた、宗達のなじみ深いパードレ、オルガンティーノが、にっこりと笑顔になって声をかけた。

「宗達。そなたが、信長さまのお目に留まり、このように立派な仕事を成してくれたことを、私は誇らしく思います」

織田信長、ヴァリニャーノ、オルガンティーノ。

御仏を護る諸天のごとく、座敷の両側に居並んだ家臣たち。

誰もが宗達に注目し、答えるのを待っている。

………。

………。

その真ん中にぽつねんと座り込んで、宗達は驚きのあまり声も出せず、息も止まりそうだった。頭の中は真っ白になり、心の臓がひりひりして、太鼓の音が体じゅうに響き渡っている。

——ど、ど、どういうことや？

ろ、ローマ？　わいがローマへ？　有馬のきりしたんの若衆と一緒に？

ちょ……ちょっと待ってくれ、有馬ってどこや？　どこの国にあるんや？　美濃？　越後？　丹波（たんば）？

有馬がどこにあるのかもわからへんのに、ローマって……。

宗達は顔を真っ赤にし、うつむいてしまった。

何か言わなければ、答えなければ。が、何を言ったらいいのか見当もつかぬ。

まったく言葉にならない。言葉にしようがない。

万事休す……！

と、そのとき。

「よかろう。これより、余が宗達とふたりで話をする」

ニヤリと笑って、信長が言った。

「皆の者、退（さ）がれ。ひとり残らず、パードレもじゃ」

突然の人払いに、座がどよめいた。上さまを何者かとふたりきりにするなど、危険極まりない。ありえないことである。

「畏れながら、上さま」

信長の右手近くに座していた家臣が、すかさず申し出た。信長の信頼厚い側近、村井貞勝である。

「臣の同席なくしてのご謁見はいかがなものかと存じまする。せめて、それがしの同席をお許したまわりますよう……」

「ならぬ」

信長が突っぱねた。

「余は、宗達とふたりで話がしたいのじゃ」

「しからば、せめて蘭丸をご同席くださりませ」

貞勝は食い下がった。誰と謁見しようと、貞勝と信長の小姓で使者役である森蘭丸の二者は同席が許されてきた。謁見の場から臣、従者全員の退出を命じること自体、異例である。

戦国の世では何が起こるかわからない。童っぱの絵師だとたかをくくっていたら刺客であったということも考えられる。ふたりはいかにもまずい。

ところが、信長は、意外なことを言い出した。

「うぬらが退がらぬならば、余が宗達を連れて出るまでじゃ」

勢いよく立ち上がると、

「行くぞ、宗達。ついてこい」

ずたっ、ずたっと足音を響かせ、さっさと部屋を出ていってしまった。

唐獅子の間は騒然となった。信長の背後にひっそりと控えていた森蘭丸がまず早足で後を追いかけ、何人かの重臣たちが大あわてで出ていった。パードレたちは驚いて顔を見合わせている。

当の宗達は、どうしたらいいかわからず、立ち上がっておろおろするばかりだ。

すると、廊下の彼方から、信長のどなり声が響いてきた。

「おいっ、宗達！　何をしておる！　早よう来い！」

「は……はいっ！」

ひと声叫んで、宗達は唐獅子の間を飛び出し、廊下を走っていった。

信長は、すでに奥御殿の私室に入っていた。その手前に貞勝と森蘭丸がしっかりと座している。宗達の姿を見ると、貞勝が小声で言った。

「入るがよい。が、それがしがここに控えおることを忘るるでないぞ」

「はい」と宗達は答えた。ふたりはいざというときに信長を助けるつもりでいるのだろう。が、助けてほしいのはこっちのほうだ。

宗達が廊下に正座すると、森蘭丸が、ぴっちりと閉じられたふすまの向こうに声をかけた。

「上さま。宗達が参上いたしました」

「入れ」と、奥から返事があった。蘭丸がふすまを少し開け、宗達に目配せした。宗達はうなずいて、信長の私室の前室――従者が待機するための「控えの間」に、うつむきながら入っていった。

その場に正座して、正面を向いた瞬間、宗達は、あっと声を上げそうになった。

――これは……。

目の前に白い象がどっしりと立っていた。

信長の御前で、杉戸に一気呵成に描き上げたあの絵。まるで宗達の到来を待ち受けていたかのように、奥御殿の薄明るい影の中にひっそりと浮かび上がっていたのだ。

母象の金色の眼が、じっとこちらをみつめている。杉戸の中からいまにも抜け出して、のっしのっしと歩み寄ってくるようだ。

「――どうした、宗達。その象のあいだを割って入って参れ」

象の絵の向こうから信長の声が聞こえてきた。まるで象に話しかけられたような気がして、宗達は体をびくりとさせた。

「……は、はい」

宗達は答えて、杉戸のあいだに手を差し入れ、そろりと開けた。

床の間を背にして、信長が座していた。沓と陣羽織を脱ぎ捨て、くつろいだ様子である。

宗達は杉戸を閉めると、畏まって正座し、平伏した。

天下人、織田信長と、正真正銘（しょうしんしょうめい）のふたりきりである。

心の臓がふたたび胸の中で大暴れしている。激しい鼓動が全身を駆け巡る。

が、不思議に怖くはなかった。初めて御前で絵を披露したときのように、とてつもなくおもしろいことが始まる予感に満ち満ちていた。

「近（ちこ）う寄れ」

信長が小声で言った。宗達は「はい」と答えて、ほんの少し前ににじり寄った。

「もそっと、近う」

信長がまた小声で言った。ささやき声に近い。

はて？　と前を向くと、信長の口が声を出さずに動いている。（み、つ、だ、ん）と見て取れた。

……密談？

宗達が目を瞬（しばたた）かせると、信長は、いたずらっぽいまなざしになって、

「秘密の話じゃ。近う寄れ」

ぼそぼそとささやいた。

宗達は、おっかなびっくり、信長のすぐ目の前まで膝でにじり寄った。

「いまからきさまに話すことは、決して口外してはならぬ。余ときさま、ふたりだけの秘密じゃ。よいな」

宗達の目をのぞき込みながら、信長が言った。宗達は、勢いよく「はいっ」と答えたが、

「しっ。……声が大きい。気をつけよ」

とがめられて、「はっ……」とまた声を出しそうになり、あわてて低頭した。

信長は、あぐらをかいたままぐっと身を乗り出して、

「きさまに命じたきことがある」

ぼそぼそと言った。宗達は、今度は黙ってうなずいて見せた。

「先刻、ヴァリニャーノがきさまに教えた——有馬のきりしたんの若人(わこうど)らをローマに連れていくというあの話だがな……」

そう前置きして、信長は「秘密の話」を始めた。

ローマへの使節は、有馬のセミナリオの生徒の中から選抜されて、渡航する者がまもなく定まる。そして、年が改まってから、如月の頃に長崎の港を出る計画になっている。

「非キリシタンの若者」も一行に加わり、新しい技術である「活版印刷」を西欧にて学ばせることも、信長は承諾した。

その「非キリシタンの若者」とは、俵屋宗達のことである。

「きさまが一行に加わることが定まったのは、余の推挙あったがゆえじゃ。——辞退はならぬ。よいな」

宗達は、ごくりとつばを飲み込んだ。そして、黙ってうなずいた。

信長は、口の片端をくいと吊り上げて、

「されど、余がきさまに命じるは『活版印刷』を学ぶことではあらぬ。——別のことじゃ」

そして、いっそう声を潜めて言った。

「ローマの『洛中洛外図』を描いて、余のもとへ持ち帰ってこい」

宗達は、えっ、と思わず声を上げてしまった。

——「洛中洛外図」？　……ローマの？

「しっ」信長が、すかさずとがめた。「声を出すなと言うに」

宗達は圧倒された。どこまで驚かされるのだろうか。いや、こうなると、もはや驚きを通り越しておもしろいくらいである。

世にもまれな天賦の才を持ち得た奇想天外な人物、織田信長——いったい何を考えているのか、何を言い出すのか、まったくわからない。だからこそ、おもしろいのだ。

「よいか、宗達。ローマに行きて、都の隅々までよくよく見極め、そのすべてを描き写してこい。教皇も、教皇のおわす城も、通りも、屋敷も……人も、獣も、何もかもじゃ」

声を潜めて、信長は言った。

「狩野州信（永徳）が申しておった。初めて『洛中洛外図』を描きしとき、都じゅうを歩き回って、目に留まりし何もかもすべてを写し取ったとな。きさまも、同じことをローマでやってみよ」

そして、胸に浮かんでいる野望の一端を、宗達にこっそりと聞かせた。

自分はすでに天下をほぼ手中にした。が、万事安泰と思ってはおらぬ。「次なる一手」を探っている。

自分がこのところ頻繁（ひんぱん）に南蛮の商人やパードレと接触しているのは、「次なる一手」のためである。

彼らによると、この国の外、海の向こうには幾多の国があり、さまざまな財宝、資源がある。彼らの話を聞けば聞くほど、この国の小ささ、狭さを感じずにはいられぬ。この国の天下を統一したからとて、世界を統（す）べたことにはならぬ。

自分はいま、「日本の外」に興味がある。どんな国があるのか、そこに何があるのか、どんな人々が暮らしているのか。――世界の中心たる都であると彼らが言う「ローマ」とはどんなところなのか、きりしたんの王たる教皇とはどれほどの権力を持っているのか。王が住む「ヴァチカン」とはどんな城なのか。

行ってみたい。この目で見てみたい。そして……世界の中心たる都で「もっともおもしろきもの」をみつけ、手に入れたい。

それこそが「次なる一手」。ローマのすべてを写した「洛中洛外図」を手に入れて、いつの日か自分がローマに「上洛」する準備をするのだ。

織田信長が、宗達だけに打ち明けた「秘密の話」。

宗達は、全身を耳にして聴き入った。

そうするうちに、目の前にいる信長の姿がすうっと消え、陽光きらめく大海原が見えてきた。

水平線の彼方を目指し、潮の流れに乗りながら、風をいっぱいにはらんで帆船が進む。

見渡す限りの青い海、入道雲が立ちのぼる空。頭上高く舞い上がるかもめの群れ、波間に鱗をきらめかせる魚影。

——おお、見よ！　あれを！

……と、どこからともなく声が聞こえてくる。

——陸だ！　陸が見えたぞ！

——どこの国だ？

——あれは……ポルトガルだ！　ローマへの入り口だ！　ついに、ついにここまで来たぞ！

湧き上がる歓喜の声。……と、そのとき。

ゴゴゴ、ゴゴゴゴゴ、ゴゴゴゴゴゴ。

ずっと遠くで雷鳴が轟く。暗雲が空を見る見る覆い尽くす。

ビョオ、ビョオビョオオオ、ビョオオオオオオ。

激しい風が巻き起こる。たちまち降り出す横なぐりの雨。逆巻く波に船は翻弄され……。

——舵を取られるな！　帆を下ろせ！

黒い空に閃く雷光。雨を叩きつける風。彼方の上空に現れた、ふたつの異形、妖しい影。

——ああ、あれは……。

風袋を背負って、どこまでも高く飛翔する、風神。

雷鼓(らいこ)を打ち鳴らし、雷(いかずち)の矢を放つ、雷神。

風神雷神よ、導きたまえ。この小さき船を、吾らを。陸へ、あの国へ、はるかな都へ……。

「宗達。……聞いておるのか、宗達?」

はっとした。

――夢……?

宗達は目の前を見た。――そこにいるのは、間違いなく織田信長であった。

宗達の目をまっすぐにみつめて、もう一度、信長が告げた。

「宗達。……行って参れ。ローマへ」

宗達は、目を輝かせた。

風が吹いている。雷鳴が轟いている。されど、これは――夢ではないのだ……!

「はい、上さま。……行って参ります!」

はるかな都へ。

ローマへ――いざ。

第二章

IVPPITER AEOLVS VERA NARRATIO

一五八四年（天正十二年）　八月

空を覆い尽くしていた暗雲が、少しずつ消えていく。

雷鳴がしだいに遠ざかる。大海原を揺るがしていた轟きは、はるかに、かすかになっていく。

風はまだ強く吹いている。が、その風を帆いっぱいに受けて、船は力強く波間を渡っていく。

雲間から一条の光が射し込んだ。その光が帆柱を照らし出す。まるで祝福しているかのように。

激しい嵐のあいだじゅう、原マルティノは、帆柱に必死にしがみついていた。そして、（主よ、導きたまえ、この小さき船を、吾らを。陸へ、あの国へ、はるかな都へ……）と、ただただ祈りの言葉を唱え続けていた。

かたく閉じていたまぶたに光を感じて、マルティノはようやく目を見開いた。

青い海が清々しく広がっている。さっきまでの激しい風雨と、この世の終わりを告げるかのような雷鳴は嘘のように消えている。大海原は、夢でも見たのだろうとでも言いたげに、おだやかな顔を取り戻していた。

「おーい、マルティノ！ 大丈夫かあ」

頭上から声が聞こえた。マルティノは、真上を見上げた。

真昼の太陽を背にして、帆柱のてっぺんによじ登っている黒い影。悠然と手を振っている少年は——。

「——宗達！」

マルティノが叫び返した。

「私は無事だ！ おぬしもか？」

黒い影が、するすると柱を下りてきた。日に焼けた顔、ぼさぼさの髪、はだけた上半身はたくましくしなやかだ。十六歳の俵屋宗達である。

「なんの、わいはへっちゃらや。風神さまと雷神さまのご来駕を、柱の上でお迎えしとった」

そう言って、からからと笑った。

「まったく……おぬしは命が惜しゅうないのか」

マルティノはあきれて言った。

「いままでにない嵐だったではないか。今度こそ、もはやこれまでと観念したくらいだ」

「何を言うとるんや。吾らは神さまに導かれとるから大丈夫やって、ヴァリニャーノさまがお教えくださったやろ。陸を見るまえに天国に連れていかれるわけがないやないか」

宗達の言う通り、マルティノたち一行を乗せた帆船は、それまでにいくたびもの嵐や日照りをかいくぐってきた。

その都度、マルティノも宗達も、またほかの面々も、心の師、アレッサンドロ・ヴァリニャーノの言葉を思い出しては勇気を奮い立たせてきた。

——そなたたちは主に導かれている。何があろうとも、必ずローマの教皇猊下のもとに参じることができるはずだ。それを決して忘れてはならぬ。

遣欧少年使節の発起人であり、西欧への航路の途中で寄港したゴアで別れを告げたパードレ、ヴァリニャーノの言葉は、何よりも力強い追い風となって、少年たちを乗せた船を遠くまで導いてくれたのだ。

「マルティノさま！　ご無事ですか」

船底へ続く階段からひょっこりと顔を現したのは、中浦ジュリアンである。有馬のセミナリオではひとつ年長のマルティノを兄のごとく慕っていたジュリアンだが、色白ではかなげだった面影はどこへやら、いまでは精悍な顔つきに変わっていた。

「ああ、大丈夫だ。そなたも無事か」

「はい。船底に入ってくる水を桶で汲み出していました。マンショさま、ミゲルさまとともに……」

と、ジュリアンの背後から、着物をびっしょりと濡らしたふたりの少年が現れた。伊東マンショと千々石ミゲルである。

「ああ、ほんに大嵐であった。もはやこの船は沈む運命か、それが主の思し召しならば従うしかあるまい、とまで思ったぞ」

船酔いしたのか、ミゲルはげっそりしている。

「いや、よくやったぞ、ミゲル」マンショは、清々しい顔つきでミゲルの肩を叩いた。

「そなたは誰よりも水を掻き出すのが速かったではないか。きっと主の思し召しは、私たちを必死に働かせることだったに違いない。とすれば、そなたがいちばんの主のしもべだ」

「やるべきことをしたまでだ」ミゲルはほんの少し胸を張った。そして、宗達に向かって訊いた。

「ところでおぬしはどこにいた？　何をしていたのだ、アゴスティーノ？」

「わいは、柱のてっぺんにおった」宗達が答えた。

「せっかく見えてきたポルトガルの陸を見失わんよう、眼をしっかり開いて見張っとったんや。……ローマへの入り口を」

「うわっ……そ、そうだ。そうであった！」

宗達の言葉を受けて、マルティノが急に声を上げた。

「嵐の到来で、うっかり忘れていた。『陸が見えた』と誰かが大声で申していたではないか！」

嵐が襲いかかってくる直前、おだやかな波間を渡る船上で、うとうとと眠りに落ちかけていたマルティノの耳に、「あれは……ポルトガルだ！　ローマへの入り口だ！」と誰かの叫び声が聞こえてきた。まことだろうか、夢ではないか……とゆらゆらするうちに、たちまち嵐に巻き込まれてしまったのだ。

「はて、そんな声は聞いてはおらぬぞ」

首をかしげて、マンショが言った。

「まだまだ、ポルトガルは遠いと聞いた。セント・ヘレナの島を出立してから、まだ三月も経っておらぬではないか」

少年たちは頭を巡らせて、はるかな大海原の彼方を眺め渡した。

かもめが舞い飛ぶ空、かすんだ水平線のずっと向こうに、小さく、小さく浮かんでいるのは——。

「——あ！」

宗達が、鋭く叫んだ。

「陸や！　陸が見えたぞ！」

宗達は、舳先に走り出ると、沖合のはるか彼方を指差した。

そう聞いて、マルティノ、マンショ、ミゲル、ジュリアンは、いっせいに宗達に続いて舳先へと駆け出していった。

「おお！　まことだ！　まことに陸だ！」

マンショが感極まって叫んだ。

「まことか？　私には見えぬぞ」「いや、あそこだ、ずっと彼方に……」「ああ！見えたぞ、見えた！」「陸だ、ポルトガルだ！」

少年たちは口々に叫び声を上げた。

と、船底や甲板のあちこちから、衣服をぐっしょりと濡らしたパードレたちが集まってきた。

ジョルジ・ロヨラ修道士。日本人の修道士であり、少年使節の教育係である。ヌーノ・ロドリゲス神父。ゴアで別れたヴァリニャーノの代わりに、使節団を率いている。ディオゴ・デ・メスキータ神父。日本語を巧みに話す通詞である。

ほかにも数人の修道士、従者、船乗りたちが帆船に乗り込んでいた。

「そなたたち、無事であったか」

日本人修道士のロヨラが、少年たちに日本語で言った。長い航海のあいだにすっかり伸びたひげに顔半分が隠れてしまっている。

「ロヨラさま！　私たちは皆、無事でござります」

マンショが声を弾ませて答えた。

「それよりも、ご覧くださりませ。陸が……」

マンショが指差した方角を眺めて、「おお、あれは……！」とポルトガル語で声を放ったのは、ポルトガル人神父のメスキータであった。

「吾が母国……ついに、ここまで……」

感激のあまり、メスキータの声はうるんでいた。

彼の隣に佇んでいた一行を率いる神父、ロドリゲスは、腰紐に結わえつけていた磁石を手にして、それを黙ってみつめたあと、感慨深げに言った。

「確かにあの方角はポルトガルだ。セント・ヘレナを出立してのち、かくも短い期間でここまで来られたのは、まさしく神のご加護がありしゆえ。さあ、皆の者、祈りを捧げよ。天にましますわれらが父に、主、イエス＝キリストに……」

パードレたちと少年たちは、いっせいに甲板にひざまずき、はるか彼方で揺れている陸の影の方角に向かって祈りの言葉を唱え始めた。

宗達だけが、ぽつんと突っ立ったまま、皆が手を合わせる様子を眺めている。それに気づいたマルティノが、急いで宗達に耳打ちした。

「おい、何をぼんやりしているんだ。祈りの時間だけは、おぬしも一緒に手を合わさねばならぬと、あれほどロヨラさまに教えられたではないか！」

宗達は「わかっとるわい」と気乗りのしない返事をして、マルティノの横にひざまずいた。

両手を合わせ、口の中でごにょごにょと何事かつぶやいている。耳をそばだててみると、（神さま、キリストさま、わいらをローマへ連れてってておくれやす、なにとぞ、とぞ、とぞぞ……）などと聞こえてきた。

まったくおかしなやつだ、とマルティノは苦笑した。

二年半あまりものあいだ、ともに過ごしてきたが、きりしたんになる気はまったくないようで、また、パードレたちも特に誘わぬ。西欧で「印刷」なるものを学ぶために随行するのだから、きりしたんでなくともかまわぬらしい。

自分たちは信仰に支えられてここまで来たが、宗達は何に支えられてここまで来られたのだろうか。かくも苦しく果てしない旅路を――。


のちに「天正遣欧使節」と呼ばれることになる一行が長崎から出航したのは、一五八二年（天正十年）二月二十日のことである。

実のところ、アレッサンドロ・ヴァリニャーノが「遣欧使節」を思いついたのには、織田信長には決して話せない真の理由が、やはりふたつあった。

第一に、西欧の権力者からの資金援助を得るためである。

日本は布教を拡大していく潜在的な可能性があるものの、西欧からはあまりにも遠い。宣教師を送り込むのにも大変な労力と莫大な費用がかかる。この費用をどうにか継続的に得ることはできまいか。そのためには「特別な何か」を準備する必要がある。たとえば、日本からキリシタン少年たちの使節がはるばる西欧までやって来れば――そしてなめらかなラテン語で彼らの揺るぎない信仰について語れば、権力者たちの感激はひとしおだろう。西欧人は一度たりとも日本人を見たことがない。初めて見る日本人が、しかも少年たちが、自分たちの言葉で自分たちの神に祈りを捧げるのだ。資金援助を申し出たくもなるだろう。

第二に、少年たちに西欧を見聞させ、帰国後に彼らを布教の先頭に立たせれば、日本人の信徒は彼らにしっかりとついていくことだろう。

ヴァリニャーノの狙いは、イエズス会の宣教師であり先達であるフランシスコ・ザビエルが、極東の地、日本にもたらした信仰の灯火を決して絶やさず、盤石のものとすることであった。

そのために、ヴァリニャーノは臆せずに日本の権力者たちに近づき、少年たちを遣欧使節とする計画を説いた。そして、ついに彼らから「是」を取り付けたのである。

しかし、織田信長とはひと筋縄ではいかぬ人物である。黙ってヴァリニャーノの話を聞き、それはよきことじゃと喜ぶような善人であったならば、天下を統一せんとすることなどあたわなかったであろう。

信長は、ヴァリニャーノの提案に耳を傾けつつも、己の野望を胸の裡にふつふつとたぎらせていた。

すでにヴァリニャーノも承知の通り、信長は好奇心が人一倍旺盛であるがゆえに、彼の話を聞きもする。しかし、その胸中でどす黒く燃え上がるのは途方もない野望だった。

信長は、世界の中心であるという都、ローマにひとかたならぬ興味を持った。

この国の天下はほぼ手中にした。次に陥落すべき都は、この国の外にあるやもしれぬ……。

ローマは攻めるに値する都なのか。そもそも攻められる程度の都なのか。攻めるとすればいずこから、どのようにして……。

信長の妄想はふくらむ一方だった。

世界の中心というならば、それこそを手中にしない限り、まことの天下を取ったとは言えぬのではなかろうか。

それにつけても……行ってみたい、ローマへ。見てみたい、この目で。

ローマ行きを誰よりも渇望していたのは、遠い都に憧れを募らせるキリシタン少年たちでもなく、故郷に帰りたがっているパードレたちでもなく、実のところ、織田信長であった。

若い頃には「大うつけ」と呼ばれたこともあったほどである。信長という男は、見果てぬ夢を見るのが実に好きだった。妄想が思わぬ方向にふくらんでいくのを、どこまでも追いかけていく。周りの目には「大うつけ」と映る。が、なんと言われようとかまわない。夢は大きければ大きいほど挑戦のしがいがあるではないか。

そして、夢を夢のままで終わらせないのが織田信長であった。

ついに天下を取らんとする彼を「大うつけ」と呼ぶ者はもはや誰もいない。いまやどんなに大きな夢の絵図を描こうと、誰にも文句を言われはしない。

だからこそ、とっておきの夢の絵図は側近にすら見せず、ただ自分の胸中でのみ描き続けてきた。

その秘め事を、信長は、政にも戦にもまったく縁のない駆け出しの少年絵師と分かち合ったのだ。

その名は俵屋宗達。——もっとも「宗達」という名は、信長が与えたものである。

市井の扇屋の息子だった宗達は、織田信長に名を与えられたことで、一人前の絵師として、父にも周囲にも認められることとなった。

さらに信長は、宗達に名前を与えるどころか、天下一の絵師との誉れ高い狩野永徳とともに「洛中洛外図」を手がけさせた。

その上、完成した〈洛中洛外図屛風〉をローマ教皇のもとへ献上する使節団に宗達を入れよと強く推した。名門武家に生まれたわけでもなく、キリシタンでもなく、ラテン語もポルトガル語もイタリア語も話せない、ただ絵を描くことだけに能力を発揮する少年を。

何もかも、誰かに知られれば「まさか」と耳を疑われるようなことばかりである。しかし、信長に「まさか」はないのである。

信長はまず、宗達の豪胆さと先進性に自分と同じ気質を感じ取った。

御前での作画のさい、相手が天下人であろうと臆することなく、自分が描きたいものをただひたすらに描いた。その結果、実に生き生きとした白い象の絵が描き上がった。

宗達は信長に言った。誰も行ったことがないところへ行き、誰も見たことがないものをこの目で見たい。そしてそのすべてを絵に描き写したい——と。

信長は、このちっぽけな少年に秘められた無限の活力を感じ取った。そして思いついたのだ。俵屋宗達をローマに遣わし、そのすべてを描き写して日本へ持ち帰らせる。——そう、永徳が「洛中洛外図」の準備をしたときのように。

そして、「ローマ全図」を見渡しながら、この都へ攻め入るか否か、検討するのだ。

むろん、信長は、己の野望の核心部分——ローマ攻略——についてはいっさい他言せず、ただ胸の裡に秘めておいた。

人が聞けば「まさか」と思うこの野望が、はたして見果てぬ夢のまま終わるのか否か。

——おもしろい。——実におもしろきことじゃ。

あの若絵師がいかに克明にローマを描き写してくるか。まずは、楽しみに待ってみることとしよう——。

こうして、信長の一存で、まったく突然、俵屋宗達の西欧行きが決まった。宗達、数え歳十四歳のときのことである。

　アレッサンドロ・ヴァリニャーノは、是非もなく、宗達を伴って肥前へ戻った。そして、有馬のセミナリオで、生徒たちに彼を紹介したのである。

　天子のおわす京の都に暮らしていた若絵師が、なにゆえはるばる有馬までやって来たのか。ヴァリニャーノと宗達は、そのいきさつを生徒たちに語って聞かせた。ただし、「遣欧使節」の一件はまだ伏せられていた。

　とにもかくにも信長の命を受けたがゆえここまで来たのだと、御伽草紙の一篇のようにしか思えないいきさつが語られて、セミナリオの生徒たちは、狐につままれたようにぽかんとしてしまった。

　しばらくのあいだ宗達もそなたたちとともにラテン語と作画を学ぶからそのつもりでいてほしい——とヴァリニャーノは生徒たちに告げた。

　生徒たちは、突然の「転入生」に戸惑いを隠せなかった。しかし、ただひとり、原マルティノだけが、胸の中にわくわくと入道雲が立ち上ってくるのを感じていた。

　宗達が教室に現れた前日の真夜中に、月明かりのもと、マルティノは宗達と出会った。

　飄々としていて、のんびりとした抑揚の不思議なしゃべり方。狐か狸が人の姿に化けたのかと思うほど、浮世離れした様子の少年だった。

その狐だか狸だかが、マルティノたちの目の前で絵を描いた。床に置かれた紙の上にたちまち水面が広がり、白鷺が舞い降りた。その場にいた生徒は皆、驚嘆したが、ほんとうに狐につままれた気分だったのはマルティノだったはずである。

こやつとこれからともに学ぶのか。おもしろいではないか！　――とマルティノは胸を弾ませた。

宗達は、ヴァリニャーノから与えられた「アゴスティーノ」という名で呼ばれ、その日から寄宿舎で生徒たちと寝起きをともにした。他所者である彼に、皆、なかなか近寄らなかった。誰もが宗達のことを気にしていたが、生意気なやつだ、きりしたんでもないくせに、とあえてそっぽを向いていた。

ところがマルティノは違った。積極的に宗達に声をかけ、授業にも一緒に出たし、朝餉も昼餉も隣同士になってとった。

何より、宗達のことを「アゴスティーノ」ではなく「宗達」と呼んだ。アゴスティーノと呼びかけよ、とパードレに注意されても、やはり「宗達」と呼びかけた。もったいなくも信長さまが与えたもうた名なのだ。その名で呼ばずしてどうするのだ――とマルティノは考えた。

それに、きりしたんではないのに洗礼名ふうの名で呼ぶなんて、おかしいではないか。

宗達は「アゴスティーノ」と呼ばれても振り向かなかったが、マルティノに「宗達」と呼びかけられれば、「おう」とうれしそうに答えた。

宗達はラテン語の授業と作画の授業を受けた。ラテン語の授業にはなかなか追いつけず、四苦八苦していたので、マルティノが隣に座して細やかに教えてやった。代わりに、作画の授業では、宗達がマルティノに構図の作り方や彩色の方法について教えてくれた。

宗達の作画の技は、西欧人絵師の教師をもうならせるほどであった。

作画の時間には、西欧から海を渡ってやって来た聖母子像やキリストの磔刑図を手本に、模写をするのが基本であった。

宗達は筆を握るとまったく別人になった。手本を見るのは最初の一度きり。一度目にしたら、もう覚えてしまうからである。

何も見ず、さっささっさと軽やかに筆を動かす。たちまち生き生きとした像が紙の上に現れる。ただし、その像は聖母子像というよりも観音菩薩と幼い釈迦のようである。

教師はそれを見て、ううむ……とうなり、これは私が預かっておこう、と、ほくほくしながら持ち去ってしまうのだった。

宗達が有馬のセミナリオにやって来て半月ほどが経った安息日のことである。

生徒たちは全員、礼拝堂に集まって安息日の祈りを捧げていた。宗達も否応なしに参加させられていたが、十字架の前では借りてきた猫のようにおとなしく、見よう見まねで手を合わせていた。その様子がマルティノにはおかしかった。

礼拝が終わったところで、マルティノほか三人の生徒たちが、そのまま残るようにと声をかけられた。伊東マンショ、千々石ミゲル、中浦ジュリアン、そして原マルティノの四人は、礼拝堂の椅子に座り直した。

その日、ミサを司っていたアレッサンドロ・ヴァリニャーノが四人の前に立った。そして、厳かにラテン語で語りかけた。

「神の愛弟子たちよ。そなたたちには大切な使命がある。それをいまから伝えよう。心して聞きなさい」

四人は凪いだ海のように静まり返って師を見上げた。ヴァリニャーノは、その目をひとつひとつみつめ返しながら、言った。

「そなたたちは、まもなく、この私とともに海を渡る。そして、ローマへ行くのだ。私たち信徒すべての父、ローマ教皇、グレゴリウス十三世猊下に謁見をたまわるために」

——えっ。

マルティノは息をのんだ。隣にいるミゲルとジュリアンも、同様に息をのむのがわかった。

――な……なんと？　いま、ヴァリニャーノさまは、なんとのたもうた……？

ローマへ行く、と聞こえたが……はて、聞き間違えたのだろうか。

否、そんなはずはない。ゆっくりと、明瞭なラテン語だった。ローマ教皇、グレゴリウス十三世、謁見……すべての単語がはっきりと聞こえた。

「師よ。それは……ま、まことでございますか」

マンショが口を開いた。驚きのあまり、日本語で話しかけてしまっていた。

ヴァリニャーノは、うなずいてみせた。それから、やはりラテン語で答えた。

「ドン・フランシスコ（大友宗麟）、ドン・バルトロメウ（大村純忠）、ドン・プロタジオ（有馬晴信）、各殿にはすでに了承をたまわった。そして、大殿、織田信長さまにも」

三人のキリシタン領主どころか、天下人、織田信長も承知したという事実は、マルティノたち四人の生徒を心底驚かせた。

ローマには、すべてのキリシタンの王たるお方、崇高なる教皇猊下がおわすことは、日頃からパードレに教えられていたから、よくわかっていた。

が、ローマがどれほど遠くにある都なのか見当もつかぬ。ヴァリニャーノがローマからやって来たことを思えば、たどり着くことはできるのかもしれぬ。それにしても……。

「師よ、お教えくださりませ。なにゆえ、私たちがローマに行くことが決まったのでしょうか」

ミゲルが尋ねた。信じられない、という様子である。

しかし、ヴァリニャーノが言った通り、大村、大友、有馬の各領主が、四人がローマへ行くことを了承したとなれば、それはもはや動かぬ。たとえ、四人の親が「行かせたくはない」と願ったとしても、それはかなわぬことなのである。

戦国の世においては、いかなる武士であれ、己が仕える領主に子息を人質に出せと言われれば黙って差し出す――それがしきたりである。

人質に出せば子息の命の保証はない。それでも、それを惜しんでいては家を守り生き延びることはできぬ。領主の意向は絶対なのである。

ヴァリニャーノは、ミゲル、マンショ、マルティノをひとりひとりみつめながら、

「ミゲル、マンショ、そなたたちは、大村、大友、有馬の殿と縁戚関係にある。殿たちは、そなたたちに、自らの名代として、教皇猊下との謁見を望んでおるのだ。マンショよ、そなたは大友の殿の名代である。ミゲルよ、そなたは大村、有馬

の両殿の名代である。マルティノ、そなたの父は大村の殿の臣下じゃ。副使となりて、マンショとミゲルを助けるがよい」

と、言った。それから、ジュリアンのほうを見て、

「ジュリアン、そなたは、常日頃からよく学び、パードレのみならずこれなる兄弟子たちを敬い（うやま）、何くれとなく世話を焼いていると聞く。そは、そなたの美徳ぞ。ゆえに、兄弟子たちとともに、そなたも海を渡るがよい」

心のこもった声色（こわいろ）でそう説明した。

四人は返す言葉がなく、ただただあっけにとられるばかりだった。

詳しくは改めて今日のうちに話をする——と結んで、ヴァリニャーノは礼拝堂を退出した。

後に残されたマンショ、ミゲル、ジュリアン、そしてマルティノは、黙ったままで顔を見合わせた。どの顔にも戸惑いが広がっている。

「……おい、ミゲル。そなた、いかように思うたか？」

マンショが口を開いた。

伊東マンショは、ヴァリニャーノが頼りにしていたキリシタン大名、大友宗麟の姪（めい）の夫、伊東義益（よします）の妹の子である。遠縁なれど大友氏と繋がりがあることは間違いなかった。四人の中では最年長で、大変な秀才であり、ほかの生徒のよき模範とな

っていた。

そのマンショが、どうしたらよいかわからぬ様子で、同い年のミゲルに問いかけたのだ。

問われたミゲルもまた、困惑した表情を浮かべて、なんとも答えられずにいた。

千々石ミゲルの祖父は肥前有馬氏の先々代当主、有馬晴純（はるずみ）である。父、直員（なおかず）は晴純の三男であり、有馬氏の分家となって釜蓋（かまぶた）城城主となった。ミゲルが幼い頃に父は戦乱で命を落とし、ミゲルは伯父の大村純忠のもとに身を寄せて、十三歳のときに洗礼を受けた。言ってみれば、四人の中ではひとり正統な大名の血筋である。口にこそ出しはしないが、それをどことなく鼻にかけているようなところもあった。

しかし、ミゲルにはもはや父はいない。母がただひとり、息子が立派な司祭になるようにと、その行く末に望みを託している。その母を残して、たどり着けるかどうかもわからないはるかな異国へ……否、たどり着けたとしても帰ってこられるかどうかも定かではないとてつもない遠方へ旅をするなど、どうしてできようか。

――そんな複雑な思いが不安そうな瞳に浮かんでいた。

「マンショさま、ミゲルさま、マルティノさま。このジュリアンも、兄者さまたちのお供をしてもよろしゅうござりましょうか」

消え入りそうな声で言ったのは、ジュリアンであった。

中浦ジュリアンの父、甚五郎は大村純忠の家臣であり、肥前国中浦にごく小さな城を構えていたが早くに戦死した。父とともに熱心なキリシタンだった母親が、大村の殿に直願して息子をセミナリオに入れた経緯があった。

ジュリアンの顔からはすでに戸惑いの色が去りつつあった。その代わりに、うっすらと輝きが広がっていた。

マンショ、ミゲル、マルティノは押し黙ったままだったが、ジュリアンは頰を紅潮させて、喜びを隠しきれずに言った。

「し……信じられませぬ。まことに……まことに、ろ、ローマへ？　この私が、兄上さまたちとともに……きょ、教皇猊下に、お目通りを……」

はあっと大きな息をついて、その場にふらふらと座り込んでしまった。

「ジュリアン⁉」

「おい、しっかりしろ！」

三人はあわててジュリアンの体を支えた。ジュリアンはうつろな目つきで、

「す、すみませぬ……何やら、頭がぼうっとなりまして……」

と、力の抜けた声で言った。

無理もない、とマルティノは思った。自分だとて、何がなにやらよくわからず、頭がぼうっとなってしまっている。

ローマへ行く、教皇猊下の謁見をたまわる。――それがまことであるとして、その栄誉に自分ごときが浴してもよいものなのだろうか。

マルティノの父、原中務ファラーノは、肥前国の領主、大村純忠に仕える武士であり、熱心なキリシタンであった。

原家は名士ではあったが、一城のあるじなどではなく、あくまでも武家であった。したがって、マルティノは、ミゲルのように大名との血縁関係はない。一介の士族の息子がローマへ派遣されるとなれば、まぶしすぎる栄誉であり、また、重すぎる責務である。

「……ヴァリニャーノさまが仰せのことゆえ、吾らがローマへ送られるということは、まことなのであろう」

ミゲルがようやく口を開いた。が、その声には喜びも興奮もなかった。

「ジュリアン、そなたは気楽だ。私たちの供として行くのだからな。されど私は、そなたのようには喜べぬ。ローマにたどり着くまで、いったいどれほどの歳月がかかるのだろうか」

命の保証はないのだと、ミゲルは言いたげであった。

四人は、けんかをしたわけでもないのに、それぞれそっぽを向いて、礼拝堂を出た。

喜びのあまり気が遠くなってしまったジュリアンも、目上の三人がちっともうれしそうではないので、しゅんとしてしまった。

マルティノは寄宿舎に戻る気になれず、そのままひとりで土手の小径（こみち）を浜辺に向かって下りていった。

鈍色（にびいろ）の海上を白刃（はくじん）のような波が削っている。寒々しい景色を眺めながら、マルティノは、自分の胸中も白刃の波に削られるような気がした。

——父上、母上。……私はどうしたらよいのでしょうか。

声なき声でマルティノは問いかけた。枯れ草の上に座り、膝を抱えて海に向かい合う。この海を渡って、水平線の向こうにあるという国々へ行くなど、どうして想像できようか。

深いため息とともに、思わずひとりごちた。

「……どうすればよいのだ」

すると、背後でくっくっと聞き覚えのある笑い声がした。

「どうもこうもあらへんやろ」

振り向くと、一歩離れたところに宗達が立っていた。マルティノはぎょっとした。

「な……なんだ、おぬし、いつからそこにいたのだ」

さっきまでまったく人の気配を感じなかったのに……。宗達は、「いや、ずっとそこに寝そべっとったで」と答えて、ぼりぼりと頭を掻いた。そして、マルティノの隣にどさっと座ると、

「行くんやろ？　ローマへ」

いきなり言った。マルティノは、再び、ぎょっとしてしまった。

「な、何を申す。なんのことだ」

あわてふためいて言うと、

「ええから、ええから。おぬしら四人がローマに行くことは、とうから知っとることやさかい」

のんきな調子で宗達が答えた。

「四人がローマに行くこと」を言い当てられて、マルティノは思わず問い質した。

「なにゆえ、って……わいも、おぬしらと一緒に行くからや。ローマへ」

けろりとして、宗達が言った。

マルティノは、珍しい生き物が目の前に現れたかのように、じいっと宗達の目をのぞき込んだ。

宗達も、負けじとマルティノの目をじいっとみつめ返した。

「おい」と、マルティノ。

「なんや」と、宗達。

「おぬし、いま、なんと申した？」

　マルティノの問いに、宗達は、

「わいも行く」

　と、もう一度言った。

「どこへ？」と、マルティノ。

「ローマへ」と、宗達。

　マルティノは、額と額がくっつきそうなほど間近に顔を寄せると、

「なんと申した？」

　また訊いた。

　と、宗達がぺちんとマルティノの額を叩いた。「あたっ」とマルティノは額を押さえた。

「な、何をするっ」

「しつこいわ！」と宗達が叫んだ。

「わいは、ローマへ行くんや。おぬしとマンショとミゲルとジュリアンがローマ教皇さまのもとへ遣わされることは、ここへ来るまでの道々、ヴァリニャーノさまに

聞かされとったんや。せやけど、ヴァリニャーノさまは、ご自分でおぬしらに話をするさかい、それまで黙っとれ、と言わはった。わいは、そのときはまだおぬしらと会うまえやったし、ヴァリニャーノさまがローマへ遣わしたいと思うてはるくらいやから、よっぽどな輩やろと、おぬしらと会うのが楽しみやったんや。おぬしらと、あの海の、ずうっと、ずうーっと向こうまで、一緒に船に乗っていくんを楽しみにしとったんや！」

そこまで一気にまくしたてて、一息つくと、またすぐに早口で、

「せやから、どうすればよいのだ、なんて、おぬしがくよくよしとるんがわいにはわけがわからへんのや。どうしたらええ？　どうしたらええって、そりゃもう行くしかないやろ。わいら一緒に、あの海の向こうのローマまで！」

マルティノは、ぽかんとしてしまった。

なんということだろう。今日は、信じられぬことばかりが起こる日だ。これを「奇跡」と呼ぶのだろうか。

「では……おぬしがこの有馬へやって来た由は、セミナリオで学ぶためではなく、そもそも、私たちとともにローマへ行く……ということだったのか？」

マルティノの問いに、宗達は、

「ま、そういうことや」

くったくなく答えた。

マルティノは、一瞬、躍り上がりそうになった。

――宗達と一緒にローマへ行ける……！

せっかく親しくなった「友」と別れるのは、ことのほかさびしい思いがしていた。

いままでは寝食をともにし、一緒に学び、いつまでも飽かず会話を交わし合う宗達は、マルティノにとって初めて「朋友」と呼べる存在となっていた。

なぜだかわからない。が、宗達と一緒にいると、何かすっきりと胸がすくような気がすることがよくあった。

宗達は、セミナリオの特待生として、キリシタンではないのに洗礼名を与えられ、キリシタンの生徒とともに机を並べることが許されていた。

いったいなにゆえだろう、と初めはいぶかしく思いもしたが、誰になんと言われようと、飄々（ひょうひょう）として我が道をゆく宗達が、マルティノは気持ちがよかった。

何より、絵を描くときこの少年はいちだんと輝く。まるで体の内側から発光しているかのように、マルティノの目には映った。

そうだ。すごいのだ、宗達は。絵を描かせれば、三国一……いや、天下一だ。

宗達が描く絵は、ほかのどんな絵師の手がけたものにも似ていない。自分だけの世界をたちまち紙の上に創り上げてしまう。宗達の筆が動けば、風が立ち、雷が閃き、世界が変わる。すべてが大きく動き出す。それほどまでに、この少年の筆技は卓越している。

が、その宗達と別れて、気位の高いミゲルや、非の打ちどころのない秀才のマンショの供をしてローマへ渡るのは、栄誉ではあれ、心は重かった。

「おぬしは、きりしたんではないのに、なにゆえローマへ行くことになったのだ?」

マルティノは、湧き上がるうれしさを懸命に抑えて、宗達に尋ねた。

「私たちはセミナリオに学ぶきりしたんだ。だから、ローマへ行くのは、もとより本望だ。伊東マンショどのと千々石ミゲルどのは、それぞれ、大友、大村、有馬のお殿さまがたの名代として遣わされると、ヴァリニャーノさまに聞かされた。そして、私とジュリアンは、おふた方を助けるために遣わされると……」

言いながら、ふと、マルティノは気がついた。

マンショとミゲル、キリシタン大名の名代となって海を渡るふたりに、「もしも」のことがあってはならぬ。

もしも――命の危険にさらされるようなことが起こったら、自分は身を挺してふたりを守らねばならぬのだ。

たとえ己は死すとも、正使たるふたりにはなんとしてもローマまでたどり着いてもらわなければならぬ。それこそが、自分に与えられた真の使命なのだ――と、マルティノは、突然気づいてしまった。

「どないしたんや？」

ふっつりと黙り込んでしまったマルティノに向かって、逆に宗達が尋ねた。

「いや、なんでもない」

マルティノは答えて、薄笑いを浮かべた。そして言葉を続けた。

「私はいま、きりしたんではないおぬしが、なにゆえローマへ行くことになったのかと訊いた。されど……おぬしも、私やジュリアンと同様、名代のおふた方をお守りするために、京からわざわざ遣わされた、というわけだな……」

宗達は、きょとんとして、

「なんやそれは？　わいが、あいつらのお守りをするって？　このわいが？」

ははは、と声を上げて笑った。

「何を笑う。さもなくば、おぬしが私たちの一行に加わる由がわからぬではないか」

むっとしてマルティノが言うと、宗達が答えた。

「ローマには、わいらが見たことも聞いたこともあらへんもんがぎょうさんあるはずやろ。わいは、ローマに行って教皇さまに拝謁するんやのうて、『たいぽぐらふぃあ』とかいうものを習うんや」

「たいぽ……ぐらふぃあ？」

宗達の言葉をそのまま繰り返して、マルティノが目を瞬かせた。

「なんだ、それは？　人の名か？　それとも……」

「食いもんや」

「食い物？」

「おう。この世のものとは思われへんほどうまい食いもんや。その上、食っても食っても、ちっともなくならへんという……」

マルティノは「まことか⁉」と身を乗り出した。

「いや、嘘や」と宗達。今度はマルティノがぺちんと宗達の額を叩いた。

「あたっ。何するねん、神さまに言いつけるで」

言われて、マルティノは、

「おお、神よ、私が悪うございました」

胸の前で十字を切り、両手を合わせた。あはは、と宗達は笑い声を上げた。

「いいかげんにしないか。まことのことを申せ」

マルティノが詰め寄ると、

「それが、わいもよう知らへんのや」

宗達が正直に答えた。

「ヴァリニャーノさまが仰せられるには、絵が得意な者であれば習得できるやろうと……。西欧の珍しい『からくり』を学んで、日の本へ持ち帰れば、きっと皆の役に立つからと」

「ということは、何か絵に関係することなのか？」

「せやから、わからへんって」

「おぬし、何か隠しているのではないか？」

マルティノは、宗達の目をのぞき込んだ。宗達は、澄んだまなざしでマルティノをまっすぐにみつめ返している。嘘つきの目ではなかった。

「まあよい。しからばおぬしは、その、たいぽ何やらを学ぶために、ローマへ行くのだな」

マルティノはようやく納得した。

「おう。……たどり着ければな」

宗達が何気なく言った。マルティノはどきりと胸を鳴らした。

「たどり着けるかわからぬ。帰ってこられるかも……おぬし、命が惜しゅうはないのか」

マルティノの問いに、宗達は、ふんと鼻で息をついた。

「そら、惜しいわい。せやから、きっとたどり着いてみせたる。で、きっと帰ってきたるわ」

一五八二年（天正十年）二月二十日。

岬の先端、長崎港の上には、きりりと冷たい青空が広がっていた。

その空を指差すようにして、南蛮寺の屋根の上の十字架が見える。

季節風が海を渡って吹いてくる。ゆるやかに、ときに強く。この風に乗って帆船は大海原へと漕ぎ出すのだ。出航にはうってつけの日であった。

南蛮寺のそばには浜辺があり、そこに幾艘かの小舟が並んでいる。この小舟は、長崎港の真ん中に停泊しているポルトガルの船、ナウ船へと乗船者を運ぶはしけ舟である。

はしけ舟の前には、正装をした四人の少年たち――大友、大村、有馬のキリシタン諸大名の命を受け、正式に遣欧使節となった伊東マンショ、千々石ミゲル、中浦ジュリアン、そして原マルティノが、背筋を伸ばし、頬を紅潮させて佇んでいる。

四人の脇にはパードレ、修道士、世話役など、引率・随行団がずらりと並んでいる。

この使節の発案者で、一行の団長を務める司祭兼イエズス会東インド管区巡察師、アレッサンドロ・ヴァリニャーノ。

ヴァリニャーノの計画への賛同者で、彼の通詞として安土から同行してきた、ディオゴ・デ・メスキータ修道士。

日本人修道士で、日本語とラテン語の双方の読み書きが得意であり、少年たちの教育係に抜擢されたジョルジ・ロヨラ。

ナウ船のカピタン・モール（船長）、イグナシオ・デ・リマ。

ほかに、世話役や秘書役となる神父、修道士数名と船の乗組員。

また、西欧にて新しい技術である活版印刷を習得するために、セミナリオの神学生以外の少年ふたりが同行することになっていた。

長崎、諫早出身のキリシタン少年、コンスタンティノ・ドラード。彼は赤子のときに南蛮寺に捨てられていたのを修道士たちに育てられ、ポルトガル語も話すことができた。その語学の才がヴァリニャーノの目に留まり、印刷技術習得要員として選ばれたのだった。

そして——。

「ふぁ～ああ……」

大口を開けて盛大にあくびしたのは、少年絵師、宗達である。

隣に立っていたマルティノが小声で言って、宗達のすねを草履で軽く蹴った。

（……おいっ！　ちゃんとしろ！）

「あたっ！　何すんねん」

ぴょこんと飛び上がって、宗達が言った。

「これ、マルティノ。乱暴はいけませんよ」

ラテン語でヴァリニャーノがやさしくたしなめた。マルティノは真っ赤になってしまった。遣欧使節のほかの三人は懸命に笑いを堪えている。

ヴァリニャーノは、砂浜に張られた陣幕を背に、床几に座った三名の武人――それぞれ、大友、大村、有馬の各大名の名代として見送りに来た家老であった――に向かって、日本語で厳かに言った。

「いよいよ船出のときを迎えました。殿さまがたには、これなる若人たちが戻りくる日まで、つつがなくお過ごしになられますよう。吾らが父なる神のご加護と、主、イエス＝キリストのお導きを」

家老たちは立ち上がると、ヴァリニャーノの前でひざまずいた。ヴァリニャーノは手にしていた十字架を三人の額にかざし、祝福を与えた。

同時に、見送りに集まっていた使節の親きょうだい、近隣の村民たちも、いっせいにひざまずいた。誰もが皆、敬虔なキリシタンである。

ヴァリニャーノによって選ばれたセミナリオに学ぶ四人の少年たちが、キリシタン三大名の名代となり、はるかな海を渡ってローマへ行き、ローマ教皇に謁見する。――この報せがもたらされたとき、使節となった四人の親たちは、驚きのあまり声も出なかった。まさか自分の息子がそのような栄誉に浴するとは、想像もできなかったからである。ローマへ行くのは月へ行くのと同じことであった。

マンショ、ミゲル、ジュリアンには、それぞれ父がいない。彼らが幼い時分に戦場の露と消えたのである。両親が健在なのはマルティノだけであった。

が、出立の日、マルティノの父は見送りに来なかった。息子の晴れ姿を見たかったはずだが、ほかの三人に父がいないことを慮って、遠慮したのだった。

旅立つ少年たちの中で、宗達とコンスタンティノは親族はもとより、誰も見送りがなかった。そして宗達だけがキリシタンではなかった。

宗達に限って異例が許されたのは大きなふたつの使命があるからだと、マルティノたち遣欧使節は聞かされていた。

ひとつには、日本にまだもたらされていない活版印刷を習得すること。同じ使命を与えられたコンスタンティノは、ポルトガル語を得意としていたので、文字を「印刷」するさいに、その能力は大いに役立つ。しかし「印刷」という技術は、文字ばかりではなく「絵」にも使うことができるという。だから、ただならぬ作画の才能を持った宗達が、わざわざ京から遣わされることになったのだ。

そしてもうひとつは、〈洛中洛外図屏風〉を、ローマ教皇、グレゴリウス十三世に献上すること。

この屏風絵は、織田信長の下命により、天下一との誉れ高い京の絵師、狩野永徳が筆をふるい、宗達が彼を手伝って仕上げられたという。ヴァリニャーノはこの一作を信長に託され、宗達とともに瀬戸の内海を渡り、有馬まで運んできた。

遣欧使節がキリシタン三大名に託されたさまざまな献上品とともに、この屏風だけは、天下人、織田信長からの貢（みつ）ぎ物（もの）として、宗達が教皇に献上奉（たてまつ）る——という計画になっていた。

マンショ、ミゲル、ジュリアンは、この計画をヴァリニャーノに聞かされたとき、動揺を隠せなかった。

キリシタンでもなく、同郷人でもなく、セミナリオの生徒でもない見知らぬ少年が、あろうことか織田信長より絵師としての名を下賜（かし）され、ヴァリニャーノからはキリシタン名を与えられたというだけでもありえない栄誉である。その上、信長からの貢ぎ物を献上するために教皇に謁見するとは——どう考えても解（げ）せぬ、許されぬと、三人は憤懣（ふんまん）やるかたない様子であった。

しかも、信長をうならせたという〈洛中洛外図屛風〉は、木箱にしっかりと封印されて、教皇の御前で開けるまでは見ることが許されない。いったいどれほどのものなのだ、と三人はいぶかしんだ。

遣欧使節四人の中で、ただひとりマルティノだけが、宗達が一行に加わることを心中喜んでいた。

正使たるマンショやミゲルの手前、喜びをおおっぴらにするのは控えたが、わざわざ信長がローマ教皇に献上するくらいなのだ、きっと〈洛中洛外図屛風〉は目も覚めるようなすばらしいものに違いない。

狩野なにがしという絵師を自分は知らぬが、宗達がかかわって作画したのなら確かであろう。なんといっても宗達の絵筆の達者なことは間違いないのだから。

その宗達は、いよいよローマへ出立のときを迎えても、緊張するでもなく、喜び勇むでもなく、あくまでもふだん通り、いつもの調子である。

ヴァリニャーノが司祭となり、乗船まえに一同で祈りを捧げた。その場にいた全員がひざまずき、手を合わせ、祈りの言葉を唱和した。

このときばかりは宗達もひざまずき、神妙な顔つきで手を合わせ、頭を垂れた。

セミナリオの神学生たちが二列に並び、よく通る歌声を浜辺に響かせた。

――きりえ　えれいそん（主よ、あわれみたまえ）

――くりすて　えれいそん（キリストよ、あわれみたまえ）

「それでは、参りましょう。祝福されし神の愛弟子たちよ、お立ちなさい」

ヴァリニャーノに促（うなが）されて、ひざまずいていた四人の遣欧使節は立ち上がった。

それに続いて、神父、修道士たちが立ち上がり、宗達も立ち上がった。

ヴァリニャーノが先頭になり、一行ははしけ舟に乗った。マルティノは浜辺に佇む母を振り返った。

――お役目を立派に果たし、きっと帰ってくるのですよ。

声なき声で母の目が語りかけてくる。いっぱいに涙をためた目。泣いてはならぬと、懸命に堪（た）えているのがわかる。

――母上……行って参ります！

これが今生（こんじょう）の別れになるかもしれぬ。胸に込み上げてくる熱いものを堪えながら、マルティノは遠ざかっていく母の姿をみつめ続けていた。

遣欧使節団が乗り込む船は、「ナウ船」と呼ばれるポルトガルの貿易船であった。がっちりと頑丈（がんじょう）な船体に三本の帆が立ち上がっている。中央により高く大きな帆、船首と船尾にそれぞれやや小さめの帆がつけられている。風向きを読みながら、この三つの帆をいっぱいに広げたり、たたんだり、船首と船尾の帆の向きを変えたりして、船は自在に海上を進むことができる。

真っ白い帆には赤い十字架が大きく描かれている。キリスト教を国教と定めたポルトガル王国のこの船は、神の加護を得、襲いくる数々の危機を乗り越えて、もう何度もはるばる日本へ渡来しているのだった。

ポルトガル王室は、ゴア、マカオを東方の国々との交易の拠点とし、一五四九年にイエズス会の宣教師、フランシスコ・ザビエルが来日を果たして以来、日本とも交易を拓いてきた。

いまでは定期的にナウ船は長崎に寄港するようになった。西欧や明国から運んだ「南蛮物」「唐物」と呼ばれる品々を荷揚げし、空になった船庫に日本の品々を積んで帰国の途につく。遣欧使節団は、このナウ船の帰途に乗じて、マカオやゴアを経由しながらポルトガルへ渡り、そこから西欧各国を経て、最終的にローマにたどり着く――という計画だった。

日本からの帰途は、西に向かって強い季節風が吹く二月がもっとも適していた。帆船は風頼りなので、強い風が吹かなければ進みようがない。寄港した先々で船が長逗留するのは、休息を取ることもあるが、とにかく季節風が吹く時期を待たなければならないからである。

使節団を乗せた船が出航するその日、空は晴れ渡り、いい風が吹いていた。

すでに船員たちによって、すべての荷は船底にある船庫内に積み込まれていた。

その中には、あの〈洛中洛外図屛風〉の入った木箱もあった。

マルティノたち四人は、並んで広い甲板に立った。マルティノからちょっと離れたところに宗達も立った。

浜辺に集まってさかんに手を振っている家族に、セミナリオの生徒たちに、ふるさとの人々に向かって、四人も手を振り返した。母やきょうだいの名を呼びたくとも、四人とも堪えて、ただ黙って手を振るほかはなかった。

風をいっぱいに受けてふくらんだ帆は、ばたばたばたと猛烈な音をたてて、船を沖へ沖へと運んでいった。

長崎の港が遠くなり、マルティノが洗礼を受けた岬に建つ南蛮寺の屋根の十字架も、やがてかすんで水平線の彼方へ消えていった。

「とうとう、見えなくなってしまったなあ……」

甲板に立ち、遠ざかっていく岬を眺めながら、心細げな声でミゲルが言った。

「このつぎにあの岬を目にするのは、いったい、いつのことになるのだろうか」

その言葉には、もしかするとふたたび故郷を目にすることはできぬかもしれぬ……という不安がにじんでいた。

ミゲルが不安がるのは無理もない。遣欧使節団の行く先には、数々の試練が待ち受けているのだ。

一行の船は、まずは明国の交易の玄関、マカオに向かう。順調にいけば、およそ二十日前後で到着するはずである。

マカオは、ポルトガルの船が渡来するまでは、小さな漁村にすぎなかった。しかし、ポルトガルとの交易で栄え、いまや見違えるほどの発展を遂げた。少なくないポルトガル人が居を構え、商人たちは東方における商売の、宣教師たちは布教の重要な拠点としていた。立派な教会がいくつも建てられ、セミナリオやコレジオの数は日本の比ではなかった。

このマカオでどのくらい逗留するかは風しだいであったが、次の冬の到来を待って、およそ十月（とつき）ほどを過ごさねばならぬだろう。

マカオから出航したのちはマラッカに寄港する。そこでまた風待ちをし、次にはインドのコチン、そしてゴアへと船を進める。

ゴアは一五一〇年にポルトガルに占領され、その二十年後にはポルトガル領インドの首都となった。ポルトガルのインド総督、またはインド副王が駐在し、ローマの大司教座も設置されて、「東方のローマ」と呼ばれるほど栄華を極めていた。壮麗（そうれい）な大教会がある都である。が、たとえここまで無事にたどり着いても、まだローマへの道は半ばである。

その後、再びコチンに戻り、荒波が寄せる魔の岬、喜望峰（きぼうほう）を通過して、セント・

ヘレナ島を経由し、ようやくリスボンに到達するのだ。ポルトガル王国の首都たるリスボンに到着してからも、まだまだローマへの道のりは遠い。

大陸に上陸後は、ポルトガル王国を横切って東へと進む。そこには広大なスペイン王国が横たわっている。

スペインをさらに東へと横断する。グアダルーペ、トレド、マドリード、アルカラまで行き、今度は南下して、ベルモンテ、ムルシアと移動。アリカンテの港から再び船に乗り、途中マジョルカ島に立ち寄りながら、地中海を東へと航海する。

リヴォルノの港に到着すれば、そこはトスカーナ大公国である。その後、ピサ、フィレンツェ、シエナと歩みを進め、いよいよローマ教皇領に入る。そこまで来て、ついにローマが見えてくる。

ローマ到着までの歳月は、短く見積もって三年、途中なんらかの災難に見舞われた場合は三年半か、それ以上かかると考えられていた。

スペイン王国訪問時には、マドリードでフェリペ二世の謁見をたまわる。フェリペ二世は、スペイン国王のみならず。ポルトガル国王も兼任していた。彼が統治するスペインは、西欧各国に加え、アメリカ大陸やアフリカ大陸、さらには東南アジアまでを配下に収める大帝国であった。「太陽の沈まぬ国」との異名も持ち合わせていたほどである。

ローマには、二、三カ月滞在して、まずは教皇の謁見をたまわる。と同時に、さまざまな事物を学ぶことになっていた。特に宗達は、活版印刷をこの地で習得する予定になっていた。

ローマ訪問後は、フェッラーラ公国、ヴェネツィア共和国、スペイン領ミラノなど各地を訪問して、ジェノヴァ港から船に乗り、地中海を渡ってバルセロナ港に着いてアルカラまで行き、もと来た道を戻っていくのである。

スペイン王国を西へ、ポルトガル王国を西へ。再び大海原へ船で乗り出し、喜望峰を通って……。

長いながい道のり、そして歳月である。

途中、どんな災難が待ち受けているかわからぬ。嵐や日照りはもちろんのこと、乗組員が病(やまい)に倒れることもあるだろう。疫病(えきびょう)にかかるかもしれぬ。さらには海賊に襲われることもよくあると聞く。さまざまな困難と苦渋に満ちた航海となるはずだ。

自分たちを待ち受けている過酷な運命を思って、マルティノは、いまは陽光にあふれて輝いている海原を不安に満ちた目で見渡していた。そのかたわらで、宗達が、うーん、と大きく伸びをした。

「ええ気持ちやなあ。……海と、空と、お天道さましかあらへん」

甲板の上から大海原を眺め渡して、宗達がのんびりと言った。

「なんや、腹が減ってきたなあ。そろそろ飯にありつく刻と違うか」

不安で胸がふさがれていたマルティノだったが、宗達のいかにものんきな様子に、急に力が抜けてしまった。

「のんきだな、おぬしは……もう戻ってこれぬかもしれぬのに……隣村へ遊びに行くのとは違うのだぞ」

「そりゃ、わかっとるわい」

宗達は、のんびり構えたままで言い返した。

「せやけど、もうこの船に乗ってしまったんやから後には引けへんやろ。こっからさきは進むだけや。しかも、わいらは進まんでもええんやで。船が進んでくれるんやからな。わいらはただ乗っかっとればええんやし。ありがたいこっちゃ」

宗達の言葉に、マルティノは思わず吹き出した。

「それもそうだな。気に病んでも仕方がないということか」

「そうそう。そういうこっちゃ。おぬしが気に病んだところでどうにもならへん。船がただ進むだけや。あとは野となれ山となれ、海となれ」

ははは、とふたりは声を合わせて笑った。

宗達と話をしているうちに、マルティノの胸に募っていた暗雲はいつのまにか消え去った。

自分は小さなしくじりにもくよくよするところがあるのだが、宗達は違う。彼には、目先のことにはとらわれず、大局を見ようとするところがある。細かい部分を這(は)いつくばってみつめるよりも、全体を眺める——という性質は、やはり絵師だからなのだろうか。

ふたりがなごやかに語らい合っていると、千々石ミゲルがやって来て、「おい」と宗達に声をかけた。

「たわけたことを申すのはやめろ。おぬしは、この船に乗っていさえすれば、やすやすとローマへたどり着くと思うておるのか。きりしたんでもない、セミナリオに学んでいるわけでもないくせに、おぬしは、なにゆえこの船に乗ってきたのだ。図々(ずうずう)しいにもほどがあるわ」

ミゲルの背後にいた中浦ジュリアンも、一歩前に出て、「ミゲルさまのおっしゃる通りだ」と、思い切ったように言った。

「私たちは、おぬしがこの船に同乗することを受け入れたわけではない。ヴァリニャーノさまがわざわざおぬしを都から連れてきたことにも、セミナリオに学ばせたことにも、まったくもって合点(がてん)がいかぬ。おぬしばかりが、なにゆえ、さようにパードレさまたちに情をかけられるのだ」

宗達は、ふたりに詰め寄られても、口を真一文字に結んだままで、何も答えようとしなかった。マルティノが、宗達の前に立ちふさがり、彼をかばうようにして、

「どうしたのだ、急に……。宗達が私たちとともにローマを訪うことは、ヴァリニャーノさまよりお話を聞かされたではないか」

と、あわてて言った。

「宗達はきりしたんではないが、ローマ教皇猊下にお目通りせねばならぬ。なぜなら、織田信長さまより教皇猊下へ献上奉る屛風絵をこやつが描き、それをお届け奉るようにと、信長さまご自身よりご下命があったということではないか。……ほかならぬ信長さまのご下命ぞ。それとて、私たちの使命と同じく、立派な使命ではないか」

「それは違うぞ、マルティノ」

静かな声で割って入ったのは、伊東マンショであった。

「確かに、織田信長さまは天下人であらせられる。されど、そもそもこの船が長崎に出入りすることをお許しになったのは……いや、パードレさまたちのご布教を許され、吾らが神の教えを信じ奉ることを後押しされたのは、吾らが殿、大友宗麟さま、大村純忠さま、有馬晴信さまではないか。殿さまがたがおわさなければ、そも

そも、吾らがきりしたんになることもなく、セミナリオが建てられることもなく、ましてや、ローマへ赴くなどという栄誉に浴することはなかったはずだ。ゆえに、吾らが教皇猊下に謁見をたまわるのには正しき由がある。されど、そやつの使命が吾らの使命と同等に立派であるというそなたの言には得心がいかぬ。ただちに取り下げよ」

そこまで一気に言ってから、マンショは挑みかかるようにマルティノをにらみつけた。

マルティノは言葉に詰まってしまった。

これはまずいことになった、航海はまだ始まったばかりである。このさき、想像もできないほどのはるかな海路をともに進み、あまたの困難を皆で乗り越えていかねばならぬ。それなのに、こんなふうに対立してしまっては、結束して困難に立ち向かっていくことができなくなる。

マルティノは、下を向いて押し黙ってしまった。

と、宗達が三人のほうへ一歩近づき、風に逆らうように大きな声で、

「こやつのせいやないで」

と、言った。

「わいがこの船に乗せてもろてるんは、マルティノのせいとは違う。せやから、こ

やつにどうのこうの言うのは、お門違いや」

「吾らはマルティノに文句を申しておるのではない。おぬしに申しておるのだ」

いらついた様子で、ミゲルが言い返した。

「そうだ」とジュリアンがすぐに続けた。

「おぬしは父も母も見送りに来ていなかったから、わからぬだろう。……私は、たったひとりの母上を残して、この船に乗った。マンショさまも、ミゲルさまもだ。……生きて帰れるかもわからぬ、そんな恐ろしい旅に、母上がたは私たちを送り出したもうた。なぜなら、吾らは神の弟子だからだ」

言いながら、ジュリアンの声は涙声になって震え始めた。

「母上がたは、私たちを神に捧げるおつもりで送り出したもうたのだ。吾らもまた、この命を神に捧げるつもりで旅立ったのだ。おぬしが屏風一枚を持っていくのとはわけが違うのだ。私は……わ、私は……神の……」

そこまで言うと、どうにか堪えていた涙が堰を切ったようにあふれ出し、ジュリアンは声を放って泣き出した。

「おお、ジュリアン！」

ミゲルが大泣きに泣くジュリアンの肩を抱いて、赤子をあやすように言った。

「泣くでない、泣くでないぞ。泣いてもどうにもならぬ。吾らはもう船出してしまったのだ。泣いても船は戻らぬぞ。泣いても……」

　というミゲルも我慢できなくなって、とうとう泣き始めた。

　ますますまずいことになってしまった。

　大泣きに泣くジュリアン、彼をなぐさめようとして涙の大波を被ってしまったミゲル、そしてついには、いつもは冷静沈着なマンショまでが、

「泣くな。泣くなと言ったら泣くな。そなたたちが泣けば、こちらまで泣けてくるではないか……」

　と、いつのまにか涙と洟水で顔をぐしゃぐしゃにして、三つ巴になって泣き始めた。

「あの……ちょっ、ちょっと……マンショどの、ミゲルどの。ジュリアンも……ああ、どうしよう……」

　マルティノはどうすることもできず、おろおろするばかりだった。

　かたわらに佇んでいた宗達は、半ばあきれたように両腕を組み、声を放って泣く三少年を眺めていたが、大きく息をつくと、

「よっしゃ、わかった！」

　元気よく、ひと声放った。

「おぬしらがそこまで言うんなら、わいはこの船を下りる」

えっ、とマルティノは目を瞬かせた。

泣きじゃくっていた三少年は、ぴたりと泣きやんで、宗達のほうを振り向いた。

宗達は、にかっと笑顔になって、

「マルティノ、悪いが、あの屏風、教皇さまに届けてくれ。それだけは頼む。上さまとわいの、男と男の約束やさかい」

と、言った。

あっというまに着物と袴を脱ぎ捨て、ふんどしひとつになった。そして、つかつかと船の舳先へと向かった。

「そ……宗達っ！」

マルティノは、大あわてで宗達の前に回り込んで、行く手をふさいだ。

「たわけたことを申すな！　おぬし、泳いで帰るつもりか⁉」

「ああ、その通りや」

すらりと宗達が返した。

「まださほど沖には出とらんし、いけるやろ。マルティノ、ローマから文、よこしてくれや。『京の俵屋宗達どの』で届くんとちゃうか。知らんけど」

ははは、と笑って、

「ほな、さいなら」

マルティノをかわして、舳先へ向かおうとした。

と、そのとき。

わああーっ、と叫びながら、ジュリアンが宗達に向かって突進すると、裸の背中に飛びついた。

ひゃあっと声を上げて、宗達はその場にひっくり返った。続いてミゲル、マンショが宗達の体の上に飛び乗った。あっというまに、宗達は、三少年に組み敷かれてしまった。

「無茶をするでない！　死んでしまうぞ！」

いちばん上に乗っかったマンショが叫ぶと、

「ぐ、苦しい……し、死ぬ……っていま死ぬわ！」

手足をじたばたさせて、宗達が断末魔（だんまつま）の叫び声を上げた。

マルティノは、その場に突っ立ったまま、呆然（ぼうぜん）としていたが、もう堪えきれなくなって、声を上げて笑い出した。

「笑ってる場合とちゃうで！　た、助けてくれえ、マルティノ！」

一度笑い出すともう止まらない。マルティノは腹を抱えて笑った。すると、宗達の上に折り重なっていた少年たちも、たまらずに笑い出した。

「わ、笑うなっ。笑うな〜〜〜ッ！」

ひとり、宗達だけが悲壮な声を出した。

騒ぎを聞きつけて、甲板の反対側から、日本人修道士、ロヨラがやって来た。

ロヨラは、親亀子亀のように少年たちが折り重なっているのをみつけて、ぎょっとした。

「そなたたち！　いったい何をしているのだ⁉」

大あわてで皆のもとに駆けつけた。

「いや、それが、その……申し訳ございませぬ。は、腹が……腹が痛うて……」

途切れ途切れに息をついて、マルティノが言った。それでまた、ロヨラはぎょっとして、

「いかがした⁉　まさか、そなた……腹の病にかかったのか⁉」

と訊いた。

「いえ、違います。笑いすぎて……」

マルティノは、なおも笑いながら答えた。

折り重なっていた少年たちも、笑いながら、ごろりと甲板に寝そべった。自由の身となった宗達は、

「ああ、命拾いしたあ。……マンショ、ミゲル、ジュリアン。マルティノも。おおきに、ありがとう」

大きく息をついて、ようやく笑った。

赤い十字架を記した白い帆を季節風でいっぱいにふくらませ、遣欧使節団一行を乗せたナウ船は、青くはてしない大海原を進んでいった。

出港後、三日目まではすべてが順調だった。空は晴れ渡り、陽光はきらめき、波はさほど高くなかった。船は波間を滑るように走り、その速さに少年たちは大喜びだった。

「なんと速いんだ！　龍の背に乗っているようだ」

マンショが舳先近くに佇んで言うと、

「まことに、このまま行けば、すぐにもローマに到達してしまいそうではないか」

ミゲルもうれしそうに言う。

マルティノも、この調子ならば、マカオにもゴアにも寄らず、一気にポルトガルの港まで行ってしまうことができるのではないか、と思うくらいであった。

ところが、航海が始まって四日目に、天候が急変した。

ゴロゴロゴロ……遠くで雷が轟(とどろ)き、怪しい風が吹き始めた。黒い雲が空を覆い、瞬(またた)く間にあたりが暗くなる。バタ、バタ、バタバタバタバタッと音がして、大粒の雨が甲板に落ちてきたかと思うと、ザアアア――ッと雨が降ってきた。

「帆を下ろせ！　急げ！」

「みんな、中へ引っ込め！　甲板は危ないぞ！」

船員の声が飛び交う。すべてポルトガル語だったが、危険を察知して、甲板上にいた使節の四少年は、大あわてで船内へと駆け込んだ。ただひとり、宗達だけが舳先へ行き、大荒れに荒れ始めた海に向かって、「うおおーっ、こりゃあすっごいわ！」と吠えている。

「宗達っ！　早くこっちへ来い、海に放り出されてしまうぞ！」

マルティノが叫んだが、宗達は舳先を動こうとしない。

「アゴスティーノーッ！」「こちらへ、早よう！」

四少年たちが全員で叫んで、ようやく宗達が振り向いた。右へ、左へと転びそうになりながら、甲板を渡り、びっしょりと濡れた体で船内へ転がり込んだ。

「すごい景色やったで。遠くで稲妻が光って、黒い雲が立ち現れて……波が生き物みたいやった」

激しく揺れ動く船内で、宗達ひとりがやけに楽しそうだった。

丸二日にわたって大時化となった海を使節団の船はどうにか渡っていった。

使節の少年たちは、激しい船酔いに苦しみ、このまま命が果ててしまうのではないかというほどであった。凪に乗って一気にポルトガルまで行けるかもしれぬ、など考えたのが、いかに愚かなことだったのかを、マルティノは思い知った。

パードレたちや乗組員の面々は、西欧から日本へと渡り来るあいだに、いくつもの嵐を体験してきたのであろう。嵐の最中もひたすら神に祈りを捧げていた。

「この嵐は神が与えたもうた試練だ。これを乗り越えなければローマにたどり着くことはできぬ。祈りなさい、ひたすらに」

ヴァリニャーノに言われ、少年たちはそれに従ったが、しまいには朦朧としてしまい、何が何やらわからなくなってしまった。

そんな中、どういうわけか、宗達だけが船酔いしなかった。船底の桟にぶら下がるようにして両腕でつかまり、目をつぶって、船が揺れるのに体を任せている。そうすることで、己を保っているようだった。

嵐をくぐりぬけた後、ナウ船は、ようやくマカオの港へとたどり着いた。長崎の港を出てから十七日が経っていた。

マカオの港には大小の船が帆をたたんで停泊しており、入江からなだらかな丘陵が広がっていた。集落の屋根に交じって、高台にはいくつかの大きな西欧風の建物が眺められ、そのとがった屋根の上には十字架が見えた。

マルティノたち使節の少年は、喜びに胸を躍らせて、初めての異国の地に足を踏み入れた。

「なんや、まだぐらぐらしとる。けったいな感じやなあ」

はしけ舟から浜に上がった瞬間、そう言ったのは宗達である。すでに体は船の揺らぎにすっかりなじんでいた。まっすぐ歩いているつもりでも、まだ揺れているような感覚があった。

一行は高台にある大聖堂へ向かった。通りや集落は活気にあふれ、マカオ人に交じって、多くのポルトガル人が歩いていた。熟れた果実の甘い香り、魚のにおい、不思議な鳥の声、ポルトガル語の会話。マルティノは眺め回したいのをぐっと堪えたが、宗達はしきりにきょろきょろしていた。

マカオの大聖堂に到着した一行を、マカオ司教、マカオ総督、イエズス会の神父たちが出迎えた。

日本からローマへ向かう少年使節がやって来ると、すでに巷ではうわさになっていたらしい。少年たちをひと目見ようと、大聖堂の周辺には幾重にも人垣ができた。

着物と袴と草履を身に着けたいかにも生真面目そうないでたちの一行が姿を現すと、大きなどよめきが起こった。

さざ波のように拍手が沸き起こり、広がっていく。その中を大聖堂へと進み入るマルティノは、なんだかくすぐったい気持ちでいっぱいだったが、しっかりと胸を張り、前を見据えていた。一行のいちばん後ろにくっつくようにしてちょこまかと歩いていく宗達だけが、しきりに頭を巡らせて、おお、とか、はあ、とか、感嘆の声を上げていた。

一行の到着を祝福するミサが行われ、その後、司教が主催する晩餐会が開かれた。使節の少年たちを歓迎するもので、宗達は招かれていなかったが、ヴァリニャーノの計らいで出席できることになった。ところが、宗達はこれを辞退した。

「わいは遠慮いたします。きりしたんではあらへんし……」

自分たちの手前、遠慮しているのだろうか……とマルティノは、らしくなくもじもじする宗達の様子がおかしかった。ヴァリニャーノは微笑んで、日本語で言った。

「そなたもまた、私たち一行の同志なのだ。遠慮をすることはない」

晩餐会は、大聖堂にほど近い司教館の食堂で開かれた。西洋風の建物の二階にある部屋は、壮麗な装飾が施されてあった。壁は十字架の模様が織り込まれた赤い絹で覆われており、見上げるほど高い天井からは大きな真鍮の燭台が下がっていて、数え切れないほどのろうそくの灯りが揺らめいていた。長い卓には色とりどりのくだもの、魚、菓子、ぶどう酒が並び、食べ物なのか何なのかもわからないものも載っている。

見たこともない馳走に、マルティノたちは目を見張った。宗達は、懐から帳面を取り出し、先を削った木炭で、夢中になって卓の上のものを描き写していた。人一倍食い意地が張っているくせに、絵を描き始めるとすべてを忘れてしまうのだ。

それから十月のあいだ、使節団一行はマカオに留まった。

マカオは西欧にいたるまでの長いながい航海の入り口にすぎない。それでも、ほぼ一年近く出航しなかったのは、季節風が吹く時季を待つ「風待ち」をしていたからである。

しかし、使節の少年たちにとって初めて足を踏み入れた異国であるマカオでの滞在は、大切な体験となった。

マカオにはポルトガル人が多く入植し、交易で栄えていた。イエズス会の宣教師たちも数多く滞在して、教会も、学校も、寄宿舎も、「ポルトガルと何も変わらない」とポルトガル人司祭——日本では修道士だったが、マカオ滞在中に司祭に叙された——ディオゴ・デ・メスキータが言うほどであった。そんなこともあって、少年たちの目には、マカオは西欧そのものとして映っていた。

風待ちのあいだ、少年たちは目覚ましく成長を遂げた。

彼らは、マカオのイエズス会付属の学校で、ラテン語とポルトガル語、教学、音楽などを学んだ。マルティノは瞬く間にポルトガル語を身につけた。ほかの少年たちも必死に習得しようと心がけたが、マルティノにはかなわなかった。

「まことに、マルティノは言葉を操(あやつ)るのが抜きん出てすぐれておるな。よき通詞になろうぞ」

　少年使節の世話役を兼ねて一行に同行している日本人修道士、ロヨラが頼もしそうに日本語で言うと、

「ポルトガル語、またはラテン語で仰せください、ロヨラさま」

　涼しい顔をしてマルティノが答えた。

　宗達は、コンスタンティノとともに、足繁く「印刷所」に通った。そこには、イエズス会がマカオに持ち込んだ印刷機があり、聖書の言葉や、ローマ教皇の教えなどを、ラテン語とポルトガル語で印刷していた。

　初めて見る印刷機に、宗達は目を見張った。

　それは大きな機織(はたお)りのようなもので、木製の台に鉄の圧(お)し板がついている。まず、鉄製の板に、型に流し込んで作った小さな「活字」を並べ、これがばらけないように糸で結束する。その上にインクを載せ、紙を置き、圧し板で上から圧す。このさいに大きな力をかけるため、ぎりぎりと側面についている「輪」を回して、圧し板を下げる。

　この「印刷機」を使えば、同じ文言の書を何枚でも作ることができる。

日本では、仏僧たちが仏の教えを筆で紙に書き写すのを修行としているが、市井（しせい）の信徒たちがそれを目にすることはない。写経本は数が限られているし、信徒の多くは文字を読めないのである。

しかし、「印刷」された書が数多く出回れば、人々は文字を目にする機会が増え、読字を学ぶこともできるだろう。読字できれば、聖書も読める。すなわち、より効率的に布教ができる。ゆくゆくは日本で聖書を印刷して広めることは、イエズス会にとって必須なのである。

宗達とコンスタンティノは印刷機にさわることは許されなかったが、実際に書が印刷されるさまを熱心に観察した。

印刷工の職人を、コンスタンティノは流暢（りゅうちょう）なポルトガル語で質問攻めにした。宗達は、初めのうちはちんぷんかんぷんだったが、興味のあることなので、いつのまにかポルトガル語を理解するようになった。そのうちに、ポルトガル語で日常会話を難なくこなすようにまでなった。

「おぬしは絵筆ばかりではなく、言葉を操るのも得手だな」

コンスタンティノがポルトガル語で褒（ほ）めると、

「言葉は人真似（ひとまね）をすればよい。絵筆はそうはいかぬ。それでも、自分にとっては絵筆を操るほうがずっと簡単だ」

やはりポルトガル語でさらりと返した。

言葉の練習をかねて、マルティノと宗達は、互いに会話をするときにはポルトガル語を使うように心がけた。宗達の言葉の上達ぶりにマルティノは驚かされた。この調子ならば、ラテン語もすぐに覚えるのではないか。

「もっとラテン語も学んだらよいではないか。きっとすぐに話せるようになるぞ」

マルティノの提案に、宗達は首を横に振った。

もっとラテン語を学べ、というマルティノに向かって、宗達は、

「Voglio parlare la lingua Romana（ローマ語を話したいよ）」

ラテン語でもポルトガル語でもない西欧の言葉で、すらすら答えた。

きょとんとするマルティノの顔を、おもしろそうに眺めてから、宗達は、今度は日本語で言った。

「わいは、ローマへ行ったら、まずはローマの絵師に会うてみたいんや。そして、いかようにして絵を描くのか、訊いてみたいんや」

マカオの教会や学校に飾ってある数々の絵。

西欧から渡ってきたそれらの絵の中には、日本の南蛮寺で目にした絵画を凌駕するような驚くべきものがあった。

慈愛をたたえ、透き通るように美しい聖母マリアの顔。愛くるしい神の御子、そ

の誕生を祝って輝く星のもとへと集まり来る東方の三王（三賢者）。いばらの冠を被り、血を流して、苦痛に耐えながら十字架にかけられるイエス＝キリストの姿。教えを乞わんと、キリストに付き従う使徒たち。

聖書の中の登場人物たちの様子が生き生きと描かれ、じっとみつめていると、まるで自分もその場に立ち会っているかのような気持ちになってくる。

幼い頃に、南蛮寺で初めて聖母子像を見たとき、ほんとうにそこに聖母が現れたのではないかと、目を疑った。それが絵であるとは、どうしても信じられなかった。西欧にはこのような絵があまたあるのですとパードレに教えられ、驚きを隠せなかった。

いかようにして、あのような絵を描くことができるのだろう？

どのような絵師が描くのだろう？　師匠はいるのか。手本はあるのか。顔料は？　筆は？

どうしても、知りたかった。その秘密を知るためならば、どんなことでもしたいと思った。

「せやから、わいはなんとしてもローマの言葉を学ばなあかん。ローマで絵師に会うことがかなったら、あれもこれも、訊いてみたいことがぎょうさんあるんや」

熱に浮かされたような目をして、宗達が力強く言った。

マルティノは、いまさらながらに宗達の作画にかける熱情に深い感動を覚えた。なんとしてもローマへたどり着く。そして、そこで活躍する絵師たちと話をして、彼らの絵の秘密を探りたい。そのためならば、ローマの絵師たちが話す言葉を学ぶのも厭わぬ。

ひたむきに作画の技を追い求め、絵の道を究めたいと願う宗達。

それに比べて、いったい自分はなんのためにローマへ行こうとしているのか。

マルティノの心に、ふいに迷いが生じた。

ある日突然、ヴァリニャーノから「ローマへともに行き、教皇猊下にお目通りする」と申し渡され、ただただ驚くばかりだった。すべてのキリシタンが夢にまで見る世界の都、ローマへ、まさか自分が行くことになろうなどと、どうして想像できただろうか。

息子が遣欧使節に選ばれて、父も母もそれはそれは喜んでくれた。正使である伊東マンショと千々石ミゲルを助け、立派にお役目を果たしてこいと送り出してくれた。ひょっとすると、これが今生の別れになるやもしれぬ。それでも名誉なことなのだと、涙を堪えて別れたのだ。

しかし――。

ほんとうにこれでよかったのだろうか。マルティノの胸中にさざ波が立った。

父と母が敬虔なきりしたんだったおかげで、自分は生まれたときからずっと神のご加護のもとに生きてきた。

日々のミサを欠かさず、何事にさいしても祈りを捧げてきた。

苦しいことがあれば、それは神が与えたもうた試練なのだとパードレに教えられた。うれしいことがあれば自然と神に感謝した。

いつもいつも、己の身命は神のもとにあった。神のしもべとして役に立ちたいと思い続けてきた。それがあたりまえだったし、それ以外に身の振り方を知らぬ。

だが、それでよいのだろうか。

宗達は自分自身がどうしたいか、どうありたいか、常に己の心に従って、こうと決めた道をまっしぐらに走ってゆく。

その姿がまぶしかった。……うらやましかった。

自分が宗達のようになれるとは到底思えない。されど……少しでも見習いたい。

それがマルティノのまことの気持ちであった。

一五八三年（天正十一年）年が改まって、季節風が吹き始める頃、遣欧使節の一行を乗せた船が再び出航のときを迎えた。

風待ちをした十月のあいだに、使節団の少年たちはすっかりマカオに慣れ親しんだ。

だから、いざこの地を離れるとなると、長崎の港を発ったときと同じ思いが胸に去来したのか、少年たちのどの顔にも霞のようなさびしさが立ち込めていた。

マルティノは、なぜかはわからないが、いずれ自分がこの地に戻ってきて、何か大切な役目を果たすような気がしてならなかった。

少年たちは、長崎の港を出たときと同じように、甲板に並んで立ち尽くして、遠ざかっていくマカオの景色をいつまでも眺めていた。

宗達だけがほかの少年たちとは違っていた。彼は、甲板に座り込み、膝の上に帳面を広げて、水煙の彼方に吸い込まれていくマカオの風景を、丘の上に立つ教会の十字架が天を指差しているのを描き写していた。

いつであれ、宗達が肌身離さず持ち歩いていた帳面には、マカオの景色とそこで暮らす人々、珍しい生き物や花々などが、いっぱいに描かれていた。

宗達は、毎日まいにち、帳面に描きつけた絵をマルティノに見せてくれた。見るたびに、宗達が確実に腕を上げているのがわかった。作画の技術は揺るぎなく、感覚は研ぎ澄まされている。マルティノは、いったいこやつはどんな絵師になるのだろうかと空恐ろしい気すらした。

いまですらここまでのものを描くことができるのだ。ローマに行って、西欧の絵師たちの作画の秘密を知ったら、もっともっとすごい絵を描くことになるだろう。その日を無事に迎え、しかとこの目で見届けようではないか。

そんなふうに強く思いもした。

ローマへ行くのは、むろん、教皇猊下にお目通りするためだ。

けれど、マルティノの胸には、いまやもうひとつの願いが浮かんでいた。

それは――宗達がローマで新しい発見をし、いままでに見たことのないほどの「おもしろき絵」を描くのを見届けることだった。

マカオを出航したナウ船は、ふたたび大海原を進んでいった。

次に目指すは、はるか南方の国、マラッカである。かつてはマラッカ王国だったが、ポルトガルに征服され、いまではポルトガル領となっていた。

ヴァリニャーノが心の師と仰いでいるフランシスコ・ザビエルは、マラッカから出発して東洋で布教活動を広めた。イエズス会にとっても重要な拠点のひとつである。

十月まえに長崎を船出した当初は、真冬の海風が刺すように冷たかった。

その後到着したマカオは蒸し暑く、真冬でも寒い日はいちにちたりともなかった。

そして、さらに南へ、南へと海上を走っていく船は、恐ろしいほど強く照りつける太陽のもとにさらされた。

暑くて暑くて、いたたまれないほどである。それでも、パードレたちはきちんと服を身に着け、汗を流し、無言で耐えた。少年たちも同じで、身に着けているものすべてを脱ぎ捨ててしまいたくても、パードレの手前、それができぬ。

全員が、太陽の抱擁(ほうよう)が届かない船底に潜(もぐ)って、ただただ、じっと動かずにいるほかはなかった。

動き回れば、汗をかき、体力を消耗する。暑いときにはとにかく動かずにじっとしているに限るのだと、すでに南洋の暑さを体験しているパードレたちは、少年たちに語って聞かせた。

ただひとり、宗達だけがパードレの言うことを聞かなかった。

「もう我慢できへん！」

と着物を脱ぎ捨て、ふんどしひとつになると、ひたすら我慢している少年たちに向かって、

「おぬしらも裸になったらどうや。ローマにたどり着くまえに、暑くて死んでしまうかもしれへんぞ」

とけしかけた。

すると、十字架(クルス)を手に頭を垂れていたヴァリニャーノが、顔を上げて、宗達に語

りかけた。

「Essere pazientare（我慢せよ）」

マルティノは、はっとして顔を上げた。

宗達は、イタリア人であるヴァリニャーノ直々に、ローマ人が話すという「イタリア語」を学んでいた。すでにラテン語とポルトガル語を習得したマルティノも、それに付き合っていた。

「見よ。そなた以外の誰もが耐えているのだ」

ヴァリニャーノは、続けてイタリア語で宗達に語りかけた。いつになく厳しい口調で。

「神がこの船に乗った吾らに等しく与えたもうた試練を受け入れられない者は、ローマに行く資格はない。そのことを、胸に刻みつけるがよい」

ヴァリニャーノの言葉に、宗達はくちびるを噛んで下を向いた。そして、脱ぎ捨てた着物をきちんと着直すと、むしろの上に正座して目を閉じた。

「……ヴァリニャーノさまは、なんと仰せだったのだ？」

マルティノの隣に座っていたマンショが、こっそりと耳打ちして訊いた。

マルティノは、「さあ……よくわかりませぬ」と答えたが、ほんとうは一言一句、すべて理解していた。

宗達はキリシタンではないが、心からヴァリニャーノを慕っている。まるで父のように。

彼の実の父は扇屋ということだが、ヴァリニャーノとともに京を発ってからこのかた、宗達が再び父に会うことはなかった。

長崎の港を出るとき、マンショ、ミゲル、ジュリアンを見送るために、それぞれの母が集まっていた。マルティノの父は健在だが、三人に気を遣って、母だけが見送りに来てくれていた。

ふるさととの別れ、親との別れが辛くて、皆、出航してから泣きに泣いていたが、あのとき、宗達だけは「泣いても仕方がない」と突っ張っていた。

あのとき——ほんとうは宗達もさびしかったのではないか。父上、母上、と泣き叫びたかったのではないか。

それでも、彼は、ひと粒の涙もこぼすことなく旅立ったのだ。——「見たこともないもの」をその目で見て、「おもしろき絵」をその筆で描くために。

マルティノ以外の遣欧使節の少年たちと宗達は、最初のうちこそ反目し合っていたが、いまではもう「呉越同舟」を経て、わだかまりは消えていた。

宗達は底抜けに明るい少年だったが、使節の少年たちの学びの時間にはふっといなくなり、祈りの時間には少々退屈そうに見よう見まねで手を合わせていた。宗達には、ほんとうは奥ゆかしいところもあるのだが、わざと明るく振る舞っているのではないかと、マルティノは考えていた。

およそひと月をかけて、船はマラッカに到着した。

激しい嵐にいくたびも見舞われ、豪雨の中では大きな帆船も笹舟(ささぶね)のごとく荒波に翻弄(ほんろう)された。どうにか嵐をやり過ごしても、そのあとに襲ってくる猛暑にまたもや苦しめられた。

まだローマの影もかたちも見えぬ。ローマどころか、西欧の入り口、ポルトガルすらも。

いったい、どれほど遠いのか。ほんとうにたどり着くことができるのだろうか。これほど辛い思いをして、行ったところでどうなるというのか。

船酔いや暑さに苦しみながら、マルティノの朦朧(もうろう)とした頭の中を迷いの言葉がぐるぐると回り続けることもあった。

意外にも、もっとも辛抱(しんぼう)強かったのは宗達だった。

嵐の最中には船底の桟にぶら下がり、目を閉じて耐えていた。日照りのときにも、着物の前をきちんと合わせ、流れ落ちる汗をぬぐおうともせず、やはり一心不乱に何事か黙考しているようだった。

宗達の隣で、暑さでぼうっとなりながらも、マルティノは考えた。もしや、宗達の心の中にも神が現れたもうたのではないか——などと。

宗達もまた、胸の裡に、彼なりに神の声を聞いているのではないか。

そんな気がしてならなかった。

苦難の航路の果てにたどり着いたマラッカは、使節団にとって「ここは天国（パライソ）だろうか」と錯覚するほど、居心地がよく感じられた。

ポルトガルが占領したのちに造られた「サンチャゴ」と呼ばれる砦（とりで）や、大小の教会、壮麗な大聖堂もあった。あちこちにうっそうと緑を茂らせる森があり、珍しい生き物もたくさんいた。街なかで、人に引かれて象が歩いているのを目にしたときには、少年たちはさすがに興奮した。

初めて象を見たのは、宿舎から大聖堂へ向かう途中であった。最初に気づいたミゲルが、「あれを見ろ！」と道の反対側を指差した。一行は、はたと立ちすくんだ。

体じゅうに小さな銀の鈴を下げて、シャンシャンと鳴らしながら、のっし、のっしと歩いてくる、薄黒い大きな体。大きな耳と、小さな目と、長い鼻。子供の頃に南蛮寺のふすま絵で見た「象」だ——と気づいた瞬間、宗達は跳び上がった。

「うわっ、象や！　ほんまもんの象や！」

ひと声、叫んで、宗達は、象に向かって走り出した。

「待ってくれ、宗達！　私も行く！」

マルティノも宗達を追って、思わず駆け出した。

マンショ、ミゲル、ジュリアンは、ふたりの後ろ姿を眺めていたが、

「私も近くで見たい！」

「背に乗れるのだろうか？」

「行ってみましょう！」

わああっと歓声を上げながら、駆けていってしまった。

「これっ、そなたたち！　……ああ、なんということだ！　これからミサが始まるというのに……間に合わぬではないか！」

少年たちの世話役の日本人修道士、ロヨラはあわてふためいてしまった。

その様子を見ていたヴァリニャーノとメスキータはやわらかな笑い声を立てた。

「よいではないか、同志よ」

はらはらするロヨラに向かって、ヴァリニャーノが言った。

「あの者たちは若い。彼らの心にはみずみずしい好奇心が宿っている。それは神からの大切な贈り物なのだ」

「では、伺いますが、ヴァリニャーノさま」

いかにも困り果てた表情を作って、ロヨラが返した。

「私もまた、彼らを追いかけていきたい気持ちに抗(あらが)えないとしたら……神からの贈り物は、この私の心にも届けられたということなのでしょうか？」

ヴァリニャーノは、くすっと笑って答えた。

「もちろんだとも。さあ、そなたも行くがよい」

ロヨラは目を輝かせた。そして、象を間近にひと目見んと、少年たちの後を追って走っていった。

マラッカでは、風を待って過ごしながら、使節の少年たちは、語学と数学、楽器の演奏の練習に時間を費やした。

すべてはローマにたどり着くために。

ローマでの教皇猊下との謁見に備えるために。

その日までに、よどみなくラテン語を話せるようになり、教皇の御前で美しく楽器を奏(かな)でることができるように――と、願いながら鍛錬した。

マラッカに滞在してのち、吹き始めた西向きの風に乗って、遣欧使節団一行を乗せた船は、次なる寄港地、インドのコチンを目指して出航した。

マラッカにいたるまでのあいだに南洋の暑さを経験してきた少年たちは、多少の暑さならばへこたれなくなっていた。

ところが、インド洋の暑さはいままでの比ではなかった。

何もさえぎるもののない洋上で照りつける太陽の光は刃のようだった。甲板の上に寝そべったりしたら、ものの半刻もしないうちに干物になってしまうだろう。日中は為すすべなく、皆、日光の届かない船底に引きこもるほかはなかった。しゃべったり、動いたりすると体力を消耗する。誰もが黙りこくって座り込み、数珠を手に神に祈ったり、目をつぶって黙考したり、ひたすら動かぬようにして過ごしていた。

船底は甲板とはまた違った暑さであった。どんよりとよどんだ空気の中に汗の臭いが充満して、息をするたびに吐き気を催すほどだった。

のどが渇いても、船長は容易に水をくれなかった。ひと口飲んでしまうと、もうひと口、と後を引く。雨が降らずにこのまま水が尽きてしまえば、そのときは乗船者全員が息絶えてしまうときである。我慢できるうちはできる限り水を飲まない、それもまた日照りのさいの暗黙の決め事となっていた。

この航海が無事であること、なんとしてもローマにたどり着けることをずっと祈り続けていたマルティノだったが、暑さと渇きのせいで朦朧として、しだいに自分を見失っていくようだった。

——早く日が沈みますように。そして二度と日が昇りませぬように……と神に祈っている自分に気がついて、マルティノは、はっと目を見開いた。

──いったい何を、私は祈っているのだ……？

突然、暗い嗤いが突き上げてきた。静まり返った船底で、マルティノはひとり、声を上げて笑い出した。

「マルティノ？　……どうしたのだ？」

マンショが不安そうに声をかけた。が、マルティノの笑いはおさまらない。苦しげに息をしながら笑い続けている。ロヨラが立ち上がって、マルティノのそばへ歩み寄った、そのとき。

「おい、マルティノ。……ちょっと来い」

かたわらに座していた宗達が言って、荒々しくマルティノの肩をつかんで立ち上がらせた。

「アゴスティーノ！　どこへ行くのだ⁉」

マンショが驚いて言った。宗達は、無言でマルティノを引っ張って甲板まで連れていくと、その頰を思い切り平手で打った。

派手な音を立ててマルティノがひっくり返った。ちょうど甲板に出てきたマンショの足もとに、マルティノの頭が勢いよく飛んできた。マンショはあっと息をのんだ。

「……マルティノっ！　大丈夫か⁉」

マンショは座り込むと、マルティノの体を抱きかかえた。

マルティノは口もとから血を流していたが、うっすらと目を開けて、

「だ……大丈夫で……す……」

途切れ途切れに答えた。

あわてて船底から出てきたロヨラが、おお、と悲痛な声を漏らした。

「アゴスティーノ、そなたは同輩に手を上げたのか⁉　ああ、なんということを……」

「わ……悪くはありませぬ、宗達は……」

マルティノは、ロヨラに向かってうわ言のようにつぶやいた。

「悪いのは、この私です……私の心に、悪魔が入り込みました……宗達は、それを……追い払って……くれたのです……」

そうだ、サタンだ。サタンがやって来て誘惑をしたのだ。

——思う存分水を飲め。着物を脱いで海に飛び込むがよい。気持ちがよいぞ。

そして、わしがこの世界から太陽を追放してやろう。お前の望み通りに——。

宗達は、マンショとロヨラをきっとにらむと、言った。

「たとえ神さまが望んだとしても、マルティノを天国に行かせたらあかん。……こ

やつは、どうしたってローマに行かなあかんのや」

その声は、うるんで震えていた。マンショとロヨラは、言葉をなくして宗達をみつめた。

宗達は、ぷいと横を向くと、足早に階段を下りて船底へ行ってしまった。

それから三日三晩、マルティノは高熱にうなされた。

生ぬるくよどんだ空気が充満する船底に横たわり、息も絶え絶えであった。誰かが、熱い手にロザリオを握らせてくれた。ひんやりした感触。――日本語の祈禱（オラショ）のつぶやき、ラテン語の祈りの言葉。聖書の文言をささやく声が、潮の満ち引きのように、近づいたり、遠のいたり、どこからともなく聞こえてくる。

夢うつつに、女人（にょにん）らしき姿が現れた。光の衣に包まれて輪郭がぼうっとしている。はっきりと顔が見えない。

――まりあさま……！

マルティノは声の限りに聖なる母の名を呼んだ。とめどなく涙が流れて落ちる。

光につつまれた姿がなつかしい母の姿に重なる。

――母上……！

光の輪の中で、母がやさしく笑いかける。

マルティノは母に近づこうと必死に走っていく。けれど、足がもつれてどうにも動けない。

――母上、待って……待ってください！

マルティノは、母上のおそばに帰りとうございます……！

私は、もはやローマへは行けますまい。あまりにも遠すぎます。あまりにも苦しすぎます。どんなに行きたくとも、かないませぬ。

お許しくださりませ、母上。

もしもおそばに帰ることもかなわぬならば、いっそパライソへ……いっさいの苦しみがないという、パライソへ行きとうございます。

私は……私は、もう……。

母は、手が届きそうで届かないところからこちらをじっとみつめている。耳もとで母のささやき声がする。

――マルティノ。そなたが行かねばならぬところは、ふるさとでも、パライソでもありません。

ローマです。

さあ、お行きなさい、ローマへ。わたくしが風を送ってしんぜましょう。

光の羽衣（はごろも）がふわりと動く。風が起こって、熱い頰をなでる。ふわり、ふわり。

なんと心地よい風だろう。

この風に吹かれて、行けるのだろうか。……いや、行かねばならぬ。ローマまで……。

ザアア……ザアア……。

船が波の上を走っていく音が響いている。

暗闇の中に裸火が灯っている。その光の前に黒い影が座り込んでいる。

マルティノは、うっすらと目を開けた。

ふわり、ふわり、風が起こる。影が扇を動かしているのだ。やわらかな風がマルティノの頰をやさしくなでていた。

「……よお」

目を覚ましたマルティノに向かって、影が声をかけた。宗達の声だった。

「……やっと目を開けたか。水、飲むか？」

目の前に陶器の杯を差し出した。

マルティノは、上半身を起こして、両手で杯をつかむと一気に飲み干した。水は冷たい小川になって熱いのどを駆け抜けていった。これほどまでにうまい水を生まれてこのかた飲んだことがなかった。

目を凝らして見ると、船底に敷いたむしろの上に少年たちが横になって眠りこけている。夜になると昼間の暑さが嘘のように消え、ときには肌寒いくらいであった。

「……私は……私は、どうしたのだ……?」

マルティノは、影になっている宗達に訊いた。

宗達は、ふふ、と笑うと、

「三日三晩、目を覚まさへんかった。パライソに行きかけとったで」

と言った。

「そうか……」

マルティノはつぶやいた。

「まことに、パライソに行きかけたのかもしれぬ。されど……夢の中で、母上に諭（さと）されたのだ」

「おぬしの母上にか?」

「そうだ。……母上は、私に、そなたが行かねばならぬのはパライソではない、ローマですと……仰せになった……」

母は、夢の中で、風を送ってくれた。光の羽衣がふわりと動いて、涼やかな風が頬をなでた。その感触をはっきりと覚えている。

そして、その風は——宗達が、扇であおいで送ってくれていたのだ。

「その扇は……？」

マルティノの問いに、宗達はひっそりと答えた。

「わいのお父が持たせてくれた、俵屋の扇や」

宗達は、大ぶりの扇をマルティノに手渡した。

マルティノは、扇面に視線を落とした。

裸火のかすかな光を拾って、扇面は鈍くきらめいて見えた。金地の中に浮かび上がっているのは、一対の赤鬼と青鬼――のような、異形の神の姿だった。

「これは……？」

マルティノが不思議そうに訊くと、

「風神さまと、雷神さまや」

宗達が、とっておきの秘密を打ち明けるように小声で答えた。

「わいのお父が得意にしとった画題や。わいはまだ、描いたことはあらへんけどな」

風神は、東の空にいて、風を起こす。その怒りに触れると、たちまち嵐が吹き荒れる。

雷神は、西の空にいて、風神の怒りに呼応するように、雷の槍を閃かせ、大地を揺るがす雷鼓を打ち鳴らす。

二神は、ともすれば楽をしようと仕事を怠り、神々への祈りを忘れる人間たちの慢心を一喝してくれる。空に輝く太陽の尊さを、大地に降り注ぐ雨のありがたさを思い出させてくれる。

「お父は……わいがヴァリニャーノさまとともに京を発つとき、この扇を持たせてくれたんや。旅のお守りや、言うて」

なつかしそうな声色で、宗達がつぶやいた。

「わいは、狩野州信さまのもとで、織田信長さまご下命の『洛中洛外図』の屛風を創るお手伝いをさせてもろたんやけど……そもそも、立派な絵師になるために狩野家で修業を積んでこい、言うて送り出したんは、お父やった。そうしたら、結局、南蛮人のパードレに連れられて、ローマへ行く、ゆうことになってしもたんや。『ひょうたんから駒』とは、まさしくこのことやろ」

くっくっと声を殺して笑った。マルティノも、つられてかすかに笑い声を立てた。

「おぬしの父上は、さぞ驚かれただろうな」

マルティノの言葉に、宗達は「そりゃあもう」とおかしそうに答えた。

「ローマゆうても、国の名か食いもんの名かもわからへん。海のずっとずっとずーっと向こうにある都で、船で幾年もかかって行くんや、て話しても、なんでお前がそないな遠くへ行かなあかんのや？　ってな」

狩野永徳とともに宗達が仕上げた傑作〈洛中洛外図屛風〉。それをキリシタンの王たる教皇に届けるため、ローマへ行ってこい——と織田信長直々(じきじき)に命を受けた、と宗達は、安土城から帰ってきてすぐ、父に話したが、なかなか信じてもらえなかった。

宗達は子供の頃から南蛮寺に出入りしていて、海の彼方にあるという西欧の国々の話をパードレに聞かされていた。だから、ローマという都の存在や、それがどれほど遠いかを知っていた。そして、ローマがどれほど遠くてもたどり着くことはできなくはないと理解できた。

しかし、父は、南蛮人が日本ではないどこか遠いところからやって来たということはわかるけれども、その「どこか遠いところ」に、自分の息子が行かなければならない、ということが、どうしても理解できなかった。

その「ローマ」とやらにたどり着けるかどうか、誰にもわからぬ。息子を送り出したら、もはやそのさき一生会うことはできないかもしれぬ。

それでも、信長の命であれば是非もなく息子を送り出さなければならぬ。天下人に逆らえば、父子ともに命の保証はない。

いずれにせよ、送り出したが最後、今生の別れとなるだろう。

父の苦悩は深かった。宗達に「ローマへ行かねばならない」と告げられたその日から、父は、三日三晩、夜も眠れずに悩み続けた。

四日目に、俵屋を訪った人がいた。絹の黒装束に銀のクルスを下げた気品あふれる西洋人。――アレッサンドロ・ヴァリニャーノであった。

ヴァリニャーノは、父に向かって深々と頭を下げた。そして、実に美しい発音の日本語で、おだやかに告げた。

――あなたさまの大事なご子息をローマへお連れ申し上げることを、どうぞお許しくださりませ。

ご子息は、織田信長さま直々に、吾らキリシタンの王たるローマ教皇のみもとへ屛風を届ける使命を与えられたのでござります。

あなたさまのご心配、重々お察しいたします。されど、ご子息は、必ずやこのわたくしが連れ帰ります。旅のあいだは、あなたさまに代わって、ご子息の父となり、お守り申し上げます。

宗達の父が南蛮人と間近に接したのは、それが初めてのことであった。ヴァリニャーノのやわらかな物腰とていねいな態度に、父は魅せられたようだった。

そして、息子を想像もできないほどの遠方へ行かせなければならなくなってしまい、戸惑っている父に対して、同情し、また配慮してくれていることに心を動かされた。

父は、ようやく宗達がローマへ行くことを納得し、受け入れた。

母もまた、父と同様、当初は戸惑うばかりだった。しかし、父が心を定めてからは、ただただ、しっかりと息子を旅立たせるために、旅装束や行李(こうり)など、準備を整えてくれた。

いよいよ出発となった日の朝、宗達は父に呼ばれて仕事場へ出向いた。いつも父を中心に職人たちが集まって扇面に絵を描いている室(へや)であった。

父は、その日、そこで夜明けまえから仕事をしていた。

宗達が入っていくと、手にしていた筆を置き、できた、とひと言つぶやいた。

——これを、お前にやろう。

そう言って手渡したのは、大ぶりの扇であった。

扇面には、父が好んで描いた画題——「風神雷神」が描いてあった。

金地に浮かび上がっているのは、赤鬼と青鬼のような異形の二神である。青鬼のように見えるのは、風神。風袋をしょって風を起こしている。赤鬼のように見えるのは、雷神。雷鼓をしょって黒い雲を従えている。

扇を両手で受け取り、その面にじっと見入っている宗達に向かって、父が言った。

——それを肌身離さず持っておくんやぞ。お前を守ってくれるはずやから。

遠い国への旅路は、帆船に乗り、大海原を渡っていく。航海のあいだ、風の神にそっぽを向かれてしまったら、船は進むことができなくなってしまうだろう。風神の巻き起こす風は、はるか彼方まで船を運んでくれるはずだ。

雷の神は、暗い空に閃光をもたらし、船の行く手を示してくれるだろう。大雨をやませ、やがて光に満ちた空を取り戻してくれるに違いない。

——ええか、宗達。かくなるうえは、必ずやローマにたどり着き、上さまよりお預かりした屛風絵を教皇猊下に奉じるんやぞ。

父は、うるんだ目で宗達をみつめると、静かに言った。

今日を限りに、お前の生まれ故郷である京と、わてらを——お前の父と母のことを忘れるんや。

故郷に父母を残してきたとなれば、途中で帰りたいと思ってしまうかもしれへん。父母の身の上が気がかりで、ローマへ向かっていく気を損なうかもしれへん。

そうなっては、あかんのや。

ええか、宗達。今日からは、ヴァリニャーノさまがお前の父君や。ヴァリニャーノさま以外にお前の父はおらぬ。そう心に決めて、あのお方についていくんやで。

わかったな？

宗達は、父の目をみつめ返した。涙がいっぱいにあふれている、たったひとりの父の目を。

込み上げる涙を必死に堪えながら、宗達は、大きくひとつ、うなずいた。

――はい。わかりました。

行って参ります。……お師匠さま。

父からもらった扇を懐にしっかりとしまって、宗達は旅立った。

「俵屋」の店先で、父と母は、遠ざかる息子の後ろ姿を見送って、いつまでも立ち尽くしたままだった。

いつまでも――いつまでも。

「だから、わいは、いつも嵐が来れば、ああ、これは風神さまが船を遠くまで運んでくれようとしてはるんやな、と思うんや。雷が鳴れば、雷神さまが行く手を照らしてくれてはるんやと……。だから、ちっとも怖いことなんかあらへん」

話しながら、旅立ちのときを思い出したのだろう、宗達の声はうっすらとうるんでいた。

マルティノもまた、目頭（めがしら）が熱くなってしまった。どうにか涙を堪えて、彼は言った。

「……おぬしの大事な扇で風を送ってもらったおかげだろう。私はずいぶん具合がよくなったぞ」

「そうか、よかった」

宗達は、着物の袖（そで）で目をごしごしこすって、笑顔になった。

「扇を持たせてもろうた甲斐（かい）があったな」

〈下巻へつづく〉

この物語はフィクションです。

本書は、二〇一九年十一月PHP研究所より刊行されました。

本文中、現在は不適切と思われる表現がありますが、差別的な意図を持って書かれたものではないため、作品中の時代当時通常に用いられていた表現にしています。

本書P.19～20にある〈風神雷神図屛風〉に関する「新説」は、『宗達絵画の解釈学』林進著（敬文舎）を取り上げたコラム「歴史の鍵穴」（二〇一六年六月十五日の毎日新聞夕刊　記：佐々木泰造）を参考にしています。

著者紹介

原田マハ（はらだ　まは）

1962年、東京都生まれ。関西学院大学文学部日本文学科、早稲田大学第二文学部美術史科卒業。馬里邑美術館、伊藤忠商事株式会社を経て、森ビル森美術館設立準備室在籍時に、ゲストリサーチャーとしてニューヨーク近代美術館に派遣される。その後、フリーのキュレーター、カルチャーライターとして活躍する。2005年『カフーを待ちわびて』で第1回日本ラブストーリー大賞を受賞し、作家デビュー。12年『楽園のカンヴァス』で第25回山本周五郎賞、17年『リーチ先生』で第36回新田次郎文学賞、18年『異邦人』で第6回京都本大賞を受賞。

著書に、『本日は、お日柄もよく』『暗幕のゲルニカ』『たゆたえども沈まず』『常設展示室』『スイート・ホーム』『キネマの神様』『美しき愚かものたちのタブロー』『20 CONTACTS 消えない星々との短い接触』『リボルバー』『CONTACT ART 原田マハの名画鑑賞術』『独立記念日』など多数。

ＰＨＰ文芸文庫　風神雷神 Juppiter, Aeolus（上）

ユピテル　アイオロス

2022年12月6日　第1版第1刷

著　者　原田マハ
発行者　永田貴之
発行所　株式会社ＰＨＰ研究所
東京本部　〒135-8137 江東区豊洲5-6-52
文化事業部　☎03-3520-9620（編集）
普及部　☎03-3520-9630（販売）
京都本部　〒601-8411 京都市南区西九条北ノ内町11
PHP INTERFACE　https://www.php.co.jp/
組　版　朝日メディアインターナショナル株式会社
印刷所　図書印刷株式会社
製本所　東京美術紙工協業組合

©Maha Harada 2022 Printed in Japan
ISBN978-4-569-90255-5
※本書の無断複製（コピー・スキャン・デジタル化等）は著作権法で認められた場合を除き、禁じられています。また、本書を代行業者等に依頼してスキャンやデジタル化することは、いかなる場合でも認められておりません。
※落丁・乱丁本の場合は弊社制作管理部（☎03-3520-9626）へご連絡下さい。送料弊社負担にてお取り替えいたします。

PHP文芸文庫

独立記念日

原田マハ 著

夢に破れ、時に恋や仕事に悩み揺れる……。様々な境遇に身をおいた女性たちの逡巡、苦悩、決断を切り口鮮やかに描いた連作短篇集。

PHP文芸文庫

レオン氏郷（うじさと）

安部龍太郎 著

織田信長から惚れこまれ、豊臣秀吉からは文武に秀でた器量を畏れられた蒲生氏郷。その波瀾に満ちた生涯を、骨太な筆致で描いた力作。

PHP文芸文庫

きたきた捕物帖

宮部みゆき 著

著者が生涯書き続けたいと願う新シリーズ第一巻の文庫化。北一と喜多次という「きたきた」コンビが力をあわせ事件を解決する捕物帖。

PHP文芸文庫

第6回京都本大賞受賞作

異邦人（いりびと）

原田マハ 著

京都の移ろう四季を背景に、若き画家の才能をめぐる人々の「業」を描いた著者新境地のアート小説にして衝撃作。

PHPの「小説・エッセイ」月刊文庫

『文蔵』

年10回（月の中旬）発売　文庫判並製（書籍扱い）　全国書店にて発売中

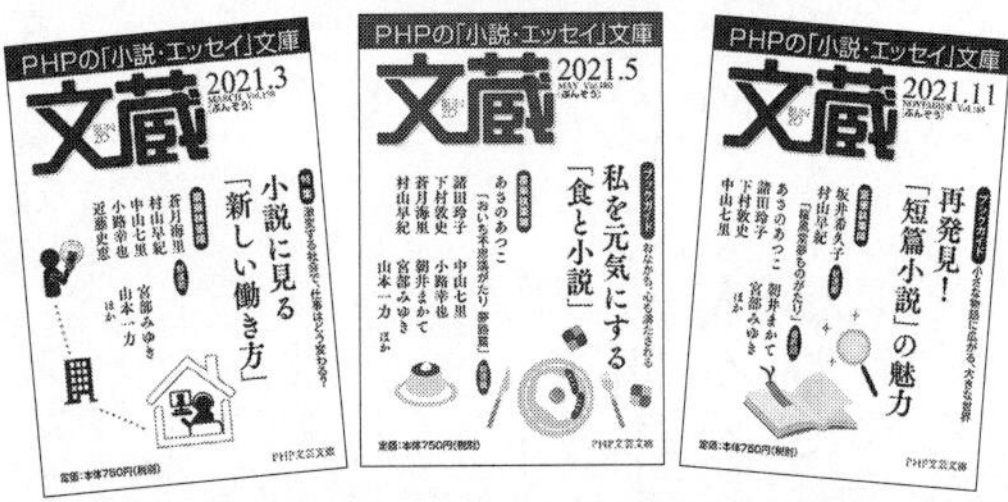

◆ミステリ、時代小説、恋愛小説、経済小説等、幅広いジャンルの小説やエッセイを通じて、人間を楽しみ、味わい、考える。

◆文庫判なので、携帯しやすく、短時間で「感動・発見・楽しみ」に出会える。

◆読む人の新たな著者・本と出会う「かけはし」となるべく、話題の著者へのインタビュー、話題作の読書ガイドといった特集企画も充実！

詳しくは、PHP研究所ホームページの「文蔵」コーナー（https://www.php.co.jp/bunzo/）をご覧ください。

文蔵とは……文庫は、和語で「ふみくら」とよまれ、書物を納めておく蔵を意味しました。文の蔵、それを音読みにして「ぶんぞう」。様々な個性あふれる「文」が詰まった媒体でありたいとの願いを込めています。